약편

仙道 체험기

14

신선神仙되는 길이 보인다
경이적인 현상이 눈앞에 펼쳐진다!!
선도수련의 현장을 체험으로 파헤친 충격과 화제의 소설

글터
GEUL TEO

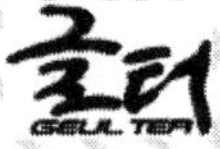

약편 선도체험기 14권을 내면서

『약편 선도체험기』 14권은 『선도체험기』 64권부터 68권까지의 내용에서 선별하여 구성하였다. 시기적으로는 2001년 12월부터 다음해 10월까지 일어난 삼공 김태영 선생님의 선도 체험 이야기, 수련생과의 수행과 인생에 대한 대화, 독자와의 이메일 문답 내용이다.

수련을 해서 유익한 점은 자기성찰 능력을 얻는 데 있다. 그러면 오욕칠정에 휘둘리지 않고 능히 지혜를 구사하여 자신의 운명을 바꾸어 놓을 수 있다. 수련을 해서 이러한 능력을 완전히 터득한다면 한소식 한 바와 다름없다.

번뇌 망상은 인과의 업장 때문에 일어난다. 업장은 과거 생의 이기심, 욕심, 집착이 빚어낸 결과이다. 이 셋은 바르지 못한 마음에서 생겨난 것이므로 마음을 바르게 하고 살아가면 업장은 자연히 엷어진다. 바르게 살려면 자기 자신을 바르게 보는 일을 생활화하면 된다. 나를 계속 관찰하다 보면 양파 껍질 같은 것이 한 꺼풀씩 녹아내리다가 끝내 아무 형체도 없는 공허한 상태로 돌아간다. 그 순간 그 무상 속에서 진정한 나를 발견하게 된다.

이번 14권에는 위와 같은 내용 외에 내가 무엇인지 알아내는 수련을 어떻게 해야 하는지, 예지력은 어떻게 발동되는지, 천상계와 극락의 차이는 무엇인지, 귀신은 있는지, 유체와 영체, 선체, 법신, 출신이 무엇인지, 깨달으면 어떻게 달라지는지, 깨달음의 핵심은 무엇인지 등 수련에 관련한 많은 가르침이 포함되었다.

또한 과거에 묶이지 말고 현재에 충실하려면, 모함을 당했을 때, 가족이 사이비 종교에 빠졌을 때, 불면증에서 벗어나려면, 사람대접 받으려면, 정신병에 들지 않으려면 등의 실생활에 당면하는 문제를 푸는데 필요한 지혜가 제공된다. 더욱이 치우천황과 단군에 대한 내용을 통해 왜곡된 우리의 역사를 제대로 돌리는 공부를 할 수 있다.

마지막으로, 한정된 지면으로 인해 독자와의 생생한 이메일 문답 중에서 일부밖에 옮기지 못했고 수행자를 위한 단식 체험기 시리즈를 전부 누락하는 등의 아쉬움이 남았다. 이번에도 교열을 도와준 후배 수행자에게 감사드리고, 『선도체험기』를 104권부터 지금의 『약편 선도체험기』까지 계속 출판해 주시는 글터 한신규 사장님께도 감사의 인사를 하는 바이다.

단기 4354년(2021년) 11월 8일

엮은이 조 광 배상

차 례

Contents

〈64권〉

다음은 단기 4334(2001)년 12월 21일부터 그 이듬해 2월 28일 사이에 필자와 수련생들 간에 있었던 수행과 인생에 대한 대화를 필두로 하여 필자의 선도수련 체험과 함께 『선도체험기』 독자들과 필자 사이의 이메일 문답 내용을 수록한 것이다.

유전자 감식

우창석 씨가 말했다.

"선생님께서는 요즘 언론에 보도되고 있는 유전자 감식 사건을 어떻게 생각하십니까?"

"나도 얼핏 들은 것 같은데 자세한 내용을 알고 계시면 좀 말씀해 주시겠습니까?"

"한 민간 유전자 감식 업체의 무책임한 검사 결과 때문에 한 가정이 완전히 풍비박산이 나 버렸다고 합니다."

"좀더 구체적으로 말해 보세요."

"어떤 부부가 초등학교에 다니는 아들 둘을 낳아 기르면서 단란한 가정을 꾸려 가고 있었다고 합니다. 그런데 두 아들 중 첫째의 모습이 자기를 전연 닮지 않아서 평소에 늘 이상하게 생각하던 남편이 생각

끝에 아내 모르게 한 민간 유전자 감식 업체에 의뢰해서 친자 확인을 했다고 합니다."

"그래 그 결과가 어떻게 나왔습니까?"

"아내의 아들인 것만은 틀림없는데 남편의 아들은 아닌 것 같다는 결과가 나왔다고 합니다. 이때부터 남편은 아내가 혹시 첫 아들을 바람을 피워서 낳은 것이 아닌가 하고 의심하기 시작했다고 합니다. 그렇게 되자 자연히 아내를 대하는 남편의 태도가 전에 없이 퉁명스럽고 냉담해지지 않을 수 없었습니다.

아내는 남편의 애정이 식은 게 아닌가 의심을 하게 되었고 그러한 오해가 깊어지면서 부부 사이는 점차 벌어지기 시작했습니다. 그들 중간에 끼여 있는 아이들도 영향을 받지 않을 수 없었습니다. 특히 아버지로부터 자기를 이상하게 냉대하는 듯한 시선과 분위기를 본능적으로 감지한 막 사춘기에 가까워진 첫 아들은 그때부터 성격이 삐딱해지기 시작했습니다.

이처럼 부모 사이와 아버지와 형 사이가 벌어지면서 둘째 아들 역시 불안해지지 않을 수 없었습니다. 자연 부부싸움이 잦아지게 되었습니다. 싸움 끝에 남편의 입에서 생각지도 않던 유전자 감식 얘기가 튀어나오자 아내는 그때야 비로소 남편이 자기도 모르게 유전자 감식을 의뢰했다는 것을 알게 되었습니다.

부부는 일심동체라 했거늘 남편이 자기를 얼마나 불신했기에 자기도 모르게 그런 짓을 했을까 하고 생각하니 아내는 참을 수 없었습니다. 그렇게 자기를 불신하는 사람을 남편으로 여겼던 자신이 가련하고 한심하기 짝이 없었고 그런 남자를 남편이라고 같이 사는 것이 치욕으로 느껴졌습니다.

이처럼 아내가 그 사실을 알았을 때는 부부 사이의 갈등의 골이 깊어질 대로 깊어진 뒤였습니다. 아내는 하도 기가 막히고 억울해서 그 문제의 유전자 감식 업체에 찾아가 억울한 사정을 호소했더니 그 업체에서는 그때의 검사 과정을 면밀히 점검해 보았습니다. 그 결과 검사용으로 채취해 온 머리칼이 실수로 다른 사람의 것과 바뀌는 바람에 그런 어처구니없는 결과가 나왔다는 것을 알게 되었습니다."

"그럼 결국 첫 아들이 아버지의 친자라는 것이 확인되었나요?"

"확인은 되었지만 부부 사이의 불신의 골은 깊어질 대로 깊어져서 더이상 원상 복귀가 어렵게 되어 결국은 단란했던 한 가정은 끝내 파탄이 나고 말았다고 합니다."

"호미로도 막을 일을 가래로도 못 막게 되었군요."

"무슨 뜻입니까?"

"부부 사이의 신뢰에 금이 가기 시작했을 때 조기 수습했더라면 그렇게까지는 되지는 않았을 텐데."

"처음 검사 결과가 나왔을 때 솔직히 털어놓고 아내와 상의라도 했더라면 사태가 그렇게까지 벌어지지는 않았을 거라는 말씀인가요?"

"아니 그 이전에 이미 부부 사이에는 크게 금이 가기 시작한 겁니다. 이 세상에는 부부 사이에 낳은 아이라도 부모 중 한쪽만 닮은 아이도 있을 수 있고 간혹 가다가 부모 중 어느 쪽도 전연 닮지 않는 경우도 있을 수 있습니다. 그래도 부부 사이에 사랑과 신뢰만 있으면 그런 의심이 비집고 들어올 틈이 있을 수 없었을 것입니다. 그런데 남편이 아내 몰래 유전자 감식을 의뢰했다는 것 자체가 이미 그들 부부 사이에는 한참 금이 간 뒤였다는 것을 알 수 있습니다."

"만약에 말입니다. 부부 사이가 처음부터 원만했었는데 우연한 기회에 첫 아들이 결혼 전의 다른 남자 사이에서 생겨난 아이라는 것이 발견되었다면 어떻게 되었을까요?"

"그건 남편에게는 큰 충격일 수도 있겠지만 결국은 남편의 선택에 달려 있습니다."

"그럴 때 남편이 어떻게 처신하는 것이 바람직한 일일까요?"

"그래도 여전히 남편이 아내를 사랑하고 믿는다면 과거의 일 따위에 얽매이지는 말았어야 할 것입니다."

"그렇지만 여성의 순결을 중요시하는 대부분의 한국 남성들은 그렇지 않을 것입니다."

"그거야말로 과거의 가부장적인 남존여비 사상의 잔재입니다. 중요한 것은 현재지 과거가 아닙니다. 아내를 평생의 배우자로 선택을 했을 때는 그녀의 과거 사생활의 비밀까지도 수용할 자신이 있었기 때문이었을 것입니다.

요즘 총각들 중에는 아이 딸린 과부를 아내로 맞이하는 경우도 허다합니다. 기성세대 같으면 상상도 할 수 없는 일입니다. 그만큼 요즘 남성들은 여자를 보는 눈이 과거와는 판이하다는 것을 말해 줍니다. 여자의 과거는 어찌되었든지 그녀의 현재의 인격과 자질을 더 중요시한다는 것을 알 수 있습니다.

그래서 요즘 여자들은 그전과는 달리 결혼 전에 있었던 일을 숨기지 않고 다 털어놓습니다. 그렇게 함으로써 결혼 후에 이러니저러니 말썽을 일으킬 소지를 아예 처음부터 없애 버리자는 겁니다. 그래도 좋다면 결혼을 하는 것이고 싫다면 그만두는 겁니다."

"그래도 아내가 다른 남자의 아이를 낳았다는 것은 아무래도 좀 꺼림칙하지 않을까요?"

"결혼 후에 아내가 부정을 저질러 다른 남자의 아이를 임신했다면 문제가 될 수 있겠지만 결혼 전에 있었던 일이라면 그것은 당사자로서는 어쩔 수 없는 과거지사입니다. 요즘은 부부가 고아원에서 양자도 들이지 않습니까? 양자보다는 사랑하고 믿는 아내가 결혼 전에 다른 남자와 사귈 때 얻은 아이가 더 귀엽고 사랑스럽다고 생각할 수도 있습니다. 이것이 남녀평등 시대의 열린 마음이고 남자들의 사고방식입니다."

"요컨대 사랑과 믿음만 있으면 아내의 과거 같은 것은 아무래도 좋다는 말씀이군요."

"당연히 그래야죠. 평생을 해로(偕老)하는 부부 사이에 항상 신혼 초와 같은 달콤하고 열렬한 사랑이 언제까지나 지속된다고는 말할 수 없습니다. 머리가 하얗게 파뿌리가 된 노부부가 다정하게 걸어가는 것을 보면 누구나 보기 좋다고 말할 것입니다. 그러한 노부부 사이에 청장년기의 열렬한 사랑 같은 것이 있을 거라고 생각하십니까?"

"그럼 무엇이 그들 부부를 그렇게 다정하게 만들었을까요?"

"한결같이 변함없는 신뢰입니다."

"사랑보다는 믿음이 부부를 이어 주는 진정한 유대라고 할 수 있겠군요."

"그렇습니다. 사랑이 고갈되어도 믿음만 있으면 부부는 영원한 친구가 될 수 있습니다. 아내 몰래 유전자 감식을 의뢰한 남편은 이 소중한 믿음을 잃었기 때문에 아내로부터 배척을 받을 수밖에 없었습니다.

아내가 비록 다른 남자의 아이를 밴 채 결혼을 했더라도 그 남자와의 관계를 완전히 청산한 이상 아내의 인격을 존중하는 남편이라면 그 뱃속의 아이까지도 자기 아이로 키울 수 있어야 합니다. 이처럼 열린 마음을 남편이 가졌다면 일시적 갈등은 있을 수 있어도 가정의 파탄은 능히 수습할 수 있었을 것입니다.

과거에 묶이면 낙오한다

흘러간 과거를 문제 삼는 것은 몸은 현재를 살면서 그의 마음은 과거에 묶여 있는 것과 같습니다. 그러나 알고 보면 있는 것은 현재뿐이고 흘러간 과거는 이미 존재하지 않습니다. 과거란 현재의 나 속에 수용하여 현재를 슬기롭게 살아나갈 수 있는 새로운 추진력으로 이용할 수 있을 때 비로소 의미가 있습니다.

인생이란 미지의 오솔길을 걸어가는 것과 같습니다. 도중에 무슨 일이 일어날지 아무도 예측할 수 없습니다. 그러므로 낯선 길을 걸어가는 사람은 앞을 보고 걸어야지 뒤를 보면서 걷게 되면 앞에 있는 웅덩이에 빠지거나 돌뿌리나 나무뿌리에 걸려 넘어지지 않으려고 해도 어쩔 수 없이 넘어지게 될 것입니다.

최악의 경우 발을 헛디뎌 깊은 계곡이나 벼랑에 굴러떨어져 치명상을 입을 수도 있습니다. 그래서 사람도 짐승도 앞을 보고 걷게 되어 있습니다. 앞을 보고 걸으라고 눈은 앞에 달려 있습니다. 그것이 바로 자연의 섭리입니다. 그렇지 않다면 눈은 소처럼 옆통수에 달려 있었을지도 모르는 일입니다.

우리의 살길은 자연 속에 다 내포되어 있습니다. 슬기로운 사람은 그것을 활용하지만, 미련한 사람은 그것을 모르고 스스로 파 놓은 과거라는 함정 속에 빠져서 언제까지나 허위적 댈 뿐입니다."

"요컨대 남자가 아내를 선택하는 기준이 과거와는 근본적으로 바뀌어야 한다는 말씀이군요."

"그렇습니다. 이조 시대의 가부장적이고 남존여비적 사고방식에서는 최소한 벗어나야 합니다. 그래야 오늘날의 남녀평등 시대를 제대로 살아나갈 수 있습니다. 여자를 성적인 순결과 정조 관념으로만 파악하던 구시대적 편견에서 벗어나 그녀의 인격과 자질을 기준으로 삼아야 합니다."

"남자는 배짱, 여자는 절개라고 허풍을 떨던 시대는 지나갔다는 얘기가 되는군요."

"그렇습니다."

"남자든 여자든 인격과 자질이 판단 기준이 되는 사회가 바야흐로 도래했다고 해야 하겠군요."

"그렇습니다. 그것을 입증이라도 하듯 요즘은 일류 대학 최고 득점자도 남자보다 여자가 더 많고 각종 국가고시 합격자도 여자가 남자를 압도하고 있습니다. 그뿐만 아니라 직업에 있어서 남녀의 구분이 거의 없어져 가고 있습니다. 과거에는 금기시되었던 분야에도 요즘은 여성들이 활발하게 진출하고 있습니다.

여성으로서 군 장성이 등장하는가 하면 여성 선장(船長)과 항공기 조종사도 늘어나고 있습니다. 외국에서는 여자 대통령, 수상들이 증가일로에 있습니다. 절개니 순결이나 정조니 하는 것은 이제는 여자만의 전유물이 아니라 남녀가 똑같이 공유해야 할 덕목이 되어 가고 있습니다. 인류의 절반을 차지하고 있는 여성들이 이처럼 실질적으로 남성의 횡포나 기반에서 해방되어 자기들의 능력과 자질을 마음껏 발휘하는 시대에 우리는 살고 있습니다.

따라서 앞으로 국가 경쟁력을 좌우하는 것은 바로 이 여성 인재들을 얼마나 효율적으로 이용하느냐에 달려 있다고 해도 과언이 아닙니다. 이것을 입증이라도 해 주듯 선진국일수록 여성 인재를 더 많이 발굴해서 쓰고 있는 것을 알 수 있습니다. 여성들의 사회 진출 여부가 바로 선진국이냐 후진국이냐를 판가름하는 기준이 되고 있습니다."

여성부가 서울대 법학연구소에 의뢰해서 지난 11월에 전국 성인 남녀 2,006명을 대상으로 실시한 '호주제 개선 방안에 대한 조사 연구' 설문조사에 따르면 다음과 같은 결과가 나왔습니다.

이혼 후에 데리고 나온 자녀를 '부모 중에서 양육하는 쪽의 호적에 올려야 한다'는 의견이 77.5퍼센트로서 '누가 키우든지 친부의 호적에 올려야 한다'의 21.7퍼센트를 압도했습니다.

또 여성이 자녀를 데리고 재혼할 경우 자녀의 성(姓)은 '부부가 협의해서 선택한다'가 39퍼센트를 차지하여, '친부의 성을 따르도록 한다' 26.1퍼센트와 '계부의 성을 따르도록 한다' 25.6퍼센트를 앞질렀습니다.

또 직계 장자에게 호주 상속 우선권을 부여하는 '현 제도가 당연하다'는 응답자의 24.1퍼센트였으며, '장남보다는 연장자인 아내가 호주를 먼저 승계해야 한다'는 응답이 74.3퍼센트였습니다. 그리고 '현행 호주 승계 순서가 남아선호를 부추길 가능성'에 대해서 응답자의 75.8퍼센트가 동의했습니다.

여기서 특별히 주목되는 것은 이혼 후에 부모 중 자녀를 양육하는 쪽에 호적을 올려야 한다는 의견이 77.5퍼센트이고, 호주 승계는 장남보다는 연장자인 아내가 먼저 해야 한다는 응답이 74.3 퍼센트였다는 것입니다. 이것은 무엇을 말하는 것이겠습니까?

이미 과거의 남계 혈통주의는 아무런 의미도 없다는 것을 단적으로 보여주고 있습니다. 남자든 여자든 가족 중에서 능력과 자격이 있는 사람이 가정을 이끌어나가야 한다는 것을 말해 주고 있습니다.

이 결과만 보아도 우리 국민들 속에서 과거의 케케묵은 가부장적 남계 우위 사상은 이미 사라져 가고 있다는 것을 말해 주고 있습니다. 이처럼 우리 국민들은 이미 가부장적인 남아선호 및 남존여비 사상에서 벗어나 남녀의 실질적인 평등 쪽으로 바뀌고 있다는 것을 이 조사 결과는 확실히 말해 주고 있습니다."

혼성(混姓) 가문 등장

"그럼 선생님, 앞으로는 족보나 가문은 어떻게 되겠습니까?"

"호주 승계가 장남이 아니라 아내에게로 넘어가면 족보에도 지금까지와 같이 동일 성씨로만 표시되지 않고 아내 쪽의 성씨도 등장하게 될 것입니다. 국가로 말하면 세습 군주제가 공화제로 바뀌는 것과 같습니다.

따라서 아들이 없을 경우 딸에게도 호주가 계승되므로 남자에게만 계승되다가 대가 끊어지는 일은 없어지게 될 것입니다. 아들이든 딸이든 낳기만 하면 한 가문의 대는 언제까지나 이어지게 됩니다. 현행 족보는 여자만 있을 경우 양자나 데릴사위를 들이지 않는 한 절손(絕孫)이 되지만 앞으로는 아들이든 딸이든 낳기만 하면 가문의 대도 가정도 유지될 것입니다."

"그렇게 되면 한 가문에도 다양한 성씨가 등장하게 될 것이고 과거의 남계 중심에서 남녀 혼합 성씨의 보다 실질적이고 사실에 가까운 족보를 갖게 되겠군요."

"물론입니다."

"그렇게 되면 가령 경주 김씨, 전주 이씨하고 표시되던 족보는 어떻게 됩니까?"

"가문 창시자의 아호나 성명이 바로 가문의 명칭이 되고 그 가문은 개정된 호주 승계 제도에 따라 다양한 성에 의해 계승될 것입니다. 가령 삼공이라는 사람에 의해 한 가문이 창설되었다면 그의 배우자나 후손 또는 그 후손의 배우자에 의해 가문은 계승될 것입니다.

실례로 최초의 우리나라 이름을 '한'이라고 했다면 배달, 청구, 단군조선, 마한, 진한, 번한, 번조선, 진조선, 막조선, 기자조선, 위만조선, 고구려, 신라, 백제, 후고구려, 후백제, 발해, 고려, 이씨조선, 대한제국, 대한민국 등등 다양한 국명으로 불리는 것과 마찬가지입니다.

역성혁명이나 합의제에 따라 정권을 잡았던 왕조의 성씨는 한씨, 고씨, 해씨, 김씨, 박씨, 석씨, 왕씨, 이씨 등등 가지각색이지만 배달겨레의 민족 국가인 우리나라는 여전히 하나인 것과 같습니다.

가문도 마찬가지입니다. 반드시 동일한 성씨만이 한 가문을 이끌어 나가는 일은 없어지게 될 것입니다. 한 가정의 남편이 사망하면 아내가 호주가 되고 아내가 타계하면 그 아들이, 아들이 없으면 딸이 그 가정의 호주가 될 것입니다."

"만약에 가문을 이어 오던 종손에게 가문을 이어 갈 자손이 없다면 어떻게 되겠습니까?"

"그때는 가장 가까운 방계(傍系)에게 계승시키면 됩니다. 그러나 이러한 가문의 계승도 시대가 바뀌면서 점차 변질되어 무의미한 것이 되고 말 것입니다."

"왜요?"

"원래 성씨 계승은 왕조 또는 봉건 시대에 작위(爵位)나 신분(身分) 세습의 필요성 때문에 생겨난 제도인데 민주화 시대에는 작위나 신분 같은 것을 세습할 수 없게 되어 있으므로 사실상 그 의미를 상실하게 될 것이기 때문입니다.

앞으로는 어느 가문이든지 자손이 있는 집은 계승될 것이고 자손이 없는 집은 기업이 부도를 내거나 영업 부진으로 폐업을 하듯 자연스럽게 문을 닫게 될 것입니다. 어차피 필요에 의해 만들었던 제도는 그 필요성이 없어짐과 동시에 물거품처럼 사라지게 될 것입니다.

이 이치를 순순히 받아들이는 사람은 항상 마음이 편안할 것이고 이에 거역하거나 어느 한 가지에 집착하는 사람은 과거에 발목이 묶여서 심신의 고통을 당하게 될 것입니다.

조선(朝鮮)과 이조(李朝)는 어떻게 다른가?

우창석 씨가 물었다.

"선생님, 조선과 이조는 어떻게 다릅니까?"

"조선은 한과 함께 우리나라에 대한 보편적인 명칭입니다. 그러나 이조는 서기 1392년에 고려 말의 무장(武將)인 이성계가 주동이 되어 세운 후 26대에 걸쳐 518년간 이어져 내려오다가 1910년에 일본에게 나라의 주권을 빼앗기고 나서 망해 버린 왕조를 말합니다."

"그래도 이성계는 나라를 세운 후 국명을 '조선(朝鮮)'이라고 내외에 선포하지 않았습니까?"

"맞습니다."

"그렇다면 조선이라고 불러야 되지 않겠습니까?"

"이성계가 자기가 세운 나라의 이름을 조선이라고 공표했다고 해서 후대에도 조선이라고 부르게 되면 단군조선, 진조선, 번조선, 막조선, 기자조선, 위만조선, 고조선, 북조선과 어떻게 구분할 수 있겠습니까?

후삼국 시대에 견훤은 자기가 세운 나라의 이름은 백제(百濟)라고 불렀습니다. 그때로부터 2백여 년 전에 망한 백제와 똑같은 국명이었습니다. 그러나 우리는 견훤이 세운 백제를 그냥 백제라고 부르지 않고 그 이전에 망한, 온조가 세운 백제와 구분하기 위해서 후백제(後百濟)라고 부릅니다.

아무리 견훤이 백제라고 불렀다고 해도 이렇게 하지 않으면 전자와 후자를 구분할 수 없기 때문입니다. 그와 마찬가지로 궁예가 세운 고구려는 아무리 궁예 시대에는 고구려라고 불렀다고 해도 우리는 그냥 고구려라고 부르지 않고 후고구려라고 부릅니다. 그 당시로부터 2백여 년 전에 망한, 주몽이 세운 고구려와 구분하기 위해서입니다.

똑같은 이유에서 나는 단군조선, 진조선, 번조선, 막조선, 기자조선, 위만조선, 고조선, 북조선과 구분하기 위해서 이성계가 아무리 자기가 세운 나라 이름을 조선이라고 불렀다 해도 이씨조선, 이조선 또는 생략해서 이조라고 부르는 것입니다."

"그래도 어떤 사람들은 이씨조선이니 이조라고 부르는 것은 일본 제국주의자들이 우리나라를 깔보기 위해서 일부러 지은 이름이라고 하던데요."

"그거야말로 소아병적이고 지나치게 신경과민적인 사고방식입니다. 왕조 이름 앞에 성씨를 붙이는 관행은 흔히 있는 일입니다. 전주 이씨가 26대를 이어온 왕조이므로 엘리자베스 왕조, 스튜워트 왕조처럼 이씨왕조 또는 이씨조선이라고 해도 하등 잘못된 것이 있을 수 없습니다. 그래서 일찍이 신채호 같은 민족사학자도 이조(李朝) 또는 이씨조선(李氏朝鮮)이라고 썼습니다."

"그래도 요즘은 흔히들 우리나라 식자들도 조선 시대라고 말하지 이조 또는 이씨조선 시대라고 말하지는 않지 않습니까?"

"식자가 아니라 식자의 할애비라고 해도 잘못된 것은 역시 잘못된 겁니다. 가령 어떤 마을에 가니까 주민들 전체가 '도둑질은 착한 일'이라고 말했다고 해도 도둑질이 나쁜 것은 역시 변함이 있을 수 없습니다.

우리나라 역사에 등장하는 단군조선, 진조선, 번조선, 막조선, 기자조선, 위만조선과 전주 이씨인 이성계가 세운 조선과 구분할 수 있는 더 좋은 기발한 아이디어라도 있으면 한번 제시해 보세요."

"그런 건 아직 생각해 보지 못했습니다."

"요즘 사람들은 흔히들 조선 시대라고 말합니다. 그러나 엄격히 말해서 그냥 조선 시대라고 하면 이성계가 세운 이씨조선 5백 년간을 말하는지 47대에 걸쳐 2096년 동안 지속된 단군조선 시대를 말하는지 아니면 겨우 3대가 지속된, 단군조선의 서남쪽 귀퉁이의 지방 정권이었던 위만조선을 말하는지 도저히 구분할 수 없을 것입니다.

서구인들은 우리나라를 고려 때의 국명을 따서 코리아라고 합니다. 만약에 외국인이 코리아 시대라고 하면 고려 5백년 시대를 말하는지 이조 5백년을 말하는지 구분을 할 수 없는 것과 마찬가지입니다."

"조선백자와 이조백자는 어느 쪽이 맞습니까?"

"하긴 단군조선 시대에는 주로 무문토기나 빗살무늬 토기가 사용되었고 아직 백자는 생겨나기 전이니까 조선백자라고 해도 혼란은 오지 않을 것입니다. 그러나 내 생각에는 역시 쓸데없는 오해나 혼란을 방지하기 위해서라도 이조백자라고 부르는 것이 낫습니다."

"좀 전에 선생님께서는 우리나라에 대한 보편적인 명칭 중에는 조선 이외에도 한이 있다고 하셨습니다. 한에 대해서 좀 말씀해 주십시오."

"『환단고기』에 따르면 지금부터 무려 9천 2백 년쯤 전에 등장하는 우리나라 최초의 나라 이름은 크고 위대하고 밝다는 뜻인 '환'이 들어간 환국(桓國)이었습니다. 동서 2만 리 남북 5만 리에 걸쳐 지금의 중동 지역인 메소포타미아의 수메르와 우르를 포함하여 12개 나라로 구성된 대환연방국이었습니다.

그 후 단군조선 시대에 마한, 진한, 번한이 있었고 이조 말에는 대한제국, 상해의 대한민국 임시정부 시대를 거쳐, 해방 후 1948년에 정식으로 대한민국 정부가 수립되어 오늘에 이르렀습니다."

수련을 해서 유익한 것이 무엇인가?

정지현 씨가 말했다.

"선생님, 우리가 수련을 해서 유익한 것이 무엇입니까?"

"아니, 그렇다면 정지현 씨는 지금까지 무엇 때문에 수련을 하는지도 모르고 수련을 해 왔습니까?"

"그렇지는 않습니다."

"그렇다면 무엇 때문에 수련을 해 왔습니까?"

"제가 애초에 수련을 시작한 목적은 늘 건강이 좋지 않았기 때문이었습니다. 만성 위장병과 다발성 신경통을 앓았는데 병원에서도 심인성이어서 완치가 불가능하다고 해서 수련 쪽으로 관심을 갖게 되었습니다. 다행히도 서점에서 『선도체험기』를 알게 되어 수련과 인연을 맺게 되어 건강도 좋아지고 마음의 안정도 찾았습니다.

그런데 제 주변 사람들이 제가 그전처럼 그들과 잘 어울리려 하지 않고 담배도 술도 하지 않고 더구나 생식을 하는 것을 보고는 저에게 늘 질문을 합니다. 도대체 무슨 재미로 세상을 사느냐?면서 수련을 해서 유익한 것이 무엇이냐고 묻습니다.

그런 때 그들이 이해할 수 있게 바로 이것이다 하고 내놓고 그들을 설득할 만한 말이 금방 머리에 떠오르지 않습니다. 그런 때를 대비해서 제가 그들에게 뭐라고 말했으면 좋을지 몰라서 선생님께 말씀드려 본 것입니다."

"우선 정지현 씨는 술 담배 안하고 단전호흡, 등산, 조깅, 도인체조를 일상생활화 해서 건강이 좋아진 것은 그분들도 인정합니까?"

"제가 수련을 한 뒤부터 그들보다 건강이 월등 좋아진 것은 인정합니다만 건강 하나만 가지고는 그들을 설득하는 데 한계가 있습니다. 건강 이외에 무슨 말을 어떻게 해야 그들도 수련에 관심을 갖게 할 수 있을지 그것이 저에게는 늘 숙제입니다. 그렇다고 해서 설교나 법문식으로 말하면 그들은 곧 싫증을 느끼게 될 것입니다."

"정지현 씨가 하화중생(下化衆生)해 보겠다는 뜻은 가상하지만 방법이 좀 미숙한 것 같습니다."

"그래서 말씀드리는 건데요. 어떻게 하면 좋겠습니까?"

"그분들도 인생을 살아가노라면 절실한 문제나 난관에 봉착할 때가 반드시 있을 것입니다. 바로 그러한 기회를 포착해야 효과를 거둘 수 있습니다. 위기가 바로 기회이니까요."

"어려울 때 친구가 진정한 친구라는 말씀이군요."

"바로 그겁니다. 마음의 균형이 깨어져 불안해하는 사람에게 마음의 안정을 찾는 방법을 가르쳐 주면 그것이 바로 그에게는 구원의 손길이 될 것입니다. 수련을 해서 유익한 것은 우선 자기 자신이 건강해지고 마음의 안정을 찾은 뒤에 주위에서 고생하는 이웃을 자기의 후배로 보고 도와주어 자기와 같이 건강과 안정을 찾도록 이끌어 주는 겁니다.

사람들은 흔히 자기가 뜻하는 일이 제대로 되지 않으면 하늘을 원망하고 부모나 남의 탓으로 돌립니다. 또 어떤 사람은 자기가 고아가 된 것은 무책임한 부모 탓이라고 생각합니다. 그리하여 성인이 되어서도 어떻게 해서든지 그 부모를 찾기만 하면 자기가 고아로 어렵게 자라는 동안 남에게서 천대받았던 원한을 갚겠다고 벼릅니다. 그에게는 부모가 바로 원수입니다. 그러므로 그의 인생의 목표는 어떻게 해서든지 부모를 찾아내어 절절히 사무친 원수를 갚는 겁니다.

또 어떤 사람은 말합니다. 내가 이렇게 가난의 굴레에서 벗어나지 못하는 것은 하늘이 나를 이처럼 가난한 집안에 태어나게 했기 때문이라고 말하면서 하늘을 원망합니다. 그런가 하면 자기가 가난하고 불행한 것은 부모가 가난하고 무능했기 때문이라고 부모를 원망합니다. 어떤 실직자는 자기가 직장에서 쫓겨난 것은 순전히 과장이 자기를 잘못 찍었기 때문이라고 모든 잘못을 과장 탓으로 돌립니다. 그리하여 어떻게 하든지 그 원수를 갚겠다고 칼을 갑니다.

자기가 불행해진 원인을 남이나 하늘의 탓으로 돌리는 사람은 평생 불행에서 벗어날 수 없습니다. 그래서 하늘을 원망하고 남을 탓하는 것을 한문 시대의 우리 조상들은 하늘을 원망하고 남의 탓으로 돌린다는 원천우인(怨天尤人)이라고 불렀습니다. 이것이야말로 불행의 늪이 아닐 수 없습니다. 수련하는 사람은 바로 이 불행의 늪 속에 빠지는 일이 없습니다."

"그건 왜 그렇습니까?"

"관(觀)을 하기 때문입니다."

"관을 하면 하늘과 남을 원망하지 않을 수 있습니까?"

"그렇습니다."

"왜요?"

"관이란 자기가 자기 모습을 객관적으로 들여다보는 것이기 때문입니다."

"자기성찰을 말씀하시는 겁니까?"

"그렇습니다. 자기를 객관적으로 들여다볼 줄 아는 사람은 자기에게 닥쳐온 모든 불행의 원인이 하늘이나 남이 아닌 자기 자신 속에 있다는 것을 스스로 알게 되므로 하늘이나 남이나 조상을 결코 원망하지 않습니다. 수련을 해서 유익한 점은 어떠한 경우에도 나 이외에 하늘이나 남이나 조상을 원망하지 않고 일체를 자기 탓으로 돌리기 때문에 마음의 균형이 깨어지는 일이 없어서 항상 안정을 찾을 수 있다는 겁니다."

원천우인(怨天尤人)은 불행의 씨앗

"그럼 원천우인(怨天尤人) 즉 하늘을 원망하고 남의 탓을 하는 것이 불안의 원인이라는 말씀입니까?"

"그렇습니다."

"그럼 원천우인하지 않는 사람은 마음이 늘 평안할 수 있을까요?"

"당연한 일입니다."

"왜 그렇습니까?"

"모든 불행의 원인을 자기 내부에서 찾는 사람은 하늘이나 남을 원망하는 일이 있을 수 없기 때문입니다. 일체의 원망에서 벗어난 사람은 불안해할 아무런 이유도 발견할 수 없을 것입니다.

실화를 하나 소개하겠습니다. 내 문하생 중에 40대 중반의 부동산 공인중개사로 일하는 서용택이라는 사람이 있습니다. 중2에 다니는 딸이 있는데 성격이 좀 괄괄하고 불의를 참지 못하는 형이었습니다.

학교에서 수업 시간에 무슨 일로 언성이 높아졌고 급기야 선생님에게 대들었습니다. 그러자 선생님이 홧김에 뺨을 때리자 그 학생도 선생님에게 손찌검을 했습니다. 교실 옆을 지나가던 선생님들이 이 광경을 보고 합세하여 그 학생을 집단 구타했습니다.

물론 학생이 선생님에게 대들었다는 것은 변명의 여지도 없이 잘못입니다. 그렇다고 해서 선생님들이 제자에게 몰매를 안긴 것도 학부모가 볼 때는 잘한 일은 아닙니다. 서용택 씨의 딸은 교직원 회의에서 갑론을박 끝에 결국은 퇴학 처분을 받았습니다.

선생님들에게 몰매를 맞고 퇴학까지 당한 딸의 사정을 안 서용택 씨의 부인은 당장 학교로 달려가 따지겠다고 펄펄 뛰었지만 서용택 씨는 애써 말렸습니다. 그러나 이웃의 학부모들이 들고 일어나 학교 당국의 처사를 항의하는 연판장을 돌리고 신문사에 알리겠다고 야단들이었습니다. 그러나 서용택 씨는 이것도 역시 만류했습니다.

그 대신 그는 꽃집에 가서 딸아이를 구타한 네 분 선생님들에게 꽃다발을 하나씩 배달시키면서 '버릇없는 제 딸아이를 가르치시느라고 얼마나 고생이 많으셨습니까?' 하고 위로하면서 모두가 딸애를 잘못 가르친 부모 탓이라고 충정 어린 사과 편지를 함께 보냈습니다."

"그럼 그 딸은 어떻게 됐습니까?"

"일단 퇴학을 당했으니까 다른 학교에 전학을 가도 그 사실이 알려지게 되어 제대로 공부하기 어려우니까 차라리 학원에 다니면서 중고등학교 졸업 자격 고시를 준비를 하게 했습니다."

"공부는 잘했던 모양이죠?"

"학교에서는 항상 상위 그룹에 속했다고 합니다."

"그럼 서용택 씨의 딸을 구타한 선생님들은 어떻게 됐습니까?"

"요즘은 선생님들이 학생들을 체벌하면 학부모들이 득달같이 달려가서 해당 선생님에게 '네가 금쪽같은 내 아이를 때렸느냐? 어디 너도 한 번 맞아 보아라' 하고 달려들어 폭행을 하는 일이 종종 언론에 보도되곤 합니다. 그래서 집단 구타를 한 선생님들도 은근히 걱정이 되어 단단히 마음의 준비를 하고 있었는데 뜻밖에도 꽃다발과 함께 사과 편지까지 받고는 상당히 놀랐다고 합니다."

"그럼 서용택 씨의 따님은 그 후 학원에서 공부는 잘합니까?"

"그런 일이 있은 지 8개월이 되었는데 그동안에 그의 딸은 중학교 졸업 자격을 이미 따고 나서 고등학교 졸업 자격까지 취득한 후 지금은 대학 입시 공부를 하고 있다고 합니다."

"수재였던 모양이죠. 오히려 전화위복이 된 거 아닙니까?"

"그런 것 같습니다. 서용택 씨는 바로 며칠 전에 나를 찾아와서는 '저도 평범한 인간인데 딸이 그 꼴을 당했으니 어찌 화가 치밀지 않을 수 있겠습니까? 그런데 『선도체험기』를 60권까지 읽고 수련을 꾸준히 한 덕분에 관(觀)을 할 수 있어서 모든 것을 내 탓으로 돌릴 수 있었습니다' 하고 말했습니다.

그러면서 자기가 만약에 수련을 하지 않았더라면 자기 딸을 구타한 선생님들에게 꽃다발과 함께 사과 편지를 보내는 일은 꿈도 꾸지 못했을 거라고 말했습니다. 생각하면 할수록 수련하기를 잘했다고 그는 되뇌었습니다.

서용택 씨는 또 말했습니다. 만약에 수련을 하지 않았더라면 자기도 여느 학부형처럼 학교에 달려가 구타한 교사들의 멱살을 잡았을 것이라고 말했습니다. 만약에 자기가 아내와 이웃 학부형들과 함께 학교로 몰려가 그런 짓을 했다면 어떻게 되었을까? 하고 생각하면 할수록 끔찍하고 참담한 생각이 든다고 말했습니다."

"그런 걸 생각하면 그런 불상사가 발생했을 때 남을 원망하고 미워한다는 것이 얼마나 불행한 일인가 하는 것을 알 수 있을 것 같습니다."

"그렇습니다. 불행의 원천은 바로 하늘과 남을 원망하는 것임을 알 수 있을 것 같습니다. 그리고 행복의 원천은 모든 불상사를 자기 탓으로 돌리는 것이죠. 모든 것을 내 탓으로 돌리는 사람은 무한한 우주를 자기 내부에 품을 수 있으므로 곧 안정을 찾을 수 있습니다."

"정말 그렇겠는데요."

"딸이 교사들에게 매를 맞고 퇴학까지 당했을 때 보통 사람 같으면 이유야 어쨌든지 불끈 화부터 치밀어 올랐을 것입니다. 그러나 그는 다행히도 그 화가 치밀기 전에 자기 자신을 관찰할 수 있는 능력을 가지고 있었습니다.

그의 자기성찰 능력이야말로 치미는 분노를 능히 제압할 수 있었고 분노 대신에 그에게서는 지혜가 싹텄던 것입니다. 이러한 자기성찰 능력이 바로 자기 자신의 운명을 바꾸어 놓았다고 그는 말했습니다."

"운명을 바꾸어 놓았다는 것은 무엇을 말합니까?"

"이번 일을 계기로 그는 앞으로 어떤 불상사가 발생해도 조금도 당황하지 않고 원만하게 수습할 수 있는 자신감을 갖게 되었다는 뜻입니다. 우리가 수련을 해서 이러한 능력만 완전히 터득하여 일상생활화할 수만 있어도 그 사람은 이미 한소식한 겁니다. 도인이 따로 있는 것이 아닙니다."

어느 교사의 고민

고등학교 영어 담당인 한봉영 선생님이 어느 날 서재에서 우연히 나와 단 둘이 앉아 있게 되자 무겁게 입을 열었다.

"선생님, 참으로 부끄럽기 짝이 없는 일이지만 저에게는 요즘 말 못할 고민이 하나 있습니다. 말씀드려도 되겠는지 모르겠습니다."

"이왕 말문을 여셨으니 기탄없이 말씀해 보세요."

"제가 고등학교 영어 교사를 한 지도 어느덧 10년이 넘었고 처자까지 거느린 한 가정의 가장이고 학생을 가르치는 교사로서 이런 말 하기는 참으로 면괴스럽기 짝이 없습니다만 어차피 말이 나왔으니 털어놓겠습니다."

"생각 잘하셨습니다. 질병과 고민은 감추기보다는 털어놓는 것이 해결점을 찾는 데 훨씬 더 도움이 됩니다. 어서 마음 푹 놓고 말씀해 보세요."

"제가 가르치는 2학년 학생 중에 두 달 전에 전학 온 여학생이 하나 있는데, 수업 시간에 들어가서 그 여학생과 처음으로 눈이 마주치는 순간이었습니다. 마치 고압선에 감전이라도 된 것처럼 온몸이 찌르르하는 전율을 느꼈습니다. 하도 심한 충격을 받아서 그 시간 내내 그 학생에게 다시는 눈을 돌리지 않았는데도 그 시간을 어떻게 보냈는지 통 생각이 나지 않습니다.

저만 그런 줄 알았는데 사실은 그 여학생도 저와 꼭 같은 충격을 받은 것 같습니다. 며칠 후 그 여학생은 대담하게도 교무실에까지 찾아와 밖에서 좀 만나자고 했습니다. 그런데 문제는 그 여학생만 보면 가슴이 벌렁벌렁 뛰면서 도저히 저 자신을 걷잡을 수 없을 만큼 마음이 흔들린다는 겁니다."

"한 선생님이 혹시 그 여학생의 담임은 아닙니까?"

"담임은 아닙니다만 일주일에 서너 시간씩은 수업 때문에 그 학급에 들어가야 합니다."

"혹시 그 여학생과 밖에서 만난 일은 있습니까?"

"딱 한 번 만난 일이 있습니다. 그 여학생의 눈빛을 보아도 마치 사랑의 열병이라도 앓고 있는 것 같았습니다. 마치 열렬히 사랑하던 부부가 피치 못할 사정으로 헤어졌다가 우연히 다시 만난 것과 같은 느낌이었습니다.

이심전심으로 의기가 서로 투합하여 당장 어디 먼 곳으로 도피 여행이라도 떠나고 싶은 심정입니다. 그래도 저는 그 학생보다는 10여 년 연상이고 처자를 거느린 가장이고 교사라는 신분 때문에 어느 정도 신중을 기하는 편이지만 그 여학생은 물불을 가리지 않는 철부지였습니다. 이런 땐 어떻게 해야 할지 좋은 가르침을 좀 주셨으면 합니다."

"참으로 일생일대의 어려운 시련을 만나셨군요. 한 선생님이 만약에 수련이 무엇인지도 모르는 무명중생(無明衆生)이었다면 틀림없이 벌써 무슨 일을 저질렀을 겁니다."

"혹시 전생에 제가 그 여학생과 기막힌 사연이라도 있었던 것이 아닐까요?"

"두 사람은 열렬히 사랑하는 부부였는데 신혼 때에 천재지변으로 유명을 달리한 사이입니다. 그러니까 잠재되어 있던 전생의 사랑의 열정이 처음으로 시선이 마주치는 순간 무의식중에 폭발한 것입니다.

이런 때 도덕성과 윤리 의식이 박약한 민초라면 누가 먼저랄 것도 없이 전생의 습관대로 아무런 가책도 받지 않고 아주 자연스럽게 여관이나 호텔로 직행할 수도 있었을 것입니다. 이 세상에는 기혼 남녀 사이에도 심지어 할아버지와 손녀뻘 되는 사이에도 첫눈에 눈이 맞아 곧바로 성합으로 치닫는 엽기적인 사건들이 가끔씩 일어나는 것은 바로 이 때문입니다.

그러나 그 결과가 어떻다는 것을 뻔히 알고 있는 사람들은 그러한 함정에 빠져들지 않습니다. 특히 관(觀)을 일상생활화 하는 수련자들은 이런 때 걷잡을 수 없이 흔들리는 마음의 고삐를 바싹 조일 수 있는 통찰력을 발휘할 수 있습니다.

배를 몰고 대양을 항해하던 선장이 뜻하지 않은 대형 폭풍에 휘말린 것과 같습니다. 이때 선장이 폭풍에 휘말려 정신을 잃어버리면 과연 선장의 소임을 제대로 다할 수 있겠습니까? 이때 유일한 살길은 정신 똑바로 차리고 한 치의 오차도 없이 최선을 다하여 그 거친 파도와 폭풍을 슬기롭게 헤쳐 나가는 것입니다. 정신을 잃는다는 것은 그 여학생과의 사련(邪戀)에 빠져 모든 것을 망쳐 버리는 것이고 정신을 똑바로 차린다는 것은 그 폭풍을 지혜롭게 헤쳐 나가는 겁니다."

"당연히 그래야만 한다는 것을 뻔히 알고 있으면서도 행동이 따라주지 않으니 탈입니다."

"그럴수록 자기성찰이라는 여의봉을 휘둘러 폭풍을 가라앉혀야 합니다. 가라앉히면 시련을 극복하는 것이고 그 폭풍에 휘말려 버리면 인과에 눌려 침몰당하는 겁니다. 그렇게 되면 과거 생 이전으로 후퇴하게 됩니다.

나는 한봉영 선생님이 부디 현명한 선택을 해 주시기 바랍니다. 인내력과 극기력을 발휘하여 이번 일을 잘 이겨 내시면 수련도 크게 한 단계 뛰어오르게 될 것입니다. 생이란 어차피 전진 아니면 후퇴의 한 과정입니다. 이왕이면 전진 쪽을 택하시기 바랍니다."

"달리 무슨 방법이 없겠습니까?"

"한봉영 선생이 독신이라면 별 문제될 것이 없겠죠. 그러나 그렇지 않지 않습니까? 여기서 자칫 생각을 잘못하면 한 선생님 자신뿐만 아니라 그 여학생은 물론이고 한 선생님의 가족과 한 선생님을 따르던 제자들에게도 씻을 수 없는 상처를 입힐 수 있습니다. 그것은 생명력의 퇴화입니다. 생명은 진화하는 데 의미가 있습니다. 그 여학생과의 과거 생에 집착하는 것은 분명 생명의 퇴화지 진화는 아닙니다."

"제 의지력만으로는 제 마음을 다스릴 수 없을 때는 어떻게 하면 좋겠습니까?"

"우선은 관(觀)으로 자신을 다스려 보고 그래도 정 안되면 그때는 다른 학교로 전근을 하시든가 하여 서로 마주칠 수 있는 기회를 없애야 합니다. 지금까지 눈에 보이지 않았을 때는 아무 일도 없다가 갑자기 그 여학생이 눈앞에 나타남으로써 한 선생님의 마음을 폭풍처럼 뒤흔들어 놓았으므로 그 이전의 상태로 돌아가는 것도 한 방법이 될 수 있을 것입니다. 우선 눈에 띄지 않으면 자연히 마음에서도 멀어지게 되어 있으니까요."

"저도 그것을 생각해 보았습니다만 지금 상황으로는 제가 다른 학교로 전근을 해도 그 여학생은 결사적으로 따라올 것입니다. 그것도 문제가 아니겠습니까?"

"그럴 가능성이 보입니까?"

"지금의 기세로 보아서는 물불을 가리지 않을 기세입니다."

"그렇다면 한 선생님이 깊은 산사에 숨어 있어도 따라오겠군요."

"국내에 있는 한 어디든지 따라올 것 같은 예감이 듭니다."

"그럼 외국은 어떻습니까?"

"재산가의 딸이라 외국에까지도 따라올 가능성이 있습니다."

"그렇다면 한 선생님 자신의 마음을 다스려야 합니다."

"어떻게 말입니까?"

"황진이의 숱한 유혹을 끝끝내 이겨낸 서화담 선생과 같이 자기 자신의 마음과 몸과 기를 스스로 다스릴 수 있으면 못할 일이 없습니다."

그는 아무 말 없이 잠시 깊은 생각에 잠겨 있다가 입을 열었다.

"선생님, 좋은 가르침 주셔서 정말 고맙습니다."

"무슨 결심이 섰습니까?"

"네."

"어떻게 하실 작정이십니까?"

"철야(徹夜)를 하는 일이 있더라도 용맹정진(勇猛精進)해 보겠습니다."

"잘하셨습니다. 결국은 마음먹기에 달려 있습니다. 일체유심소조(一切唯心所造)인데 무슨 일인들 못 하겠습니까?"

"반드시 성공해 보이겠습니다."

"자알 생각하셨습니다. 나 역시 그런 대답이 나오기를 기다렸습니다."

"선생님, 정말 고맙습니다."

“부디 이 기회에 꼭 부동심(不動心)을 확실히 거머쥐시기 바랍니다.”

“꼭 그렇게 하겠습니다.”

“그렇게만 된다면 이번 위기가 도리어 전화위복의 계기가 될 수 있을 것입니다. 만약에 한 선생님이 부동심(不動心)과 평상심(平常心)을 동시에 확보하게 되면 그 여학생의 마음까지도 능히 다스릴 수 있는 능력을 갖게 될 것입니다.”

모함을 당했을 때

모 문예지에 소설이 당선되어 작가로 데뷔한 30대 후반의 수련자 송문규 씨가 말했다.

"선생님, 저는 뒤늦게 소설가로 문단에 나온 지 아직 1년도 채 안되었습니다만 요즘 뜻밖의 사태로 갈등을 겪고 있습니다."

"무슨 일인데요?"

"저와 함께 응모했다가 낙방한 사람이 제가 심사위원들에게 금품 로비를 하여 겨우 턱걸이로 당선이 되었다고 전연 터무니없는 소문을 퍼뜨리면서 돌아다니고 있습니다. 이러한 헛소문은 이미 문단과 소설 지망생들 사이에도 쫙 퍼져서 웬만한 사람은 모르는 이가 없다고 제 친구가 귀띔을 해 주었습니다."

"그것이 전연 근거 없는 헛소문인 것은 틀림이 없습니까?"

"그렇고말고요. 정말 미치고 환장하여 팔짝팔짝 뛸 지경입니다."

"그래도 참아야죠. 그럼 송문규 씨와 문제의 심사위원들하고는 평소에 전연 교류가 없었습니까?"

"그렇고말고요. 세 사람의 위원 중 두 사람은 대학의 훨씬 먼 선배이긴 하지만 개인적으로 교제를 가진 일은 전연 없습니다. 제가 보기에는 모함자가 순전히 그 대학 선후배 관계를 가지고 그럴듯하게 창작을 한 게 아닌가 생각됩니다. 또 바로 그 점 때문에 듣는 사람들도 솔깃해하는 것 같습니다."

"그래 송문규 씨는 어떻게 할 작정입니까?"

"제 친구들 중에는 그 모함자(謀陷者)를 위계에 의한 명예 훼손 혐의로 사법 당국에 고소를 하여 결백을 밝히라고 하는 측이 있는가 하면 직접 그자에게 찾아가 따끔하게 손을 좀 보아 주라고 합니다. 저 역시도 하도 억울하고 속이 상해서 양단간에 결정을 내려야겠다고 생각 중입니다."

"그래서 둘 중에 어느 쪽을 택하려고 하십니까?"

"아무래도 폭력을 행사하는 것은 제 성미에 맞지 않고 금전과 시간이 좀 들더라도 합법적으로 고소하는 쪽을 택하는 것이 어떨까 생각하고 있습니다. 선생님께서는 어떻게 생각하십니까?"

"내가 만약에 송문규 씨라면 그냥 못 들은 척하고 내버려둘 것입니다."

"저도 그 생각을 안 해 본 것이 아닌데요. 그냥 참아 내자니까 너무 억울하고 약이 올라서 밤잠이 오지 않습니다."

"그래도 참는 것이 이기는 겁니다. 경찰이나 검찰에 고소를 한다고 해서 금방 진상이 밝혀지느냐 하면 그렇지도 않습니다. 만약에 모함자 쪽에서도 변호사를 내세워 대항을 해 오면 보통 복잡하고 맥빠지는 게 아닙니다.

차라리 그런 데 소비할 정력과 시간과 돈이 있으면 좋은 작품을 써서 송문규 씨의 문학적인 실력을 길러 독자들을 즐겁게 해 주는 것이 훨씬 더 보람이 있고 생산적인 일이 될 것입니다. 만약에 송문규 씨가 무게 있는 작품으로 독자들의 심금을 울릴 수 있게 된다면 그 모함자가 만들어 낸 소문은 글자 그대로 아무 쓸모도 없는 유언비어가 되어 사람들의 화제에서 자취를 감추게 될 것입니다. 정말 그렇게 된다면 그것이야말로 전화위복의 계기가 되지 않겠습니까?"

"그렇겠는데요. 선생님 말씀을 듣고 있자니까 어쩐지 제가 너무나 초라한 것 같아서 쥐구멍이라도 있으면 들어가 숨고 싶은 심정입니다."

"그렇게 긍정적으로 받아들이니 말한 보람이 있군요. 사필귀정(事必歸正)이라고 하지 않습니까? 만약에 송문규 씨가 계속 역작들을 써내면 모함한 사람은 스스로 낯을 제대로 들고 다니지 못하게 될 것입니다. 사람들은 그것이 다 질투와 시기심이 빚어낸 중상모략이라는 것을 깨닫고 그런 유언비어가 있었다는 사실조차 잊어버리게 될 것입니다."

"그러나 그것은 제가 다행히도 좋은 작품을 연속으로 써냈을 때의 얘기지 그렇지도 못할 때는 사정이 달라지지 않겠습니까?"

"그렇지도 않습니다. 송문규 씨가 비록 역작을 내놓지 못했다고 해도 그러한 유언비어가 언제까지나 사람의 입에 오르내리지는 못할 것입니다. 결국은 시간이 흐르면 그런 근거 없는 헛소문은 뿌리 없는 나무가 조만간에 시들어 버리듯 자연히 수명이 다해 사그러들게 되어 있습니다. 송문규 씨는 혹시 유명세(有名稅)라는 말 들어 본 일이 있습니까?"

"네, 있습니다. 어느 분야에서든지 남의 이목을 끄는 사람이 받는 불이익을 말하는 것 아닙니까?"

"그렇습니다. 송문규 씨도 몇백 대 또는 몇천 대 일의 관문을 뚫고 소설 응모에 당선된 유명세를 톡톡히 치르고 있다고 생각하면 그렇게 억울할 것도 없을 것입니다. 그 정도는 보통이니까요."

"선생님도 등단(登壇) 시에 그런 일을 당하셨습니까?"

"물론입니다."

"그때 얘기를 좀 해 주시겠습니까?"

"나는 송문규 씨보다도 더 늦깎이로 1974년에 42세의 나이로 지금은 폐간된 한국문학(韓國文學)이라는 문예지의 제1회 소설상에 당선되어 정식으로 문단에 데뷔했습니다. 이 잡지는 당시 문단의 대부였던 김동리 선생과 부인인 손소희 여사 두 분이 사재를 털어 창간한 잡지였습니다. 예비 심사를 통과한 후보 작품들을 훑어보신 김동리 선생은 아무래도 성이 차지 않았던지 응모 작품들을 전부 다 가져오라고 했습니다."

"아니 그러면 그때 선생님의 응모 작품은 후보 작품에도 끼지 못했단 말입니까?"

"그럼요. 그래서 응모 작품들을 일일이 훑어보시던 김동리 선생의 눈에 띈 작품이 바로 내가 쓴 '산놀이'라는 2백자 원고지 70매 정도의 단편이었습니다. 그렇게 되자 원래 말 많은 문단이라 별별 구설이 다 나돌기 시작했습니다.

내가 뒷구멍으로 김동리 선생에게 로비를 하지 않았으면 어떻게 그런 일이 일어날 수 있느냐?고 그럴 듯하게 꾸며서 헛소문을 퍼뜨려 낸 사람이 있었습니다. 나보다 바로 두 해 전에 등단한 문단 친구가 유언비어가 만들어져 유포된 과정을 세세히 알려 주었던 겁니다."

"그럼 김동리 선생과는 전연 개인적으로 모르는 사이였습니까?"

"그렇고말고요."

"그야말로 순전한 중상모략이었군요."

"맞습니다."

"억울하고 약 오르지 않았습니까?"

"억울하긴 했지만 대항 조치를 결심할 정도로 약이 오르지는 않았습니다."

"왜요?"

"나는 20대부터 20여 년을 각 신문의 신춘문예와 각 문예지의 소설 응모에 꾸준히 작품을 보내 보았지만 번번이 낙방만 해 왔습니다. 그러다가 이동희라는 문우의 권고로 새로 창간된 한국문학지에 별반 기대도 하지 않고 응모했다가 당선이 된 겁니다.

그때 나는 코리어 헤럴드라는 영자신문 편집부에 기자로 일하고 있었는데 한국문학지의 영업부장이었던 김동리 선생의 큰아드님으로부터 뜻밖에 당선 통고를 받고는 너무나도 오랜 숙원이 이루어지자 꿈인지 생신지 구분이 가지 않을 정도로 흥분해서 그 따위 중상모략 같은 것은 안중에도 없었습니다.

그리고 그런 식의 새빨간 거짓말은 오래 가지 않을 것이라는 확신이 들었습니다. 그래서 깡그리 무시할 수 있었습니다. 그러니까 송문규 씨도 못 들은 척하고 그냥 넘겨 버리는 것이 좋을 것입니다. 호사다마(好事多魔)라고 하여 잔칫집에 으레 거지, 깡패, 사기꾼들이 쉬파리 꼬여들 듯, 좋은 일에는 언제나 마가 끼게 마련입니다. 그리고 모함자(謀陷者)에게는 법적 대응 조치 대신에 좋은 작품으로 응수하는 것이 최선책입니다.

문단에 정식으로 데뷔하는 것은 자연인이 남의 이목을 항상 끄는 공인(公人)으로 탈바꿈되는 과정입니다. 공인은 인지도(認知度)에 비례해서 반드시 모함과 구설수가 따라다니게 되어 있습니다. 데뷔 연도가 낮은 신참 문인일수록 모함을 당할 때마다 명예 훼손으로 고소를 하느니 손을 보느니 하고 콩 튀듯 팥 튀듯 합니다.

그러나 연륜이 오래된 고참일수록 그런 일에 남의 일을 대하듯 초연

합니다. 그 대신 자기가 맡은 일을 열심히 합니다. 그리고 언제 어디서 무슨 위해(危害)를 당할지 모르니까 항상 몸을 조심합니다. 다시 말해서 모함과 위해를 자기가 맡은 일 잘하라는 채찍으로 알고 성심성의를 다합니다. 송문규 씨도 부디 남들이 존경하는 훌륭한 작가가 되는 것으로 모함자에게 응수해 주시기 바랍니다. 그것이야말로 모함자에게 가하는 가장 멋진 앙갚음이 될 것입니다."

하화중생(下化衆生)하는 법

우리집에서 6년 동안이나 일주일에 한 번씩 정기적으로 수련을 하여오는 50대 초반의 주부 수련자인 김정혜 씨가 말했다.

"선생님 저는 요즘 말 못 할 고민이 하나 생겼습니다."

"무슨 고민입니까?"

"어떻게들 알았는지 저를 아는 사람은 아는 사람들대로, 모르는 사람은 이런저런 연줄을 타고 저한테 전화들을 걸어옵니다. 그런데 문제는 그 전화 걸어오는 사람들의 수효가 나날이 늘어나고 있다는 겁니다."

"무슨 일로 그렇게 많은 전화들이 걸려옵니까?"

"저하고 한 번 통화를 하고 나면 빙의령이 천도된다는 이상한 소문이 나돌고 나서부터 그렇게 된 것 같습니다. 어떤 사람이 길을 걸어가다가 오토바이 짐받이에 허리가 스치는 순간 삐끗하면서 잠시 정신을 잃었다고 합니다. 그 자리에 쓰러졌다가 곧 제정신을 차리기는 했지만 그때부터 온몸에 고열이 나면서 몸이 펄펄 끓고 두 눈이 시뻘겋게 충혈이 되었습니다.

병원에 가 보았지만, 의사들은 아무리 첨단 의료 장비를 동원해서 진단을 해 보아도 몸에는 아무 이상이 없었습니다. 아무래도 심인성(心因性) 질병 같다면서 의사들은 자기네 소관이 아닌 것 같다고 말했습니다.

누가 그러는데 지리산에서 20년 수도를 한 족집게 같은 보살(사실은 무당)이 있다면서 가 보라고 해서 찾아갔더니 귀신이 들어와 있는데 굿을 해서 내보내야 한다고 했답니다. 5백만 원을 들여 거창하게 굿을 했건만 단 하루 동안 좀 낫는 것 같더니 그 열병은 다시 도졌습니다.

어떻게 된 거냐고 무당에게 항의했더니 솔직하게 미안하다면서 그 귀신의 영력(靈力)이 하도 강해서 자기 나름으로는 최선을 다했지만 도저히 어쩔 수 없었다고 미안해했습니다. 그는 단념하는 수밖에 없었습니다.

그러자 이번에는 누가 그러는데 어느 절에 가면 천도재(薦度齋) 잘하는 도인 스님이 있는데 거기 가서 재를 올리면 효력이 있을 것이라고 말했습니다. 물에 빠진 놈 지푸라기라도 잡는다고 그는 할 수 없이 그 절에 찾아가서 1천만 원이나 들여 아주 거창하게 사흘 동안이나 천도재를 지냈습니다. 그런데 신통하게도 천도재를 지내는 사흘 동안만은 열병이 거짓말처럼 깨끗이 낫는 것 같더니 천도재 끝낸 이튿날부터 그 병은 다시 도졌다고 합니다.

바로 그 사람이 어떻게 연줄에 연줄을 타고 저의 윗동서하고 연결이 되어 저와 통화가 되었습니다. 그 사람이 전화로 저에게 '선생님 제발 저 좀 살려 주십시오' 하고 호소를 하는 순간 저는 마치 어둔 밤에 홍두깨로 뒤통수를 한 대 얻어맞은 것 같은 충격을 받고 휘청거렸습니다. 다행히 쓰러지지는 않았지만 저 역시 심한 고열로 만 열흘 동안을 무지하게 앓았습니다.

그동안에 저는 지난 5년 동안 등산하는 날 이외에는 하루도 거른 일이 없는 조깅까지도 못할 정도로 심하게 앓았습니다. 그 일로 그 사람은 열병이 깨끗이 나았습니다. 그 뒤에는 이 사건이 입에서 입으로 번져서 더 많은 사람들이 전화를 걸어옵니다. 한밤중에도 잠을 이룰 수 없을 정도로 많은 전화들이 걸려옵니다."

"그때 살려 달라고 전화했던 사람은 병이 깨끗이 나은 후 고맙다는 인사라도 하러 찾아왔습니까?"

"찾아오기는커녕 전화로라도 고맙다는 인사 한마디 없습니다."

"그렇다면 그런 사람은 도와줄 가치도 없습니다. 빙의령을 천도해 주는 사람이 얼마나 고통을 당하는지도 모르고 자기 병만 거짓말처럼 깨끗이 나으니까 마치 꿈이라도 꾸고 난 듯이 잊어버리는 겁니다."

"그럼 어떻게 해야 합니까?"

"빙의령으로 고생하는 수행자를 도와주어야 합니다. 그래야 도와준 보람이 있습니다. 수련자는 그렇게까지 배은망덕하는 일은 없을 것입니다. 함정에 빠진 구도자를 꺼내 주면 자기도 능력이 생기면 남을 도와주는 일을 할 것입니다.

그러나 구렁텅이에 빠진 도둑을 애써 구해 주었더니 개과천선은커녕 도둑질을 더 많이 했다면 그런 도움은 무슨 필요가 있겠습니까? 악한 사람은 적어도 악한 짓을 다시는 하지 않겠다고 뉘우쳤을 때 도와주어도 늦지 않습니다."

"그 말씀 명심하겠습니다. 더구나 제가 금품을 요구하지 않는다는 소문까지 번지면서 더 많은 전화들이 걸려와서 저도 이제는 남모르는 곳으로 몸을 피하든지 무슨 수를 내야 할 것 같습니다.

전화가 걸려올 때마다 상대편에서 빙의령이 저한테 옮겨오는 바람에 저 역시 적지 않는 고역을 치뤄야 하는데다가 그 전화를 다 받으려면 제 일상생활을 제대로 영위할 수 없을 정도입니다. 선생님, 이런 때는 어떻게 해야 하겠습니까?"

"김정혜 씨도 그만큼 남의 도움을 받아 수련을 하여 상구보리했으니 이제부터는 하화중생하라는 섭리인 것 같습니다."

"제가 어떻게 그럴 자격이나 있겠습니까?"

"있습니다."

"제가요?"

그녀는 깜짝 놀란 눈으로 나를 쳐다보았다.

"그렇고말고요. 충분히 자격이 있으니까 사람들이 그렇게 모여드는 겁니다."

"저는 아직 영안도 뜨이지 않아서 빙의령의 모습이 보이지도 않고 오직 기감(氣感)으로만 감지할 뿐인데도요?"

"영안은 앞으로 더 수련이 진행되면 열릴 것입니다. 지금 김정혜 씨는 지리산에서 20년 수도를 했다는 보살이나 천도재 잘한다고 소문난 문제의 도인 스님보다도 도력이 훨씬 높은 수준에 와 있습니다."

"과찬이시겠죠."

"결코 과찬이 아닙니다."

"그럼 제가 어떻게 하는 것이 하화중생(下化衆生) 하는 것이 되겠습니까?"

"우선 구도심이 있는 수련자들을 모아 가르치는 방법을 강구해야 합니다. 김정혜 씨의 빙의령 천도 능력은 구도자의 수련을 도와주라는 것이지 진리가 무엇인지 구도가 무엇인지 수련이 무엇인지도 모르는, 자기 욕심 채우는 것밖에 모르는 무명중생(無明衆生)들의 빙의령이나 천도해 주라는 것은 아닙니다."

"그럼 구도자가 아닌 도심(道心)도 없는 민초들의 빙의령을 천도해 주는 것은 별로 의미가 없다는 말씀인가요?"

"그렇습니다. 방금 전의 실례에서도 보시지 않았습니까? 그저 잘 먹고 잘살자는 본능적인 이기심만 가지고 하루하루 그럭저럭 살아가려는 민초들의 빙의령은 제아무리 천도시켜 주어 보았자 돼지에게 진주를 던져 주는 것만큼이나 무의미한 일이 될 것입니다. 빙의란 수련을 하라는 신호이기도 합니다. 적어도 이 신호를 제대로 감지하여 수행을 해야겠다는 도심이 확실히 싹튼 구도자를 도와주어야 합니다."

"그럼 구체적으로 그러한 구도자를 어떻게 도와주는 것이 저에게는 의미 있는 일이 될 수 있겠습니까?"

"구도자로서 기공부를 하겠다는 사람들의 운기(運氣)를 도와주고 그가 만약에 수련 중에 상기병(上氣病)에 걸렸을 때 그것을 고쳐 주는 겁니다."

"운기를 도와준다는 것이 무엇을 말합니까?"

"단전호흡을 하려는 수행자들이 기를 느끼고 기문이 열리고 소주천, 대주천이 될 수 있도록 도와주는 것을 말합니다. 김정혜 씨가 지금으로부터 6년 전에 나한테 찾아와서 거의 한 주도 거르지 않고 꾸준히 수련을 해 온 결과 오늘날과 같이 남의 빙의령을 천도할 수 있을 정도로 실력을 쌓을 수 있게 된 것처럼, 이제부터는 지금껏 나한테서 익혀 온 실력을 다른 구도자들에게 베풀어야 한다는 말입니다."

"상기병이란 무엇입니까?"

"구도자가 수행 도중에 영가(靈駕)에게 빙의되어 두통을 호소하는 경우를 말합니다. 그런 때는 김정혜 씨와 같은 능력 있는 실력자라야 실질적인 도움을 줄 수 있습니다."

"그럼 선생님, 제가 어떻게 해야 그런 일을 할 수 있겠습니까?"

"뜻이 있는 곳에는 길이 열리게 되어 있습니다. 그것은 이제부터 김정혜 씨 자신이 풀어 나가야 할 숙제입니다."

"그래도 지금 같아서는 어떻게 해야 할지 너무 막연해서 엄두가 나지 않습니다."

"관(觀)하고 모색하고 연구하면 반드시 길이 열리게 되어 있습니다. 우선 단전호흡 도장을 조그마하게 하나 개설하는 것도 한 방법이 될 것입니다. 더구나 김정혜 씨는 나한테 오시기 전에 2년간이나 도장에 나가신 일이 있지 않았습니까?"

"그렇기는 하지만 제가 감히 도장을 운영할 자격이 과연 있는지 의문입니다."

"내가 보기에는 그럴 자격이 충분히 있고도 남습니다. 요즘 한창 선전되고 있는 단전호흡 가르치는 도장에 나가 보면 기가 무엇인지도 모르는 사람이 원장이니 법사니 사범이니 하는 직책을 가지고 있는 경우가 허다합니다. 이런 도장에서는 수련생이 기에 대해서 질문하는 것을 제일 싫어한다고 합니다."

"왜 그럴까요?"

"기를 체험하지 못해서 기를 모르니까 수련생이 질문을 해도 자신 있게 대답해 줄 수가 없기 때문이죠. 그런 사람들에다 비하면 김정혜 씨는 굉장한 고수(高手)라고 할 수 있습니다."

도장은 실력자가 직접 운영해야

"그렇게 말씀하신다면 저를 가르쳐 주신 선생님께서는 왜 도장을 개설하시지 않으셨습니까?"

"내가 만약에 글쟁이가 아니어서 『선도체험기』를 쓰지 않게 되었더라면 응당 도장을 하나 열었을 것입니다. 그러나 나는 도장을 열기보다는 『선도체험기』와 같은 책을 써서 국내외의 수련자들에게 읽히는 것이 훨씬 더 효과적이라는 판단이 섰기 때문에 도장 개설보다는 지금처럼 독자들을 상대로 책을 쓰면서 오행생식 대리점을 열어 오후 3시부터 5시 사이에 내 서재를 개방하여 혼자서는 수련이 잘 안되는 구도자들에게 도움을 주고 있습니다.

좌우간 잘 연구해 보십시오, 도장을 개설하는 것보다 더 기발한 무슨 좋은 방법이 있다면 그걸 시험해 보는 것도 좋을 것입니다. 그러나 다른 방법이 생각나지 않는다면 우선 조그마하게 도장을 하나 개설하면 반드시 제자들이 모여들 것입니다."

"과연 그럴까요?"

"틀림없습니다. 당분이 있는 꽃에 꿀벌이 모여들 듯이 수련자들은 귀신처럼 좋은 기운이 있는 곳을 알고 모여들게 되어 있습니다. 그리고 반드시 김정혜 씨가 직접 수련생들을 지도하셔야 합니다. 그래야 김정혜 씨의 강한 기운이 전달되어 수련생들의 공부가 눈에 띄게 향상될 것입니다. 그뿐만 아니라 수련생들을 지도하다가 보면 어느새 김정혜 씨 자신의 수련도 획기적으로 향상되는 것을 알게 될 것입니다. 남을 가르치는 것이 바로 자기 자신을 가르치는 공부가 되기 때문입니다. 그러나 반드시 조심할 것이 있습니다."

"그게 뭡니까?"

"수련생들이 많이 모여든다고 해서 욕심을 내어 전국적으로 지원망(支院網)을 개설하지는 않는 것이 좋습니다."

"왜요?"

"그렇게 지점망을 확장해 나가다가 보면 자격도 없는 사람을 지원장이나 법사 또는 사범으로 임명하게 되어 부실화를 초래하게 될 것입니다. 그 밖에도 지원망을 형성하게 되면 반드시 실력 없는 사람들이 지원을 운영하는 일이 벌어지게 되므로 수련의 질이 떨어지게 됩니다.

그렇게 되면 자연히 수련생들이 하나둘 떨어져 나가게 되어 운영난에 빠지게 될 것입니다. 적자를 메우고 도장 운영을 정상화하기 위해서 당사자들은 잔머리를 굴리게 됩니다. 그 결과 중앙에 있는 교주를 우상화하거나 신격화함으로써 그 권위를 내세워 지방 수련생들을 끌어모으려고 합니다.

다시 말해서 구도자들을 수련시키는 것은 뒷전으로 물러나고 조직 자체를 살리기 위해서 선량한 수련자들을 혹세무민하는 일이 다반사로 벌어지게 됩니다. 이러한 과정을 통해서 유사 종교와 사이비 종교가 태어나게 됩니다. 더구나 종교 다원주의 국가인 한국에서는 종교의 자유를 빙자하여 유사 종교와 사이비 종교의 천국과도 같이 되어 버렸습니다.

그러면 소위 고등 종교라는 불교, 기독교, 유교, 회교 등등은 사이비 종교적인 요소가 전연 없는가 하면 그렇지는 않습니다. 지구상에 존재하는 어떠한 고등 종교 조직이든지 자세히 분석해 보면 그 교주를 신격화하고 우상화하고 신비화하지 않는 것은 하나도 없습니다. 단지 진짜 사이비 종교보다는 공공의 이익을 좀 덜 해친다는 차이가 있을 뿐입니다.

왜 이런 현상이 벌어지는가 하면 신도들이 떨어져 나가면 목사나 신부나 승려와 같은 직업적인 교직자들이 생계를 꾸려 나갈 수 없기 때문입니다. 따라서 종교 조직을 살리기 위해서 교주를 신격화하는, 사기 협잡이 자행되지 않을 수 없습니다.

이 때문에 교주의 의도가 상당 수준 왜곡될 수도 있습니다. 종교 조직 유지를 위해서 예컨대 석가모니, 공자, 예수, 마호메트의 의도가 잘못 전달되어 각종 종교 분쟁과 전쟁을 일으키게 하여 인류에게 무서운 재앙을 과거에는 말할 것도 없고 지금도 초래하고 있습니다.

그런 것을 생각하면 차라리 아무런 종교 조직도 갖지 않은 노자, 장자, 소크라테스, 톨스토이 같은 성자들의 의도가 그들의 저서를 통하여 오히려 더 진솔하게 독자들에게 가감 없이 전달되고 있다고 할 수 있습니다. 그래서 나는 백해무익한 조직망 개설을 반대합니다. 그러나 실력 있는 구도자가 직접 운영하는 도장이나 그가 직접 양성한 능력 있는 제자들이 직접 운영하는 도장을 개설하는 것은 적극 찬성합니다."

"무슨 뜻인지 잘 알겠습니다."

"혹시 김정혜 씨의 부군 되는 분이 김정혜 씨가 수련하는 거 반대하시지는 않습니까?"

"남편은 제가 수련하는 것을 적극 찬성해 왔습니다. 지금 『선도체험기』를 35권째 읽고 있는데 이제 곧 선생님께 데리고 올 겁니다."

"혹시 부군이 김정혜 씨가 도장 내는 것을 반대하지는 않을까요?"

"저를 도와줄지언정 반대는 하지는 않을 것입니다."

"만약에 도장을 열고 김정혜 씨가 수련생들을 모아놓고 그들 앞에서 직접 도인체조를 가르치고 나서 단전호흡을 일일이 지도한다면 단 시일 안에 수련생들이 기하급수적으로 늘어나게 될 것입니다."

"과연 그럴까요?"

"내 경험으로는 틀림이 없습니다."

"믿어지지가 않습니다."

"확신을 가지세요. 나도 보는 눈이 있습니다."

"죄송합니다. 선생님을 의심하는 것은 아닙니다."

"다른 도장에서 아무리 수련해 보아도 별 효과를 못 보던 수련자들이 자꾸만 모여들게 될 것입니다. 다른 곳에서는 기문(氣門)이 열리는 데만 한 달 이상이 걸렸었는데도 김정혜 씨의 도장에서는 불과 하루나 이틀밖에 안 걸리고 그 소문이 퍼져 나가면 삽시간에 수련생들이 구름처럼 모여들게 될 것입니다.

한편 자기네 수련생들을 빼앗긴 다른 수련 단체들에서는 비상이 걸리고 김정혜 씨의 도장을 견제하려고 온갖 중상모략을 자행할 것이고, 김정혜 씨가 접신(接神)이 되었다느니 귀신이나 떼어 주는 무당이라느니 어쩌니 하고 별별 악성 루머를 다 퍼뜨릴 것입니다. 그런데도 별 효과가 없으면 조직 폭력배들을 고용하여 테러를 가하는 등 별별 못된 짓을 서슴지 않으려고 할 것입니다."

"그런 범죄 행위가 맥을 쓰겠습니까? 설사 그런 일이 일어난다 해도 그때 가서 적절하게 대처하면 되겠죠."

"그 정도의 각오라면 도장을 개설해도 됩니다."

"선생님, 제가 지금 문제로 삼는 것은 빙의령 때문에 걸려오는 전화에 어떻게 대처하는 것이 좋겠는가 하는 겁니다."

"도장을 개설하면 그 문제도 자연히 해결될 것입니다."

"어떻게 말입니까?"

"도장에 정식으로 회원으로 가입하여 수련을 하는 사람에게만 도움을 주겠다고 공표하면 됩니다. 그리고 앞으로는 걸려오는 모든 전화는 김정혜 씨가 직접 받지 말고 다른 사람이 받게 해야 합니다. 빙의령 때문에 꼭 만나겠다는 사람은 우선 수련생으로 등록하여 수련을 해야 된다는 전제 조건을 달면 됩니다. 수련이라는 것은 바르게 사는 훈련을 조직적으로 일상생활화 하는 것을 말합니다.

다시는 올바르지 못한 짓을 하여 인과율에 빠지지 않고 바르게 살겠다는 사람이 수련자요 구도자입니다. 일주일 내내 나쁜 짓하고 일요일에 교회에 나가서 눈물 흘리면서 회개하고 나서 하나님한테 용서받았다고 착각하고, 그 다음 일주일 동안 내내 또 나쁜 짓하고 그 다음 일요일에 또 교회가 나가서 회개하는 일을 되풀이하는 그런 사람은 도와줄 만한 값어치가 있겠습니까?

제 욕심을 챙기기 위해서 남을 속이고 몰래 도둑질도 하고 남을 모함도 하는 사기 협잡도 마다하지 않는 사람은 빙의가 되었다 해서 도와주어 봐야 여전히 잘못을 되풀이할 것입니다. 이런 사람을 도와주어 봤자 무슨 보람이 있겠습니까? 이런 사람은 스스로 잘못을 뉘우치고 바른길로 들어설 때까지 기다려야 할 것입니다. 그러니까 우선은 수련자만을 도와주어야 합니다."

"너무 비정(非情)하다고들 하지 않을까요?"

"김정혜 씨도 살아남기 위해서는 그렇게 하지 않을 수 없습니다. 그렇게 하지 않고 어떤 사람처럼 기 수련원이라는 간판을 내걸고 돈 받고 빙의령을 천도해 주는 사업이라도 시작한다면 귀신이나 떼어 주는 신종 무당이라는 비난을 사기 쉬울 뿐 아니라 그것은 바른길이 아닙니다.

빙의령 천도는 어디까지나 수련자를 도와주는 하나의 방편은 될지언정 그것 자체가 목적이 될 수는 없기 때문입니다. 다시 말해서 빙의령 천도는 수련의 방편은 될 수 있어도 돈을 받는 대가로 무명중생들의 빙의령을 천도시켜 주는 영리 수단이 되어서는 안 된다는 얘기입니다.

그리고 모든 수련 행위의 궁극적 목적은 수련자 자신이 자기 존재의 실상을 깨달아 성통공완하고 견성 해탈하는 것이 되어야지 수련 도중에 일어나는 빙의령 천도와 같은 초능력을 획득하는 데 있지 않다는 것을 똑똑히 알아야 합니다.

초능력은 어디까지나 수련자가 극복해야 할 대상이지 그 속에 안주해야 할 대상은 아닙니다. 초능력에 집착하거나 그 안에 안주하는 한 그 사람은 이미 구도자가 아니고 별 볼 일 없는 하찮고 보잘것없는 말변지사(末邊之事)에 매달리는 가련한 무당이요 무명중생에 지나지 않는다는 것을 분명히 깨달아야 할 것입니다."

무당(巫堂)과 접신자(接神者)의 차이

"선생님께서는 조금 전에 접신(接神) 얘기를 하셨는데, 무당하고 접신자(接神者)하고는 어떻게 다릅니까?"

"무당이나 접신자나 자기 자신의 의사가 아니라 외부 신령의 지배를 받으면서 그의 뜻대로 움직인다는 면에서는 같습니다. 다만 다른 것이 있다면 무당은 전통적으로 빙의된 환자로부터 돈 받고 굿해 주고 귀신을 내보내는 것이 업입니다.

그러나 접신자라고 하면 자기에게 들어온 신령의 노예가 되어 자기 자신을 구세주니 재림 예수니 미륵불이니 정도령이니 하고 신격화하고 우상화함으로써 사이비 종교 단체를 만들어 신도들을 모아들여 말세나 천지개벽 때 살아남으려면 '나'를 믿어야 한다고 혹세무민(惑世誣民)하면서 금품을 갈취하는 자를 말합니다. 그들이 아무리 그럴듯한 명분을 내세우고 유창한 변설을 늘어놓아도 그 내막은 신격화하고 우상화된 '나'를 믿어야만 구원받을 수 있다는 속임수가 항상 도사리고 있습니다."

"그렇다면 나를 믿으라고 선전하는 사람은 무조건 접신자나 사이비 종교의 교주라고 보면 틀림없겠습니까?"

"그렇습니다."

"소위 고급 종교라는 기독교의 창시자인 예수도 '나'를 믿으라고 외치지 않았습니까?"

"그 '나'가 문제입니다. 예수처럼 제대로 수련을 하여 우아일체(宇我一體)가 된 '나'냐 아니면 이기심과 욕심이 가득찬 신령의 지배를 받는 '나'냐 하는 것이 문제입니다. 예수처럼 우주와 한 몸이 된, 다시 말해서 하나님과 하나가 된 '나'라면 그러한 '나'를 믿으라고 해도 잘못이라고 할 수 없습니다.

그러나 겨우 저급 신령에게 접신이 된 자가 자기를 믿으라고 한다면 그거야말로 사기꾼이요 천하의 웃음거리가 되지 않을 수 없을 것입니다. 그러나 문제가 되는 것은 사람은 누구나 백인백색(百人百色)이고 끼리끼리 모이게 마련이라는 데 있습니다. 이것을 유유상종(類類相從)

이라고 합니다. 접신자와 비슷한 정신 상태에 있는 무명중생들에게는 이러한 혹세무민(惑世誣民)하는 사기 협잡꾼의 속임수가 그럴 듯하게 들리게 마련입니다.

그러니까 우리는 어떤 사람이 '나를 믿으라'고 할 때 무엇보다도 먼저 믿음에 대하여 관심이 있는 사람은 그 사람의 인격을 저울질할 줄 알아야 합니다. 그 사람이 석가나 예수와 같은 진정한 성인(聖人)이라면 믿어도 좋을 것입니다. 그러나 어디서 굴러먹던 말 뼈다귀인지도 모르는 자가 갑자기 불쑥 나타나 '나를 믿으면 천당에 보내 주겠다'고 유혹한다면 당연히 그자를 의심해 보아야 합니다.

그리고 믿음 같은 것엔 애당초 관심조차 없는 자력 구도자(自力求道者)라면 믿음이니 신앙이니 종교니 하는 말에는 처음부터 거부 반응을 일으켜 귀도 기울이려 하지 않을 것입니다. 구도자는 의타심을 키워주는 신앙이니 종교니 하는 것을 배격합니다. 오직 자기 스스로 바른 일을 실천함으로써 진리에 도달하고자 할 뿐입니다."

"접신자인지 아닌지 알아볼 수 있는 방법이 있습니까?"

"자기만이 구세주요 재림 예수요, 미륵불이요 정도령이라고 하면서 자기를 믿고 따라야만 말세에 살아남을 수 있고 구원받을 수 있다고 눈 하나 깜짝 하지 않고 사기를 치는 사람이 있다면 그 사람은 틀림없이 접신자입니다."

"그건 왜 그렇습니까?"

"우리들 각자는 알고 보면 누구나 다 구원받은 존재입니다. 우리들 자신 속에는 이미 하나님과 우주가 다 들어 있습니다. 그것이 인간과 우주의 실상입니다. 우리는 수련을 통해서 그것을 깨닫기만 하면 됩니다. 알고 보면 우리들은 누구나 다 예외 없이 구세주요 재림 예수요, 미륵불이요 정도령입니다.

그런데도 불구하고 자기만이 구세주요 재림 예수요, 미륵불이요 정도령이라고 하면 그것이야말로 새빨간 거짓말이 되지 않을 수 없습니다. 사람은 누구나 다 하늘입니다. 사람이 곧 하늘입니다. 이것을 사람 인 자, 곧내 자, 하늘천 자 즉 인내천(人乃天)이라고 합니다.

그런데도 불구하고 자기만이 하늘이라고 주장하는 자가 있다면 갈데없는 사기꾼이 아니고 무엇이겠습니까? 또 그러한 자를 믿는 사람이 있다면 그 사람이야말로 어리석기 짝이 없는 가련한 맹신자(盲信者)일 수밖에 없을 것입니다."

사이비 종교에 빠진 어머니

우리집에 7년 동안 꾸준히 다니면서 수련을 해 오는 40대 중반의 주부 수련생인 석정희 씨가 찾아왔다. 그녀는 우리집에 올 때는 지금 칠순에 접어든 자기 어머니와 늘 함께 왔었는데 오늘은 어쩐지 얼굴에 잔뜩 수심이 낀 얼굴로 혼자 와서 말했다.

"선생님, 혹시 천리도통회(天理道通會)라고 아십니까?"

"알죠."

"그거 혹시 사이비 종교 아닙니까?"

"잘 알고 계시는군요."

"그럼 선생님도 잘 아십니까?"

"알고말고요. 왜 그러십니까?"

"그럴 일이 있습니다."

"실은 우리집에도 천리도통회에 빠졌다가 있는 재산 몽땅 다 날리고 가족은 풍비박산이 되어 패가망신한 사람이 여럿 찾아왔었습니다. 우리나라에 자생하는 대표적인 유사 종교의 하나입니다. 그런데 왜 천리도통회 얘기는 하십니까?"

"선생님도 잘 아시는 제 어머니가 천리도통회의 유혹에 넘어가, 거기에 갑자기 빠져들어 지금 완전히 돌아 버리셨습니다."

"늘 같이 오시던 분이 오늘은 왜 안 오셨나 했더니 그런 일이 있었습니까? 그렇게 착실하시던 분이 어떻게 하다가 그리 되었습니까?"

"다 제 불찰입니다."

"어떻게 되었는데요?"

"천리도통회 간부로 있는 이웃집 여자의 꾀임에 빠져서 저도 모르는 사이에 그렇게 되었습니다. 시골에 사 둔 농장이 하나 있는데 그 일에 좀 바쁘게 돌아가다 보니 어느 사이에 그렇게 됐습니다."

"저런! 그래 석정희 씨가 어머님에게 직접 좀 설득해 보았습니까?"

"물론입니다. 그런데요. 그 짧은 사이에 어느 틈에 그렇게 철저히 세뇌당했는지 바늘 하나 들어갈 틈도 없었습니다. 오히려 설득하는 저를 한심한 눈으로 쳐다보시면서 불쌍하다고 하십니다. 그리고 너도 말세에 살아남으려면 빨리 들어오라고 하십니다. 하도 속이 상해서 벌써 한 달 이상이나 밤잠을 못 잘 정도입니다. 선생님 이 일을 어떻게 하죠?"

눈물이 글썽글썽한 그녀의 눈은 깊은 상심으로 빛을 잃었고 얼굴엔 그 일로 노심초사한 흔적이 역력했다.

"이미 엎질러진 물입니다. 이제 그 물을 다시 담을 수는 없는 일이고 단념을 해야죠. 그 일로 자꾸만 속상해 보았자 무슨 도움이 되겠습니까?"

"그렇다고 모른 척할 수도 없고 이 일을 어떻게 하면 좋습니까?"

"그런 데 한 번 빠지면 스스로 깨닫기 전에는 쉽게 빠져나오기 어렵습니다."

"워낙 학교 교육을 못 받으신 데다가 이제는 너무 늙으셔서 제 말귀도 제대로 알아듣지 못하시니 정말 어찌해야 좋을지 모르겠습니다."

이렇게 하소연하듯 하는 그녀를 보면서 나는 이왕에 그렇게 된 그녀의 어머니는 그렇다 치고 당장 깊은 상심에서 헤어나지 못하는 그녀의 처지가 더 안쓰러웠다.

"내가 보기에는 석정희 씨 어머님보다는 석정희 씨 자신이 지금 너무나 깊이 상심에 빠져 있는 것 같습니다. 이런 때일수록 정신을 차리고 자기 자신을 똑바로 바라보셔야죠. 호랑이에게 물려 가도 정신만 똑바로 차리고 있으면 살길이 열린다고 하지 않았습니까? 그런데 지금 석정희 씨는 내가 보기에는 제정신이 아닌 것 같습니다. 그동안의 수련이 아깝지 않습니까?"

"그럼 선생님, 제가 지금 어떻게 해야 합니까?"

"우선 그 깊은 상심(傷心)에서 벗어나 자기 자신을 추슬러야 합니다."

"어떻게 말입니까?"

"자기 앞에 닥쳐온 일에 너무 마음을 상하거나 좌절하지 말고 어떻게 하면 이 난관을 슬기롭게 헤쳐 나갈 수 있을 것인가를 생각해야 합니다. 상심과 좌절에서는 빨리 탈출할수록 좋습니다. 재난의 파도에 휩쓸리지 말고 그 파도에 올라타도록 해야 합니다."

"어떻게 해야 그렇게 될 수 있을까요?"

"무엇보다도 자기 앞에 닥쳐온 재난을 있는 그대로 인정해야 합니다. 왜냐하면 모든 사건들은 인과의 원칙에 따라 일어나게 되어 있으니까요. 바로 그런 일이 지금 일어난 것입니다. 이미 일어난 일을 놓고 걱정 근심을 하거나 애를 태우는 것은 우리 마음이 사태의 추이를 미처 따라가지 못하거나 그것을 인정하려고 하지 않기 때문입니다.

이미 벌어진 일을 부정하려는 우리의 마음이 우리 자신을 괴롭히고 있을 뿐이지 일어난 사태는 당연히 일어나야 할 일이 일어난 것이므로 잘못된 것은 아니라는 얘기입니다. 알고 보면 우주와 그 안에서 일어난 모든 일은 이미 완벽하다는 것을 알아야 합니다. 따라서 자연의 추이, 사태의 추이에 우리 자신을 순응시키면 괴로워하거나 안타까워할 일도 없어지게 됩니다."

"그러면 범죄 사건도 긍정해야 된다는 말씀입니까?"

"범죄 사건은 범죄 행위를 한 당사자의 마음의 법칙에 따라 일어난 것이므로 그 사건 자체의 발생 원리에는 하등의 잘못이 있을 수 없습니다. 다시 말해서 악의 씨는 악행을 낳고 선의 씨는 선행을 낳으며, 콩 심은 데 콩 나고 팥 심은 데 팥 나는 인과응보의 원리에는 전연 이상이 있을 수 없습니다.

그러므로 비록 범죄 행위가 벌어졌다고 해도 당황하거나 개탄하거나 속상해하기보다는 그러한 범죄의 재발 방지를 위한 대책을 강구하는 일이 더 시급하고도 현명한 일이 될 것입니다."

"저는 어머니가 그렇게 될 줄은 꿈에도 상상하지 못했거든요."

"제아무리 기상천외한 사건이라고 해도 우연히 일어나는 일은 있을 수 없습니다. 어떠한 사건이든지 다 일어날 만하니까 일어난 것입니다."

"그럼 우리 어머니가 그렇게 된 것도 다 인과응보라는 말씀인가요?"

"그렇습니다. 이 우주의 현상계 안에서 일어나는 어떠한 사건이든지 인과응보에 의해 일어나지 않은 것은 하나도 없다는 것을 알아야 합니다."

"그럼 어머니가 사이비 종교의 맹신자가 된 것도 이미 그렇게 될 만한 원인이 있어서 그렇게 되었다는 말씀입니까?"

"그렇고말고요. 석정희 씨가 그것을 사전에 알아차리지 못했을 뿐이죠. 그러니까 이미 일어난 일을 가지고 제아무리 억울해하거나 분통을 터뜨려 보았자 변하는 것이나 득 되는 것은 아무것도 없습니다. 다만 석정희 씨가 그동안 어머님의 동정을 주의 깊게 면밀히 관찰하지 못했던 것이 좀 아쉽기는 하지만 그것 역시 이미 지나가 버린 과거지사입니다.

새로운 도약의 발판 되어야

따라서 우리가 여기서 명심해야 할 것은 이미 일어난 일, 그리고 세상 되어 가는 꼴을 보고 한탄하거나 분통을 터뜨리는 일은 하지 않는 것이 현명합니다. 아무리 분통이 터지는 일이라도 이미 일어난 일은 그대로 인정해야 합니다. 안타까워하고 애통해하고 속상해하는 것은 소중한 에너지의 낭비에 지나지 않습니다."

"그러나 이 세상에는 일어나지 말았어야 할 잘못된 일들도 많이 일어나지 않습니까?"

"그야 그렇죠. 그러나 일어나지 말았어야 할 뇌물 스캔들이나 각종 게이트와 같은 부정부패 사건들도 이미 일어난 것은 일어난 것입니다. 일어난 일을 인정하지 않을 수는 없습니다. 그러나 이미 일어난 사건들을 있는 그대로 인정하라고 했다고 해서 아무런 후속 조치도 취하지 말라는 뜻은 결코 아닙니다.

육이오 전쟁은 우리 민족에게는 일어나지 말았어야 할 비극이었습니다. 그러나 일단 일어난 일이니 우리는 그것을 현실로 받아들이지 않을 수 없었습니다. 이미 일어난 일을 원통해하고 절치부심(切齒腐心)해 보았자 무슨 소용이 있겠습니까? 그렇게 하기보다는 차라리 액면 그대로 그것을 인정한 후에 우리 민족사에 그러한 민족적 비극이 다시는 되풀이되지 않도록 확실한 조치를 취하는 것이 우리에게 맡겨진 소임이 아니겠습니까?

그러니까 석정희 씨는 사이비 종교 때문에 모친께서 피해를 이미 당하셨으니까 그런 일이 다른 가족이나 이웃에게 더이상 퍼져 나가지 않도록 구체적인 대책을 강구하는 것이 지금처럼 상심에 빠져 있는 것보다는 훨씬 더 현명하다는 얘기입니다. 상심하고 근심 걱정으로 불면증에 시달리기만 할 것이 아니라 다시는 주변에서 그런 불상사가 일어나지 않도록 실질적인 대책을 강구하는 것이 재난에 휘둘리지 않고 그것을 극복하는 길이 될 것입니다.

내가 잘 아는 한 사람은 자기 어머니가 어느 날 갑자기 기독교 계통의 사이비 종교의 맹신자가 되어 그들만이 모여 사는 마을에 입주하게 되었습니다. 그는 어머니를 구하기 위해서 별별 시도를 다 했지만 한번 돌아선 어머니의 마음을 되돌리는 데는 끝내 실패하고 말았습니다.

그러나 그는 그것을 계기로 기독교 계통의 사이비 종교를 체계적으로 연구하여 그 방면에서는 단연 타의 추종을 불허하는 권위자가 되었습니다. 그는 사이비 종교의 비리를 언론에도 발표하고 강연도 하고 책으로도 써서 사이비 종교의 폐해를 일반 국민들에게 알려 더이상 순진한 국민들이 맹종자로 전락하는 일을 미연에 방지하는 데 많은 공헌을 했습니다.

청소년 성 문제 전문가인 구성애 씨의 경우도 마찬가지입니다. 그녀는 아직 철없는 초등학교 시절에 부모가 결혼식에 간 사이 혼자서 빈집을 지키다가 동네 고등학생에게 강간을 당하여 그 후유증으로 말할 수 없는 고통을 당했습니다. 그러나 그녀는 이를 계기로 청소년의 성 문제를 체계적으로 연구하여 성에 대한 무지 때문에 많은 청소년들이 겪는 불행을 예방하는 데 우리나라에서는 그 누구보다도 큰 기여를 하고 있습니다. 자신의 불행에 좌절하지 않고 이를 승화시켜 남의 불행을 예방하는 데 크나큰 공헌을 하고 있습니다. 티브이 좌담, 전국 순회 강연, 저서 등을 통하여 그녀는 지금도 지치지 않고 맹활약을 하고 있습니다.

이처럼 우리는 불행에 굴복하지 않고 그 속에서 도약의 계기를 잡아야 합니다. 그렇다고 해서 반드시 사회 활동가가 되라는 것은 아닙니다. 석정희 씨가 이 사건을 당하여 마음을 어떻게 먹느냐에 따라 얼마든지 전화위복의 계기로 삼을 수도 있고 자기 수련을 비약적으로 심화시키는 계기로 삼을 수도 있다는 말씀입니다."

"어떻게 수련을 심화시킬 수 있겠습니까?"

"인과응보의 이치를 실생활에서 더욱더 확실하고 명확하게 깨닫게 되었으므로 그런 일로 더이상 마음 상하는 일이 없어질 수도 있습니다. 이러한 깨달음을 더욱더 심화시켜 나가다가 보면 멀지 않아 부동심(不動心)을 거머쥐게 될 수 있을 것입니다."

나는 무엇인가?

우칭석 씨가 말했다.

"선생님, 구도자들은 흔히 '나는 무엇인가?' 또는 '이뭐꼬?' 화두를 들고 수련을 하는데 도대체 그 '나'는 무엇입니까?"

"화두는 한 번 잡았으면 머리가 깨어지는 한이 있어도 스스로 깨쳐야지 그렇게 남에게 물어서 해답을 얻으려고 해서는 아무 의미도 없습니다. 학생이 자기가 맡은 숙제를 풀기 싫어서 선생님보고 풀어 달라고 하는 것과 같습니다."

"제 실력으로 저 혼자서는 아무래도 힘에 벅찬 과제인 것 같아서 그럽니다."

"도대체 그 이뭐꼬? 화두를 얼마 동안이나 잡아 보았습니까?"

"한 달 동안이나 잡아 보았는데도 아무 것도 얻지 못했습니다."

"겨우 한 달 갖고 그러십니까?"

"그럼 얼마 동안이나 더 잡고 있어야 합니까?"

"무슨 깨달음이 올 때까지 평생이 걸리더라도 계속 끈질기게 물고 늘어지겠다는 각오로 밀어붙여 보세요. 반드시 무슨 응답이든지 올 것입니다."

"무슨 응답은커녕 갈수록 첩첩산중이라고 번뇌 망상과 잡념만 자꾸만 더 깊어집니다."

"당연히 그럴 겁니다."

"다른 사람도 그렇습니까?"

"그렇고말고요."

"그럴 때는 어떻게 해야 합니까?"

"번뇌 망상이 일어나면 그것을 관하면 됩니다."

"아무리 관해도 번뇌 망상은 끊임없이 계속 일어나는데요?"

"그럴 겁니다."

"그래도 계속 이뭐꼬? 화두를 잡아야 합니까?"

"그렇고말고요."

"언제까지 그래야 합니까?"

"그 번뇌 망상이 다 사라질 때까지 화두를 잡고 관찰해야 합니다."

"이렇게 끊임없이 번뇌 망상만 자꾸 일어나는 이유가 어디에 있습니까?"

"우창석 씨에게는 지금 그만큼 번뇌 망상이라는 업장의 층이 두텁게 가려져 있기 때문입니다."

"이럴 때는 어떻게 해야 합니까?"

"그 두꺼운 번뇌 망상의 층이 엷어져서 가냘픈 진리의 햇살이 다만 한 가닥이라도 내리비칠 때까지 그 화두에 마음을 집중시켜야 합니다."

"저 같은 무명중생에게도 그러한 때가 과연 올 수 있을까요?"

"있고말고요."

"정말입니까?"

"그럼요."

"얼마 동안이나 그래야 합니까?"

"진리의 햇볕을 가리고 있는 번뇌 망상과 잡념의 두꺼운 구름층이 점차 엷어질 때까지 이뭐꼬? 화두가 머리에서 떠나지 말아야 합니다.

이 번뇌 망상의 두꺼운 층이 바로 가아(假我)입니다."

"잡념과 번뇌 망상은 왜 일어납니까?"

"과거의 인과의 업장(業障) 때문입니다."

"업장은 왜 생깁니까?"

"과거 생의 이기심, 욕심, 집착이 빚어낸 결과입니다."

"그럼 어떻게 하면 그 업장에서 하루 속히 벗어날 수 있겠습니까?"

"이기심, 욕심, 집착은 바르지 못한 마음에서 생겨난 것이므로 지금부터라도 마음을 바르게 하고 살아가면 업장은 자연히 엷어지지 않을 수 없게 될 것입니다. 화두 참구(參究) 역시 바르게 사는 방법 중의 하나입니다."

"바르게 사는 가장 확실한 방법은 무엇일까요?"

"이제부터라도 자기 자신을 바르게 보는 일을 생활화하면 됩니다."

"자기를 바르게 보는 방법은 무엇입니까?"

"항상 자기 자신을 도마 위에 올려놓고 냉정하고 객관적으로 관찰하는 것을 말합니다."

"그렇게 하면 과연 '나'의 정체를 파악할 수 있을까요?"

"그렇습니다. 그렇게 하여 어디까지나 자기 자신의 힘으로 '나'의 정체를 깨달아야지 남에게 물어 가지고는 그 근처에도 갈 수 없습니다."

"좀더 알기 쉽게 말씀해 주십시오."

"얼음덩이를 접시 위에 올려놓고 햇볕에서 계속 관찰하고 있으면 어떻게 되겠습니까?"

"햇볕에 녹아서 증발해 버리지 않겠습니까?"

"당연히 그렇게 될 것입니다. 다 증발해 버리면 결국 무엇이 남겠습니까?"

"나중에는 아무것도 남는 것이 없어질 것입니다."

"그렇습니다. 얼음덩이가 햇볕에 녹아서 증발해 버리듯 지금과 같은 형체를 갖춘 '나' 역시 도마 위에 올려놓고 계속 관찰하다가 보면 양파 껍질 같은 것이 한 꺼풀 한 꺼풀 녹아내리다가 끝내 아무 형체도 없는 공허한 상태로 돌아가게 될 것입니다.

이처럼 일체가 공허로 돌아가는 순간 그 무상(無相) 속에서 없어진 '나' 대신에 진정한 나를 발견하게 될 것입니다. 다시 말해서 만상(萬相) 속에서 무상(無相)을 보는 순간, 구도자는 비로소 자기 자신의 실상을 보게 될 것입니다. 이것이 진아(眞我)입니다. 이 진아가 바로 우주의 실상이고 나의 실상입니다."

"그럼 그 무상(無相) 속에 무엇이 있다는 말씀인가요?"

"그렇습니다. 그 무상 속에서 구도자는 전체를 보게 됩니다. 경천동지(驚天動地)할 파천황(破天荒)의 사건은 바로 이 순간에 일어납니다."

"경천동지할 파천황의 사건이라뇨?"

"난생 처음으로 자기 자신의 진면목을 발견하는 획기적인 사건을 말합니다."

"진면목이라면?"

"그 이상은 언어도단(言語道斷)의 경지라 직접 경험해 보아야 할 것입니다. 불립문자(不立文字), 교외별전(教外別傳), 직지인심(直指人心), 견성성불(見性成佛)의 경지입니다. 누구나 자기 자신이 직접 뚫고 들어가 스스로 자기 눈으로 보고 감지하는 길밖에는 없습니다."

"무엇을 보고 감지한다는 말씀입니까?"

"자기 자신의 존재의 실상입니다."

"자기 존재의 실상이 도대체 무엇입니까?"

"그것이 바로 자성(自性)입니다."

"자성이 무엇인데요?"

"무엇인지는 직접 느껴보세요. 물에 뛰어들어 헤엄치는 묘미를 말만 가지고 제대로 표현할 수 있을까요? 그렇지 않을 것입니다. 가장 확실한 방법은 직접 물속에 직접 뛰어들어 팔다리를 움직여 보는 겁니다. 숱한 시행착오 끝에 헤엄치는 법을 익히게 될 것입니다. 자성 역시 수행을 통해서 스스로 깨달아 보지 않는 한 정확하게 알 수는 없습니다."

예지력(豫知力)

서광종 씨가 말했다.

"선생님, 저는 지난 일요일에 등산을 하다가 아주 이상한 현상을 경험했습니다."

"이상한 현상이라뇨?"

"지난 토요일엔 하루 종일 찔끔찔끔 진눈깨비가 내렸습니다. 평지에서는 눈이 쌓이지 않았지만 일요일 새벽 4시 반에 산길에 접어드니 초입에는 눈이 살짝 덮여 있었습니다. 그런데 이상하게도 걸음이 내키지 않았습니다. 마치 보이지 않는 기운이 뒤에서 잡아당기는 것 같았습니다. 혼자라면 당장 되돌아서고 싶었지만 두 명의 동행이 있었으므로 나만 혼자서 꽁무니를 뺄 수도 없었습니다.

할 수 없이 내키지 않는 걸음을 억지로 한 걸음 한 걸음 내디뎠습니다. 발에 천근짜리 쇳덩이라도 달아맨 것 같았습니다. 그래도 아랑곳하지 않고 계속 전진하자 이번에는 느닷없이 현기증이 엄습해 왔습니다. 저는 비틀거리면서도 계속 산길을 걸어 올라갔습니다.

올라가면 올라갈수록 눈은 깊게 쌓이기 시작했습니다. 토요일 내내 온 진눈깨비가 평지에서는 다 녹아 버렸는데도 산에선 고도가 높아지면서 고스란히 눈이 되어 쌓였던 것입니다. 올라가면 올라갈수록 눈 속을 걸어가기가 미끄럽고 힘들었습니다. 눈은 점점 더 깊어져 마침내 무릎까지 빠지게 되었습니다. 어둠 속에서 가파른 등산길을 더듬어 올라가는 일은 감당하기 힘든 고역 그 자체였습니다.

고도가 높아지면서 초입에서보다 더 강한 기운이 뒤에서 잡아끄는 것 같았습니다. 설상가상으로 현기증까지 더 심하게 괴롭혔습니다. 나는 더이상 올라갈 수 없었습니다. 두 동행도 기진맥진한 상태였습니다. 신길에 접어든 지 어느덧 한 시간쯤 지났을 때였습니다. 드디어 선두에 섰던 내가 '오늘은 이만 하고 돌아갑시다' 하고 말하자 두 동행도 기다렸다는 듯이 '그럽시다' 하고 말했습니다. 그리하여 우리는 등산을 포기하고 되돌아왔습니다."

"그런데 무엇이 문제입니까?"

"산길 초입에서부터 어쩐지 발길이 내키지 않은 일이며 갈수록 발걸음이 무거워 왔고 마치 뒤에서 누가 끌어당기는 것 같은 느낌을 받은 일이며 현기증이 일던 현상은 왜 일어났는지 저는 그게 아무래도 이상합니다."

"그것이 바로 예지력(豫知力)이라는 겁니다."

"예지력이라뇨?"

"앞으로 일어날 일을 미리 감지하는 능력을 말합니다. 아마도 서광종 씨는 이런 일을 전에도 경험했을 것입니다."

"그건 사실입니다. 그런데 어떻게 돼서 그런 예지력이 생길까요?"

"수련의 단계가 높아질수록 예지력은 점점 더 예민해질 것입니다. 수련자에게 예지력이 생기는 이유는 수행이 깊어질수록 유체(幽體)가 점점 더 발달하기 때문입니다. 기공부를 거듭하여 기가 맑아질수록 유체는 점점 더 정련(精鍊)되어 영체(靈體)로 바뀌어 갑니다.

그럴수록 육체에 한정되어 있던 오감(五感)의 한계를 벗어난 직감은 시공의 범위를 넓혀가게 됩니다. 영체는 육체보다도 지각의 한계가 넓어서 오감이 느낄 수 없는 미래까지도 감지할 수 있는 능력을 갖게 됩니다. 수련의 단계가 높아질수록 예지력의 한계는 확장됩니다.

그날 등산할 때처럼 앞길에 위험이 도사리고 있을 때는 이것을 예고해 주었는데도 주인공이 이를 무릅쓰고 되돌아서지 않으면 그 예지력의 작용으로 발길이 내키지 않든가 뒤에서 무엇이 잡아끄는 것 같든가 현기증이 일어난다든가 하는 방법으로 앞길의 위험을 예고해 줍니다. 만약에 이러한 예고를 무시하고 계속 무리를 했더라면 무슨 사고를 당했을지도 모릅니다."

"선생님, 그렇다면 그 예지력으로 일상생활에서 여러 가지 이득을 챙길 수도 있다는 말씀입니까?"

"물론 그럴 수도 있습니다. 그러나 조심해야 할 일이 하나 있습니다. 이 경우 예지력은 일종의 초능력입니다. 주인공의 사욕(私慾)이 발동되지 않을 때 다시 말해서 마음이 텅 비어 있을 때 구사되는 직감입니다. 이것을 사욕을 충족시키는 데 이용할 경우 그러한 예지력은 바로 그 사욕의 장막에 가려서 그 능력을 제대로 발휘하지 못하게 될 것입니다.

그런데도 불구하고 그 사욕 때문에 예지력을 계속 갈구할 경우 이때를 노리던 저급령에게 빙의되거나 접신이 되는 수가 있습니다. 저급령에게 빙의가 되어도 어느 수준의 예지력은 구사할 수 있습니다. 이때의 예지력은 주인공의 수련의 결과 유체의 발달로 인해 생겨나는 것이 아니고 저급령의 빙의에 의해 그 저급령이 알려 주는 정보를 듣고 피동적으로 전달하는 것에 지나지 않습니다. 이러한 사람들이 바로 무당과 점쟁이, 사이비 종교 교주 또는 초능력자입니다."

"그렇다면 사욕만 부리지 않는다면 예지력이 있는 구도자는 국가나 민족 또는 인류의 장래를 위하여 미래에 닥쳐올 위기를 예언할 수 있을까요?"

"예언할 내용이 천기(天機)가 아닐 때 한해서입니다."

"그렇다면 구도자의 예지력은 현실 생활에서 별로 도움이 안 되는 것이 아닙니까?"

"구도자에게 이따금 자기도 모르게 구사되는 예지력을 곧바로 현실 생활에 이용하려고 하는 사고방식 자체가 세속적인 욕심이 아니고 무엇이겠습니까? 구도자는 그러한 욕심 자체도 마땅히 비워야 합니다.

예지력을 무엇에 이용하겠다는 생각 자체가 그것을 이기심의 틀 속에 가두어 두는 것이 될 것입니다. 우리는 그러한 제한까지도 거부해야 합니다. 그 예지력에 어떠한 구속도 가하지 않고 있는 그대로 내버려둘 때 그것은 그 주인공의 수행에 가장 큰 도움을 주게 될 것입니다."

천상계와 극락의 차이

우창석 씨가 말했다.

"천상계와 극락은 같은 것입니까?"

"같지 않습니다."

"그럼 다르다는 말씀입니까?"

"다르고말고요."

"어떻게 다릅니까?"

"천상계는 인간계와 마찬가지로 생로병사의 윤회가 지배하는 세계이지만 극락이나 천당은 생사를 벗어난 피안(彼岸)의 세계요 열반의 세계입니다."

"천상계에서는 사람들의 수명이 수천 년 내지 수만 년이라고 하지 않습니까?"

"그렇습니다. 천상계의 어떤 존재는 수명이 30만 년이라고 합니다. 그러나 30만 년이 아니라 삼백만 년, 삼천만 년이라고 해도 생로병사의 윤회가 지배하는 것에는 변함이 없습니다. 천상계에는 인간계에서처럼 각종 게이트나 부정부패나 부조리가 거의 없을 정도로 모든 것이 거의 완벽에 가깝고 생명의 주기가 지상에 비해서 너무나 길기 때문에 인생고 같은 것도 별로 느끼지 않으므로 사람들이 구도나 수련의 필요성을 느끼지 못합니다."

"그렇다면 지상(地上)이 수련을 하는 데 더 유리하다는 말씀입니까?"

"그렇습니다. 지상은 생명의 주기가 비교적 짧고 부조리와 모순과 부정부패가 창궐하기 때문에 사람들이 이 고통스러운 생로병사의 고리에서 벗어나야겠다는 의욕을 강하게 느끼게 되고, 그 때문에 구도자들이 많이 나오고 따라서 수련하기에 가장 적합한 세계입니다. 그러므로 지상의 수련자들 중에는 과거 생을 천상에서 살았던 사람들이 의외로 많습니다."

"그것을 어떻게 알 수 있습니까?"

"수련의 수위가 높아져서 수련자들과 마주앉아 있노라면 자연히 그런 것이 화면으로 뜨게 마련입니다."

불면증(不眠症)에서 벗어나려면

중소기업을 경영하는 오창훈 씨가 말했다.

"선생님, 저는 단전호흡은 제법 되는 편인데도 불면증에서는 벗어나지 못하고 있습니다. 불면증을 퇴치할 수 있는 좋은 방법이 없겠습니까?"

"단전호흡은 제법 된다고 하셨는데 단전이 항상 따뜻하고 머리는 늘 시원합니까?"

"아직 그 정도는 못 되고요. 단전호흡을 열심히 할 때에만 단전이 약간 좀 달아오를 뿐입니다."

"그 정도라면 아직은 단전호흡이 제법 잘된다고 말할 수 없습니다."

"그럼 어느 정도가 되어야 단전호흡이 제법 잘된다고 말할 수 있겠습니까?"

"방금 전에 내가 말한 대로 단전은 항상 따뜻하고 머리는 늘 시원해서 수승화강(水昇火降)이 자동적으로 이루어져야 합니다. 만약에 수승화강이 자동적으로 이루어진다면 불면증 따위에 걸리지도 않을 것입니다."

"그럼 어떻게 하면 불면증을 근절할 수 있을까요?"

"불면증을 없애려면 불면증을 일으키는 원인을 제거해야 합니다."

"그 원인이 무엇인데요?"

"마음이 편치 않기 때문입니다."

"그건 선생님 말씀이 맞습니다."

"그럼 왜 오창훈 씨의 마음이 편치 않은지 그 원인을 알아내도록 하십시오. 집안이 어수선하게 어질러져 있으면 마음이 차분하게 가라앉지 않을 것이고 그런 집안에서는 편안한 잠을 이루기가 어려울 것입니다. 그것처럼 불안과 갈등으로 마음이 헝클어져 있으면 편안한 잠을 이루기가 어렵습니다."

"저 역시 각종 스트레스와 불안과 갈등이 편안한 잠을 방해하는 것 같습니다. 그렇다면 그 불안과 갈등의 원인을 알아내는 비법이라도 있습니까?"

"그것은 결자해지(結者解之)의 원칙에 따라 각자가 스스로 알아내는 도리밖에 없습니다. 자기성찰(自己省察)을 해 보면 그 원인이 반드시 의식 위로 떠오를 것입니다. 기업체 안에서의 노사 분규, 세금 문제, 가정에서의 부모, 부부 또는 자녀와의 갈등 등이 반드시 미해결의 상태로 남아 있어서 그것이 불안과 갈등의 원인이 될 수도 있을 것입니다."

"선생님께서는 늘 자기성찰을 하라고 말씀하시지만 막상 현실 문제에 부딪쳐 보면 아무리 자기성찰을 해 보아도 그렇게 마음먹은 대로 쉽사리 해결책이 떠오르지 않습니다."

"그렇다면 그것은 진정한 의미의 자기성찰을 했다고 말할 수 없을 것입니다."

"그럼 어떤 것이 진정한 의미의 자기성찰인데요?"

"불안과 갈등은 항상 상대가 있기 때문에 일어납니다. 상대가 바른 주장을 할 때는 과감하게 수용하고 만약에 부당한 요구를 할 때는 단연코 거절할 자신이 있다면 갈등을 느낄 하등의 이유가 없습니다. 우리가 마음속에서 늘 불안과 갈등을 느끼는 이유는 양심에 어긋나는 짓을 했기 때문입니다. 하늘을 우러러보고 땅을 굽어보아도 한 점 부끄럼이 없다면 불안과 갈등을 느낄 이유가 있을 수 없을 것입니다.

우리가 문제가 생길 때마다 조용히 자기 자신을 살펴보는 자기성찰을 하는 이유는 지금 내가 하는 일이 양심에 어긋나는 짓이 아닌가를 점검해 보기 위해서입니다. 그러한 점검과 성찰 끝에 마음속에 꺼림칙한 것이 추호도 없다면 불안이나 갈등을 느낄 이유가 없을 것입니다.

이처럼 그때그때 일어나는 문제를 정리하지 않고 계속 뒤로 미루기만 할 경우 그것이 불안과 갈등이 되어 계속 쌓이게 되고 그것이 짐이 되어 건강까지 상하게 되어 몸에 병까지 얻게 됩니다. 드디어 우리 몸의 신진대사 작용을 관장하는 심포(心包) 삼초(三焦) 부위에 질병을 일으키게 됩니다.

견관절, 신경계통, 손, 임파선, 갑상선에 이상을 초래하여 어깨 부위의 관절이 저리거나 아프고 신경과민 상태가 되는가 하면, 손발이 저리기도 하고 불안 초조해지고 밤잠이 안 오게 됩니다. 마음의 병이 신체의 병으로까지 번져 나갔을 때 일어나는 현상입니다.

이런 때 의사들은 흔히 수면제 처방을 하지만 이것은 뿌리를 그대로 둔 채 신경을 일시적으로 마비시켜 억지로 잠과 비슷한 것이 오게 하는 국부적인 대증 치료 방법에 지나지 않습니다. 그래서 수면제를 먹고 잠이 들었다가 깨어나도 머리가 개운하지 않고 띵하고 아프기 일쑤입니다.

수면제를 오래 복용하면 습관성이 되어 마약처럼 중독이 됩니다. 한방에서 침을 놓고 탕약을 써도 역시 근본 치료는 되지 않고 대증(對症) 치료에 그칠 뿐입니다. 오행생식에서는 옥수수, 조, 녹두 같은 상화에 속하는 곡물을 처방하지만, 마음의 병이 사라지지 않는 한 이것 역시 근본 치료는 못 됩니다."

"결국은 마음을 다스려야 한다는 말씀이군요."

"그렇습니다. 물리적인 외상이 아닌 이상 모든 질병은 마음속에 그 원인이 있습니다. 그러므로 구도자는 마음의 병이 몸의 병으로 번져 나가기 전에 재빨리 자기 마음을 단속합니다."

그때 옆에 앉아 있던 중년 여자 수련생이 말했다.

"선생님, 저는 아무런 불안도 갈등도 없는데도 숙면을 취할 수 없습니다."

"하루에 보통 몇 시간씩 주무십니까?"

"하루에 보통 네 시간 정도 잡니다."

"혹시 낮잠을 주무시는 일은 없습니까?"

"그런 일은 전연 없습니다."

"그럼 하루에 네 시간밖에 못 주무시는데도 밤에 깊은 잠이 안 온다는 말씀입니까?"

"네."

"등산 같은 심한 운동을 해도 그렇습니까?"

"그래도 피곤만 할 뿐 깊은 잠은 들지 않습니다."

"그래도 원인 없는 결과는 있을 수 없습니다. 반드시 원인이 있을 것입니다. 단지 그 원인이 드러나지 않았을 뿐입니다. 자기 자신도 모르는 사이에 그 원인이 잠재의식 속에 감추어져 있으므로 겉으로 드러나지 않아 모를 뿐입니다."

"그럼 어떻게 해야 합니까?"

“끊임없는 자기성찰로 그 원인을 찾아내야 합니다. 그것은 당사자 외에는 아무도 할 수 없는 일입니다. 어떻게 하든지 그 원인을 찾아내도록 하십시오. 그게 바로 금생에 해결해야 할 숙제입니다.”

“만약에 하루에 네 시간밖에 자지 않는데도 낮에 졸음이 오지도 않고 전연 피곤하지도 않다면 어떻습니까?”

“그렇다면 걱정할 필요는 하나도 없습니다.”

“왜요?”

“그건 불면증이 아니기 때문입니다. 대단히 희귀한 예이긴 하지만 밤에 전연 잠을 자지 않고도 건강한 사람과 똑같은 생활을 하는 사람도 있습니다.”

“저는 네 시간을 자는데도 전연 숙면을 취하지 못하고 얕은 잠을 자는 듯 마는 듯하는데도 그렇습니까?”

“물론입니다. 그렇게 잤는데도 낮에 피곤하지 않고 일상생활에 아무런 지장이 없고 건강하다면 아무 문제될 것이 없습니다. 단지 특이 체질일 뿐입니다. 남들이 보통 8시간을 자는데 4시간만 자고도 건강하고 낮에 일하는 데 아무 지장도 없다면 남들보다 4시간을 더 일할 수 있으니까 얼마나 축복받은 인생입니까? 남의 부러움을 살지언정 걱정할 일은 아닙니다.”

“제 경우는 마음을 다스리라고 하셨는데 어떻게 하는 것이 실질적으로 마음을 제일 잘 다스리는 겁니까?”

오창훈 씨가 물었다.

“마음을 활짝 열면 됩니다.”

“어떻게 하는 것이 마음을 활짝 여는 겁니까?”

"마음을 완전히 비우면 됩니다."

"어떻게 하는 것이 마음을 비우는 것인데요?"

"마음속에서 욕심과 집착을 깨끗이 털어 버리는 것이 마음을 비우는 겁니다. 욕심과 집착을 완전히 벗어 버린 사람이 앉아 있는 곳은 바로 극락이요 천당이므로 마음이 늘 무사태평해서 아무 곳이나 그가 눕기만 하면 곧 깊은 잠에 들 수 있을 것입니다."

귀신은 과연 있을까?

삼공 선생님께

선생님! 그간 안녕하셨는지요?

새해에도 건강하시고 선생님 가정에 평안이 함께하기를 기원합니다.

그리고 저와 같이 삶의 진실을 찾아 헤매는 이들을 위해 더 큰 깨우침으로 앞길을 환히 비추어 주시기를 고대합니다.

선생님! 새해 인사가 늦었습니다. 새해가 된 지 벌써 보름이 지났으니 새해 인사라고 하기보다는 그냥 문안 인사라고 해야겠네요. 다 제 게으름 탓입니다.

어쩌다 뉴스를 보면, 하루가 멀다 하고 쏟아져 나오는 부정, 비리 사건들, 이미 국민들의 관심으로부터 멀어져 버린 정치판 행태들, 금전의 노예가 되어 버린 성(性), 존속 살인과 같은 것들만 쓸어다 모아 놓은 듯한 느낌이 들어 '아직 우리나라는 갈 길이 멀구나' 하는 생각이 듭니다.

그동안 경제성장 위주의 정책 구도하에서 외형만 키우는 데에만 급급하고 내실을 다지지 못했던 것이 이 같은 현실 상황을 만들어 내는 것 같습니다. 마치 체격은 어른과 동일한데, 그 영혼은 아직 사춘기에 머물러 있는 풋내 나는 청소년과 같다고나 할까요?

올해에는 저뿐만 아니라 온 국민이 뉴스를 보면서 마음이 포근해지고 평안을 얻을 수 있기를 바래 봅니다. 지금의 현실이 그동안 잠복기에 있던 병폐들이 밖으로 드러나면서 더 큰 성장을 위한 진통이라고 생각되어질 때도 있습니다.

그렇다고 했을 때 『선도체험기』에서 언급하신 적이 있던 '우리나라에서 꽃피우게 될 정신문화'가 커다란 역할을 담당하지 않을까 생각합니다. 물질적인 자본주의와 윤리적인 정신문화가 한데 융화되었을 때 가장 바람직한 형태의 성장이 이루어질 테니까요.

서점에서 『선도체험기』 63권이 출간된 것을 볼 수 있었습니다. 자기 힘으로 할 수 있는 선도수련을 위한 모든 정보를 이 책 속에 수록하려 했다는 선생님의 말씀을 항상 명심하겠습니다. 이것이 삼공선도가 여타 타력 신앙과 근본적으로 다른 면이니까요. 그리고 자기 자신 속에 깃들어져 있는 잠재 능력을 발현시키는 것도 자기 자신의 몫이라는 것을 알고 있습니다.

그러기 위해서는 부단히 노력하는 일이 남아 있겠지요. 최근에는 제가 아직 영혼이 맑아지지 못해서 그런 것인지 꿈을 자주 꾸게 됩니다. 며칠 전에는 하얀 도복을 입고 보통 체격에 20대로 보이는 여자가 저에게 다가오더니 손을 내밀어 제 어깨 위에 올려놓으려 하는 것이었습니다.

저는 그때 책상다리를 하고 앉아서 수련에 열중하고 있었는데 그 여자의 손이 제 어깨에 닿기도 전에 차가운 기운이 순식간에 머리로부터 가슴 아래로 내려오는 것이었습니다. 저는 흠칫 놀라 본능적으로 몸을 빼긴 했지만 뭔가 개운치 못한 느낌은 남아 있었습니다.

그 꿈을 꾸고 나서 어디선가 『선도체험기』에서 말씀하신 '수련 중에

선녀와 같은 여자나 비슷한 모습의 영혼이 나타났을 때의 대처 방법'이 떠올랐습니다. 물론 저는 실제 수련이 아닌 꿈속에서 겪은 것이지만 제가 꿈속에서나마 반사적으로 몸을 피한 것이 잘한 것 같다는 생각이 들었습니다.

꿈속의 그 여자가 좋은 의도로 그러한 행동을 했다 하더라도 제 자신 속에 모든 것이 갖추어져 있다는 확고한 믿음만 있다면 구태여 모험을 할 필요는 없다는 생각입니다. 현실이 아닌 꿈 얘기를 가지고서 가타부타 말씀을 드린다는 것이 좀 우습기도 하지만, 나중에 실제 수련 시에 똑같은 상황이 벌어질 수도 있으니까요.

요즘에는 위와 같은 꿈 외에도 나체의 여인이 나타나 유혹하는 꿈을 꾸기도 합니다. 지금껏 그런 꿈을 별로 꾼 적이 없는데 최근 들어 부쩍 그런 꿈을 자주 꾸게 되어 약간 당황스러웠습니다. 제 몸속에 정액이 남아 있기 때문인 것 같습니다. 최근까지는 거의 정기적으로 자위행위를 통해 정액을 빼내곤 했었는데 그때마다 다음날 몸 상태가 나빠지면서 가벼운 몸살기가 있었습니다.

그래서 그 후로부터는 자위행위를 억제해 왔습니다. 그런데 그러한 꿈들을 꾸고 나니 정을 다스리는 일이야말로 진리에 다다르기 위해서 꼭 넘어야 할 산이라는 생각이 들었습니다. 한 가지 다행한 것은 그런 꿈을 꾸긴 하지만 몽정을 하지 않는다는 사실입니다. 해결책은 물론 선생님이 말씀하신 바와 같이 연정화기(煉精化氣)를 성취하는 길이겠지요. 그날이 빨리 오기를....

선생님!

선생님께 하나 여쭤볼 것이 있습니다. 항상 의문시해 왔던 것입니다.

'일체유심조(一切唯心造)'와 '구천을 떠도는 영혼의 존재'의 양자 간의 조화 문제입니다. 저는 가끔씩 달리기하는 장소로 제가 살고 있는 집 근처에 위치하고 있는 삼청 공원을 이용하곤 합니다. 자정이 가까운 시각에 사람도 보이지 않고 가로등만 군데군데 켜져 있는 산으로 나 있는 오솔길을 달리고 있노라면 '귀신이 과연 있을까?' 하는 생각이 자연히 듭니다. 그런 생각을 할 때마다 등골이 오싹해지는 것은 어찌할 수 없습니다.

귀신을 직접 보지는 못했지만 『선도체험기』에 빙의령에 관해 많은 언급이 되어 있고 또한 저도 육체와는 별도로 영혼이 있다는 것을 믿기 때문에 '구천을 떠도는 영혼은 있다'라고 알고 있습니다. 그런데 제가 의문을 가지고 있는 점은 '일체유심조'에 의하면 마음먹기 여하에 따라 귀신이 있을 수도 있고 없을 수도 있다는 말이 되어 '귀신이 실재한다'는 말과 모순이 되지 않나 하는 점입니다.

일체유심조의 심(心)은 진아를 말하는 것인가요? 진아의 눈으로 보았을 때, 이 세상에 존재하는 모든 것들이 한낱 실체 없는 물거품에 지나지 않으며 귀신이나 심지어 (생로병사의 운명을 타고난) 자기 자신조차도 허상에 지나지 않게 되는데요.

그러면 진아는 영원히 존재하는 것인가요? 귀신도 '아직 깨달음을 얻지 못한 영혼'이라고 한다면 그 속에 진아는 존재하고 있어 깨달음을 얻으면 영혼이 밝아져 진아의 면모를 갖추게 되는 것이 아닌가요? 수련이 깊어져 화면을 통해 영혼을 보게 되더라도 그 영혼의 모습은 허상이 되는 건가요? 영혼은 실재하고 있음에도 불구하구요?

만약 위와 같이 생각한다면, 아직 깨닫지 못한 영혼(귀신)이 존재한다는 것은 사실이지만 귀신이 나타나는 모습은 허상이 됩니다. 일체유심조에서 진아의 눈으로 보았을 때 그 귀신의 모습은 허상이지만, 보는 사람의 마음 상태에 따라서 달라지게 된다고 해석해도 될런지요?

귀신을 보는 사람의 마음이 진아의 마음이면 귀신은 허상이라고 볼 것이며, 가아의 마음이라면 그 허상의 모습만 보고 '귀신이 존재한다'고 믿을 것이니까요. 생각하면 할수록 물음표가 꼬리에 꼬리를 물게 됩니다.

제가 흑백논리에 젖어서 생각하고 있는지 두렵습니다. 수련에 정진하다 보면 자연히 알게 될 터인데 조급하게 선생님께 여쭈어 보는 것이 아닌가 하는 생각이 듭니다. 하지만 달리기를 할 때마다 제 나름대로 생각을 정리해 보곤 했지만 혼란만 심해질 뿐이었습니다. 두서없이 질문을 드려 죄송합니다. 선생님의 깨우침을 기다리겠습니다.

선생님!

선생님께서 『선도체험기』 60권에서 말씀하신 바 있는 '하루하루 자기 일에 최선을 다하는 가운데 진정한 행복을 찾을 수 있다'는 문장을 머리말에 붙여 두고서 매일 보면서 '내가 하고 있는 일이 고통이 아니라 행복이라고 생각하면 어떨까?'하는 생각을 합니다.

지금껏 제가 하고 있는 시험 준비가 힘들다고만 생각했지 그 과정에서 행복을 찾으려는 노력을 하지 못했던 것이 사실입니다. 하지만 앞으로는 그런 노력을 지속적으로 해 볼 생각입니다. 똑같은 사실을 가지고도 마음만 약간만 바꾼다면 동전의 양면처럼 자신의 태도도 달라지게 될 테니까요.

선생님!

편지가 좀 길어졌습니다. 선생님께 말씀드리고 싶은 것과 궁금한 점을 쓰고 나니 좀 길다는 생각이 드네요. 마지막에 드린 질문은 제 생각이 정돈되지 않은 상태에서 드린 것이라 좀 의미가 모호한 곳이 있으리라고 생각됩니다. 넓으신 아량으로 이해해 주시길 바랍니다.

다시 인사드릴 때까지 안녕히 계십시오.

4335년 1월 17일

독자 서광렬 올림

【필자의 회답】

첫째 의문: 마음과 진아의 문제. 일체유심조(一切唯心造)란 쉽게 말해서 모든 것은 마음먹기에 달려 있다는 뜻입니다. 따라서 여기서 말하는 마음은 어디까지나 마음일 뿐이지 그것이 진아냐 가아냐 하는 것과는 아무 상관도 없습니다. 다시 말해서 마음을 어떻게 먹느냐에 따라 진아도 될 수 있고 가아도 될 수 있지만 마음이 그 어느 쪽을 편들고 있지는 않다는 뜻입니다.

실례를 들어 어떤 낯모르는 사람이 여기 서 있다고 합시다. 그 사람은 그저 사람일 뿐이지 그가 좋은 사람이냐 나쁜 사람이냐 하는 것은 아무도 함부로 이러니 저리니 규정할 수는 없는 것과 같습니다. 그 사람이 좋은 사람이냐 나쁜 사람이냐 하는 것은 전적으로 그 사람이 마음을 어떻게 먹느냐에 달려 있기 때문입니다.

그러므로 항상 바르고 착하고 지혜로운 쪽으로 마음을 쓰는 사람은 조만간 진아에 도달할 수 있지만 언제나 마음이 늘 삐딱하고 사악(邪惡)하고 어리석은 짓만 골라하는 사람은 이기심의 화신인 가아에서 벗어날 수 없을 것입니다.

두 번째 의문: 구천을 떠도는 귀신은 과연 존재하는가? 결론적으로 말해서 인과응보의 이치가 지배하는 현상계에는 귀신은 분명히 있습니다. 귀신, 영혼, 영가(靈駕), 빙의령과 같은 영물은 그럼 왜 존재하는가? 그것은 다 그럴 만한 이유가 있기 때문입니다. 그들이 존재하는 것은 질문자인 서광렬 씨가 이 세상에 존재하는 이유가 있는 것처럼 다 그들 나름의 이유가 있어서 존재하는 것입니다.

모든 일은 마음먹기에 달려 있다고 해서 귀신 역시 우리의 마음먹기에 따라 있기도 하고 없기도 하는 그러한 것은 아니라는 얘기입니다. 그것은 지금 이 회답을 쓰고 있는 필자의 마음먹기에 따라 서광렬 씨가 있을 수 있고 없을 수도 있는 것은 아닌 것과 같습니다. 서광렬 씨는 내가 마음을 어떻게 먹든지 상관없이 독자적으로 존재하는 것처럼 그들 영혼들도 각자의 인과에 따라 독자적으로 존재하는 것입니다.

세 번째 의문: 영혼은 허상인가 실재인가? 결론적으로 말해서 영혼은 허상일 수도 있고 실재일 수도 있습니다. 이분법적 흑백논리에 익숙해진 현대인의 관점에서는 모호하기 짝이 없는 답이겠지만 실상은 그렇습니다.

사물의 이치를 깨달은 성인(聖人)의 관점에서 볼 때 진리는 아무것도 없는 허공이면서도 그 안에 삼라만상이 다 들어 있습니다. 허공은 만물이고 만물은 허공입니다. 공즉시색(空卽是色)이요 색즉시공(色卽是空)입니다.

따라서 형상 있는 모든 것은 물거품이요 허깨비에 지나지 않습니다. 그럼 영혼은 무엇인가? 영혼 역시 우주 안의 현상계에 존재하는 하나의 형상입니다. 그러므로 하나의 형상이기도 하지만 어찌 보면 허상에 지나지 않습니다.

그러나 인과에 묶인 존재들이 살고 있는 현상계에서는 영혼은 실재합니다. 그러나 영혼 역시 자신의 실상을 깨닫게 되면 인과에서 벗어날 수도 있습니다. 구도자가 자기 존재의 실상을 깨달으면 생로병사의 윤회의 고리에서 벗어날 수 있는 것과 같습니다.

구도의 실마리는 끊임없는 의문에서 시작됩니다. 그 의문들을 화두로 삼아 그 화두에 온 마음을 집중하여 스스로 하나하나 풀어 나가는 습관을 기르시기 바랍니다. 그렇게 하여 자기 자신의 능력으로 의문들을 하나하나 해결해 나갈 때 진정한 공부가 됩니다. 계속 분발하시기 바랍니다.

네 번째 의문: 수련자와 성 문제. 그리고 꿈속에서 요염한 미녀와 짝짓기를 했을 때 수련 전에는 분명 체외 사정(體外射精)을 했었는데 기공부를 시작한 뒤에는 체외 사정을 하지 않게 되었다면 분명 수련이 많이 진전된 것을 말해 줍니다.

연정화기의 초보 단계입니다. 이러한 수련이 더 많이 진전되면 실제로 섹시한 미녀가 아무리 유혹을 하고 자신의 남성이 힘차게 발기가 되었다고 해도 성교만은 안 하겠다고 결심하면 여자의 페이스에 말려드는 일은 결코 없어지게 될 것입니다.

결혼한 사람이라면 아내와 성합을 해도 마음먹기에 따라 얼마든지 접이불루(接而不漏)할 수 있게 될 것입니다. 연정화기의 단계에 들어선 사람은 선정(禪定)에 들면 성행위의 엑스타시를 능가하는 황홀한 삼매지경을 얼마든지 경험할 수 있으므로 이미 이성과의 성 자체에 연연하거나 집착하지 않게 됩니다.

다섯 번째 의문: 진아(眞我)는 영원히 존재하는가? 견성 해탈(見性解脫)한 구도자는 우주와 자기 자신이 동일체임을 깨닫게 되므로 생로병사의 윤회의 고리에서 마침내 벗어나게 됩니다. 왜냐하면 그때 구도자가 감지하는 우주는 진아 그 자체이기 때문입니다. 이 우주를 일컬어 진리라고도 하고 하늘, 하느님 또는 하나님이라도 합니다. 그 진리를 불교에서는 공(空)이라 하고 천부경에서는 하나라고 합니다.

그 하나 또는 공은 알다시피 시작도 끝도 없습니다. 따라서 진아 역시 시작도 끝도 없다고 해야 할 것입니다. 시작도 끝도 없는데 어떻게 생사 따위가 있을 수 있겠습니까? 그러나 진아는 머릿속에서 논리나 이치로 알아내기보다는 가슴과 피부로 느끼고 받아들여져야 합니다. 그러자면 천상 수련이 깊어지는 수밖에 없습니다.

차분하게 열심히 수련하고 있습니다

김태영 선생님께.

선생님, 안녕하셨습니까? 제주에 사는 오미혜입니다.

저는 이번 겨울방학 동안 『선도체험기』를 처음부터 다시 읽기 시작하였는데 호기심 반으로 처음 읽을 때와는 느낌이 완전히 다릅니다. 이제야 선생님 말씀하신 것 하나하나가 남의 이야기 같지 않고 모두가 저에게도 해당되는 것임을 뼈저리게 느낍니다.

그때는 도통 아무것도 모르면서 수련한답시고 거드름만 잔뜩 피운 것이 부끄럽습니다. 수련의 기본도 그리고 세 가지 공부의 방법도 제대로 알고 새기지 못하면서 이기적으로 욕심만 냈었습니다. 그러다 보니 자연 공부에 진척이 없는 것이 당연한 일이었습니다.

돌이켜 보니 진리를 코앞에 두고 참 바보처럼 산 것이 후회도 되지만 더 늦기 전에 안 것을 감사하게 생각합니다. 이렇게 하나하나 이야기들을 새기고 또 새기면서 읽다가 보니 21권까지밖에 못 읽었지만, 세상을 가진 것보다도 더 마음이 풍요롭고 평안하고 기쁩니다. 그리고 『선도체험기』를 읽을 땐 하단전이 따뜻한 정도가 아니라 후끈 달아오를 때가 자주 있습니다. 선생님 말씀에 깊이 공감하는 부분에서는 더더욱 그렇습니다.

선생님, 이제야 하단전에 축기가 시작되는 것이 느껴집니다. 정좌하고 앉으면 금세 단전이 따스해져서 어느새 한 시간쯤이 지나면 뜨끈뜨끈해집니다. 그리고 전중(膻中) 부근이 조금 따끔거리다가 시원해지고 또 약간 통증이 있다가 계속 지켜보고 있으면 툭 하고 풀어져서 시원합니다.

인당과 백회 쪽으로도 조금씩 느낌이 있는데 의식은 계속 하단전에 두면서 지켜봅니다. 사실 단전에 기운이 쌓인다는 것이 어떤 건지 잘 몰랐는데 요즘 조금씩 알겠습니다. 관한다는 것도요. 그리고 일주일 전부터 갑자기 위장 쪽에 통증이 있어 며칠을 심하게 고생했는데 좀 굶으면서 계속 지켜보니까 오늘부터는 통증이 훨씬 덜합니다. 명현반응이겠거니 담담하게 생각해서 그런지 많이 힘들지는 않았습니다.

그러면서 소소하게 부딪치는 문제들을 신나는 숙제라고 생각하면서 조금씩 풀어 가고 있습니다. 신기하게도 중심을 잡는 것이 뭔가 하는 것이 감이 오고 나서는 수련에 꾀가 덜 납니다.

계속 정성을 기울이도록 하겠습니다. 이 모두가 선생님께서 이끌어 주신 덕분입니다. 감사합니다. 개학이 2월 1일이어서 그전에 선생님을 뵈었으면 합니다. 내일 찾아뵙겠습니다. 그럼 안녕히 계십시오.

【필자의 회답】

오미혜 씨는 드디어 기공부가 본격적인 궤도에 접어든 것 같습니다. 지금의 추세대로라면 소주천, 대주천, 피부호흡, 연정화기, 삼합진공, 양신, 출신의 순서로 계속 상승 가도를 달리게 될 것입니다. 그리고 단전은 항상 따뜻하고 머리는 늘 시원하여 수승화강(水昇火降)이 스스로 이루어져 평생을 질병을 모르는 경지에 접어들게 될 것입니다.

이 정도가 되면 관(觀), 화두(話頭), 참선(參禪), 명상(瞑想)을 제대로 할 수 있는 기초 조건을 형성하게 됩니다. 그러나 마음공부도 기공부도 결국은 몸공부가 제대로 성사될 때 가능하다는 것을 명심하시기 바랍니다.

〈65권〉

다음은 단기 4335(2002)년 2월 21일부터 같은 해 4월 25일 사이에 필자와 수련생들 간에 있었던 수련에 관한 대화들과 필자의 선도 체험 이야기 그리고 독자와 필자와의 이메일 문답을 수록한 것이다.

오노이즘과 시헌이즘

정지현 씨가 말했다.

"요즘 시중에는 오노이즘이란 신조어(新造語)가 유행하고 있다고 합니다. 선생님은 오노이즘이 무슨 말인지 아십니까?"

"오노이즘이요? 처음 듣는 어휘인데요. 무슨 뜻입니까?"

"솔트레이크 동계 올림픽 1,500미터 트랙에서 우리나라의 김동성 선수가 일등을 하고도 미국의 오노 선수의 거짓 제스추어로 주심이 잘못 판정하여 실격이 된 사건에서 유래된 신조어입니다. 부정한 수단으로 챔피언을 빼앗는 행위를 오노이즘이라고 한다고 합니다."

"김동성 선수가 호주인 심판의 부정한 판정으로 억울하게 챔피언을 빼앗긴 것은 사실이지만 이것은 주최국의 텃세로서 항용 있어 온 일이 아닌가요?"

"그래도 해도 너무 했다고 생각되지 않습니까? 우리 심판이 그 호주인

주심인 제임스 휴이시에게 '너 미쳤니?(Are you crazy?)' 하고 따지니까 '그래 나 미쳤다(I am crazy!)' 하고는 도망을 쳤다고 합니다. 그러니 이번 동계 올림픽은 일찍이 페어플레이 정신은 실종된 난장판이 아닙니까?"

"그렇다고 해서 대한민국을 일촉즉발의 위기에서 피 흘려 구해 준 혈맹인 미국과 미국인을 너무 미워하는 것은 국익에 도움이 되지 않는다고 봅니다. 미국이 텃세를 부렸다고 오노이즘이니 뭐니 하고 반미 감정을 부추기는 것은 아무리 생각해 보아도 국익에 보탬이 되는 현명한 처사는 아닌 것 같습니다. 우리는 이러한 때일수록 오노이즘에 편승만 할 것이 아니라 우리 자신을 되돌아보는 냉정한 반성의 계기로 삼아야 할 것입니다."

"우리 자신을 되돌아보다뇨? 그게 무슨 말씀이십니까?"

"우리나라는 외국에서 개최되는 올림픽에서는 근년 들어 대체로 종합 순위가 10위권 밖입니다. 그런데 88올림픽 때를 생각해 보세요. 그때 우리나라는 아무리 주최국이라고 해도 종합 순위 4위를 기록했습니다.

누가 보아도 공정한 심판이라고는 생각하기 어려울 것입니다. 그중에서도 특히 생각나는 것은 라이트 미들급의 권투에서 박시헌 선수는 미국 선수에게 계속 얻어맞고도 챔피언이 되는 이변을 낳았습니다. 그 바람에 미국 선수가 하도 억울해서 항의 표시로 한동안 링에서 내려오지 않은 일도 있었습니다.

이러한 전력이 있는 우리가 오노이즘을 들먹이는 것은 오십보백보(五十步百步)요 똥 묻은 개가 겨 묻는 개 나무라는 격이요, 제 눈의 대들보는 그대로 둔 채 남의 눈의 티를 빼려고 덤비는 격이 아닐 수 없습니다. 우리가 오노이즘을 들고 나올 때 미국이 시헌이즘으로 맞선다면 무엇으로 대항할 수 있겠습니까?

김동성 선수가 정말 요지부동의 실력 있는 챔피언이었다면 그 후에 있었던 500미터 트랙에서도 마땅히 챔피언이 되었어야 했습니다. 그러나 겨우 3위에 그치지 않았습니까?"

"듣고 보니 선생님 말씀에도 일리가 있습니다. 매스컴까지도 너무 열을 올린 것 같구요."

"억울한 일을 당했다고 해서 그렇게 콩 튀듯 팥 튀듯 울분만 터뜨릴 것이 아니라 이런 때일수록 겸허하게 자기 자신을 반성해 볼 줄도 아는 성숙함을 보여줄 때라고 생각합니다. 그래야 실력을 기르고 국가 경쟁력을 높일 수 있습니다."

"결국 울분을 터뜨리고 방방 뛰기만 할 것이 아니라 은인자중(隱忍自重)하며 다음 기회에 대비하여 말없이 실력을 키워 나가야 하겠군요."

"물론입니다. 우리가 지금의 이 시점에서 미국과 협조를 다져야지 감정싸움을 할 때는 분명 아닙니다. 억울한 일을 당했다고 해서 펄쩍 펄쩍 뛰고 남에게 일일이 호소하면서 돌아다니는 사람은 별 볼 일 없는 사람들이나 하는 짓입니다.

진짜로 대단한 사람은 그런 때일수록 꾹 참고 냉정하게 자기성찰을 하여 잘못을 고쳐 나가면서 쉬지 않고 실력을 다져 나가는 사람입니다. 감정은 상대에게도 대항 감정을 유발하지만 진정한 실력은 상대를 굴복시킬 수 있습니다."

천목(天目)과 에너지장

우창석 씨가 말했다.

"요즘 중국서 나온 파룬궁(法輪功)이나 기공에 관한 책들을 읽어 보면 천목(天目)이라는 말이 자주 나오는데 그게 무엇입니까?"

"기공부를 하다가 보면 우리의 양 눈썹 한가운데 부분인 인당(印堂)혈이 욱신욱신할 때가 있습니다. 이것을 일명 천목(天目)혈이라고도 합니다. 이 천목혈은 여러 단계의 수련을 거치면서 열리게 됩니다. 천목혈이 열리면 수련 중에 예상치도 않았던 화면들이 나타나게 됩니다.

이것을 보고 영안(靈眼)이 열렸다고 말합니다. 가장 초기 단계가 천안통(天眼通)입니다. 천안통이 열리면 색계(色界)인 천계인(天界人)이 가지고 있는 것과 같은 안력(眼力)을 갖게 됩니다. 여기에 숙명통(宿命通)이 겹치면 전생의 장면들도 볼 수 있습니다.

혜안(慧眼)이 열리면 지혜의 눈을 뜨게 되어 범인이 볼 수 없는 것을 볼 수 있습니다. 또한 법안(法眼)이 열리면 중생을 제도하는 스승으로서의 눈이 열리게 됩니다. 그리고 불안(佛眼)이 열리면 육안(肉眼), 천안(天眼), 혜안(慧眼), 법안(法眼)을 전부 다 갖추게 된다고 합니다.

천목혈의 초기 단계는 천안이라고 할 수 있습니다. 천안이 열린 신령에게 접신(接神)된 무술인도 이 정도는 볼 수 있습니다. 그러나 그 이상의 혜안과 법안은 마음공부의 단계가 높아지지 않으면 열리지 않게 되어 있습니다. 마음이 열리는 정도에 따라 천목도 따라서 열리게

되어 있기 때문입니다.”

“에너지의 장이란 무슨 뜻입니까?”

“기공부를 하는 수행자로서 일정한 단계에 도달하여 제자를 거느릴 만한 경지가 되면 자기 주위에 일종의 기(氣)의 자장(磁場)을 형성하게 됩니다. 유유상종(類類相從)이라고 그 스승을 알아볼 만큼 수련이 된 제자들은 바로 이 자장을 감지하고 모여들게 되어 있습니다. 이러한 기의 자장을 에너지장이라고 합니다.”

“그럼 수행자가 그 에너지장 속에 들어오게 되면 어떤 일이 일어나게 됩니까?”

“기문(氣門)이 열린 정도에 따라 그 스승의 앞에 가서 앉아 있기만 해도 그의 주위에 형성된 에너지장으로부터 여러 가지로 도움을 받게 됩니다.”

“어떤 도움을 받을 수 있습니까?”

“기공부 초기 단계의 수행자는 그 에너지장 속에만 들어가기만 해도 격렬한 진동(振動)을 일으키게 됩니다.”

“진동은 왜 일어나게 됩니까?”

“수련자가 일단 기문이 열리기는 했지만 아직 초기 단계여서 막혀 있던 경혈(經穴)들이 이때 열리느라고 일어나는 현상입니다. 마치 여름날 마당에 아무렇게나 방치해 놓았던 호스에 갑자기 수압이 센 수돗물을 통수(通水)시키면 호스들이 갑자기 뒤틀리면서 꿈틀대는 것과 같은 이치입니다.

이 밖에도 혼자서 수련할 때는 진도가 미미했던 기 수련자가 일단 이 에너지장 속에 들어와 앉기만 해도 몸 전체가 강한 기운으로 충만

(充滿)되어 운기(運氣)가 갑자기 활발해지는 것을 알 수 있습니다. 물이 높은 데서 낮은 데로 흐르는 것과 같은 이치입니다. 이 때문에 기 수련자들은 에너지장을 갖고 있는 스승을 만나기만 해도 수련이 급격하게 향상됩니다."

"그것을 혹 가피력(加被力)이라고 불교에서는 말하지 않습니까?"

"맞습니다. 그것이 바로 가피력입니다."

무조건 먼저 인사하라

우창석 씨가 또 말했다.

"선생님께서는 등산하실 때나 조깅하실 때 정식으로 소개는 받지 않았지만 자주 지나치면서 낯익은 얼굴을 만나면 어떻게 하십니까?"

"무조건 먼저 '안녕하십니까?' 인사하든가 손이라도 번쩍 들어 아는 체합니다."

"선생님보다 연하인 사람에게도 먼저 인사를 하신다는 말씀입니까?"

"그렇고말고요."

"그렇게 먼저 인사를 하시는 이유가 어디에 있습니까?"

"낯익은 얼굴을 만났는데도 서로 인사 없이 지나치는 것만큼 서로 쑥스러운 일은 없으니까요. 이 쑥스러움을 해소하기 위해서라도 무조건 먼저 인사하는 것이 좋습니다. 말 못하는 개도 낯익은 사람을 만나면 무조건 꼬리를 흔들어 아는 체하는데 만물의 영장이라는 사람이 낯익은 얼굴을 보고도 모른 체한다면 개만도 못하다는 말이 되지 않겠습니까?"

"그런데 선생님, 제가 먼저 인사를 했는데도 상대가 못 본 척하고 지나칠 때가 있습니다. 이럴 때는 되게 자존심이 상하거든요."

"물론 그런 사람도 간혹 있습니다. 아무리 낯익은 사람이라고 해도 정식으로 소개받지 않은 상대가 인사를 하리라고는 미처 생각지 못하고 있다가 갑자기 인사를 하니까 재빠르게 대응을 못 하는 경우도 있을 수 있습니다. 그러나 예의범절을 아는 상식인(常識人)이라면 다음에 만났을 때는 반드시 먼저 인사를 할 것입니다."

"그런데 저의 경험에 의하면 그러한 경우도 있지만 제가 먼저 인사를 했는데도 애써 외면하려는 사람도 있습니다."

"아무런 인과 관계도 없는데 외면을 한다는 말입니까?"

"네. 그래서 제가 나타나면 일부러 고개를 푹 숙이든가 외면을 하는 사람도 있습니다."

"그런 경우도 가끔 있는 건 사실입니다. 그건 나도 인정합니다. 그러나 그러한 경우는 극히 드뭅니다. 심한 우울증이나 자폐증에 걸린 사람인 경우일 것입니다. 그런 사람은 예외로 치고 그 밖의 십중팔구는 이쪽에서 먼저 인사를 하면 기꺼이 받아 줄 것입니다.

비록 누구한테 정식으로 소개를 받지는 않았다 해도 등산이나 조깅 때 자주 만나 낯이 익은 사람들끼리 이렇게 서로 만났을 때 인사를 건네는 것이 그냥 못 본 척 지나치는 것보다는 훨씬 더 마음이 편하고 정감이 솟고 기분이 좋은 것이 인지상정입니다. 이런 것을 모두 다 감안하면 낯익은 사람을 길에서 만났을 때 이쪽에서 먼저 인사를 하든가 하다못해 눈인사라도 보내는 것이 정신 위생상 훨씬 더 좋습니다."

"그래도 인사에는 장유유서(長幼有序)가 있어야 하는 거 아닐까요?"

"장유유서 따지느라고 낯익은 얼굴끼리 모른 척하고 지나침으로써 어색함과 쑥스러움과 불쾌감을 맛보기보다는 누가 먼저랄 것 없이 먼저 인사를 하여 서로 아는 체를 하고 지내는 것이 훨씬 더 기분이 좋고 마음이 편합니다."

"인사를 해도 상대가 계속 못 본 척하거나 무시하는데도 계속 먼저 인사를 하는 것이 좋겠습니까?"

“물론입니다. 계속 그렇게 하다가 보면 상대도 이쪽의 인사에 응해 올 때가 있습니다. 비록 상대가 끝까지 모른 척해도 이쪽에 손해될 것은 없습니다.”

“상대가 미쳤다고 생각하면 어떻게 하죠?”

“그래도 상관없습니다. 낯익은 얼굴을 보고 먼저 인사하는 것이 미친 사람입니까? 아니면 인사를 받고도 끝내 모른 척하는 것이 미친 사람입니까?”

“듣고 보니 선생님 말씀이 옳은 것 같은데요.”

“최소한의 노력으로 최대의 효과를 거둘 수 있는 것이 인사입니다. 인사란 어찌 보면 농부가 밭에 씨를 뿌리는 것과 같습니다. 씨가 혹시 돌 위에 잘못 떨어져 싹을 틔우지 못하거나 말라 죽는 일도 있을 수 있지만 그렇다고 해서 씨를 뿌리지 않을 수는 없습니다. 이러한 이치를 먼저 깨달은 사람이 인사하기를 먼저 실천함으로써 이 사회를 조금이라도 더 명랑하고 유쾌하게 할 수 있다면 그 또한 좋은 일이 아니겠습니까?”

개미와 쥐

황연식이라는 20대 후반의 수련생이 물었다.

"선생님, 어리석은 질문 하나 해도 괜찮겠습니까?"

"어디 해 보세요."

"땅 위에 기어가는 개미를 한 마리 밟아 죽였을 때는 별로 마음의 동요가 없었는데 쥐를 한 마리 돌멩이로 때려잡았을 때는 마음이 섬찟했거든요. 그건 왜 그렇습니까?"

"그것은 황연식 씨가 아직 성자(聖者)가 아니어서 모든 살아 있는 생물을 똑같이 사랑하는 대자대비심이 없기 때문입니다."

"아니 그렇다면 성자는 개미나 쥐나 똑같이 취급한다는 말씀이십니까?"

"그렇습니다. 개미든 쥐든 각자의 처지에서 생각하면 모든 생명은 다 같이 귀할 수밖에 없습니다."

"그럼 개미와 쥐에 대하여 차별심이 생겨나는 것은 무엇 때문입니까?"

"하등동물이요 곤충인 개미보다도 쥐는 아득한 옛날부터 사람과 더 밀접한 관계를 유지해 왔기 때문입니다. 쥐는 인간과 같은 포유동물이고 DNA 배열도 인간과 가장 유사하다고 합니다."

"쥐는 사람에게 늘 해만 끼쳐 온 동물이 아닙니까?"

"해를 끼치든 이익을 주든 쥐는 아득한 고대로부터 인간과 미운 정 고운 정이 더 들어 왔기 때문입니다. 쥐가 인간이 애써 농사지어 놓은 곡식을 축내는 해를 끼치기도 했지만, 최근에는 의학 실험용 동물로서 사람에게 유익한 일도 많이 하지 않습니까? 이처럼 쥐는 인간과 밀접한 인연을 맺어 왔지만, 개미는 아무래도 그런 면에서 쥐를 따를 수 없습니다."

"그러나 선생님 저는 아무리 생각해 보아도 쥐와 그렇게 밀접한 관계를 유지하여 온 기억이 없거든요."

"그러나 황연식 씨의 두뇌 속에는 우리 인류가 태어난 이래 수십억 년을 진화해 오면서 겪어온 엄청난 경험과 정보가 고스란히 수록되어 있습니다. 그것이 잠재의식 속에 숨겨져 있다가 쥐를 직접 죽였을 때 순간적으로 깨어나는 겁니다. 무의식적으로 섬찟한 느낌이 드는 것은 바로 그 때문입니다.

어찌 쥐와 개미의 경우뿐이겠습니까? 같은 사람이라도 외국인이 죽었을 경우와 동포가 죽었을 경우의 느낌이 다르고 가족이 죽었을 경우와 전연 모르는 이웃이 죽었을 경우에 느끼는 감정이 전부 다 다를 것입니다."

"그것은 친소(親疎) 감정의 차이 때문이 아닙니까?"

"물론입니다."

"친소 감정 차이는 왜 생겨난다고 보십니까?"

"각자가 자기중심으로 사물을 생각하기 때문입니다."

"결국 이기주의 때문이군요."

"그렇습니다. 그러므로 이기주의 즉 자기 중심적인 사고방식에서 벗어나지 못하는 한 우리는 언제까지나 사물을 있는 그대로 공정하게 볼 수는 없게 되어 있습니다. 우리가 수련을 하는 목적은 바로 이기주의에서 벗어나기 위해서입니다. 개인 이기주의, 집단 이기주의, 국가 이기주의, 인간 중심주의 등등 모든 형태의 이기주의는 결국은 지구 환경 파괴로 연결되어 인간을 파멸로 이끌게 되어 있습니다.

요즘 우리는 중국의 고비 사막에서 불어오는 황사 때문에 눈병과 호흡기 질병 등은 말할 것도 없고 정밀 기계를 만드는 제조업체들은 많은 손해를 보고 있습니다. 이러한 황사 역시 최초에는 유목민들의 이기주의에서 비롯되었습니다."

지구 사막화 막는 길

"유목민들의 이기주의라뇨?"

"유목민들이 초원 지대에 양이나 염소들을 무조건 방사(放飼)했기 때문에 양과 염소들이 풀을 모조리 다 뜯어먹고 나서 더이상 먹을 것이 없으니까 풀뿌리까지 깡그리 다 파먹으니까 그 지역이 사막화한 겁니다.

이렇게 사막화되어 가는 면적이 일 년에 한반도 넓이의 몇 배씩 된다고 하니 이대로 방치한다면 지구 전체는 가까운 장래에 온통 다 사막으로 변하게 될 것입니다. 인간의 이기주의가 결국은 지구의 사막화를 촉진하여 사람이 살 수 없는 곳으로 만들고 말 것입니다.

태양계의 위성들 중에서 지구와 가장 가까운 거리에 있는 화성은 몇만 년 전까지만 해도 지구와 흡사한, 생물이 살기 좋은 곳이었다고 합니다. 천문학자들의 관측에 의하면 화성에는 문명의 흔적들이 많다고 합니다. 이집트의 피라밋 같은 구조물들도 관측된다고 합니다.

그런데 화성인들의 욕심 때문에 화성의 자연 환경이 차츰 파괴되는 한편 화성인끼리의 핵전쟁으로 화성이 사막화되어 사람이 살 수 없는 곳으로 변해 가자 화성인 일부가 우주선을 타고 지구로 이동하여 이집트 문명을 구축하였다고 주장하는 학자도 있습니다.

화성에는 피라밋 외에 운하와 시가지 같은 구조물도 목격되는가 하면 화성 표면에는 강물이 흘렀던 흔적이 있고 땅 밑에는 지금도 물이 흐르고 있다고 합니다. 여러 가지 정황으로 보아 화성은 지구인에게는 타산지석(他山之石)이 아닐 수 없습니다. 지구인이 온갖 형태의 이기주의와 인간 중심주의적 사고방식에서 벗어나지 못하는 한 지구는 조만간 화성과 같은 운명을 면하기 어려울 것이 틀림없습니다."

"그렇다면 지구인이 살아날 방도는 없을까요?"

"지금부터라도 지구인은 황사(黃砂)와 화성이 가져다 주는 교훈을 되새기고 모든 이기심과 인간 중심주의적 사고방식에서 벗어나야 합니다. 그리하여 지구상의 모든 동식물이 상부상조(相扶相助)하고 공존공영(共存共榮)하는 지혜를 실천해야 합니다."

"그러기 위해서는 어떻게 해야 합니까?"

"나, 내 가족, 내 고향, 내 나라, 더 나아가 인간만이 제일이라는 사고방식에서 과감히 벗어나 내가 바로 지구의 주인이고 우주의 경영자라는 의식을 가져야 합니다."

"그러한 사고방식을 가지고서야 어떻게 이 치열한 경쟁 사회에서 살아남을 수 있겠습니까?"

"경쟁의식을 갖되 남을 죽이는 경쟁의식이 아니라 남을 살리는 데 앞장서겠다는 경쟁의식을 구사하면 얼마든지 상부상조하고 공존공영할 수 있습니다."

"결국은 이기심에서 벗어나는 것이 선결 과제군요."

"그렇습니다."

"그 이기심에서 벗어나는 지름길은 무엇입니까?"

"우리의 의식 속에 깊숙이 깔려 있는 욕심을 도려내야 합니다."

"그러자면 어떻게 해야 되겠습니까?"

"천상 수련을 해야 합니다."

"어떤 수련 말입니까?"

"역지사지(易地思之), 애인여기(愛人如己), 여인방편자기방편(與人方便自己方便) 정신을 일상생활에서 실천해야 합니다. 다시 말해서 남을 위해 주는 것이 결국은 나를 위하는 길이라는 것을 경쟁적으로 실천하는 것만이 인류가 지구의 사막화를 막고 다 같이 살아 나갈 수 있는 지름길입니다."

"그건 사람마다 다 성자(聖者)가 되라는 주문과 같지 않습니까?"

"그렇습니다. 성자만이 남을 내 몸처럼 사랑할 수 있는 것이 아닙니다. 나와 내 자손이 잘살기 위해서라도 우리는 이기심을 버리지 않을 수 없습니다. 인간의 이기심만 아니라면 지금처럼 지구의 자연 환경이 파괴되지는 않았을 것입니다.

성자란 이기심을 이타심으로 바꾼 사람을 말합니다. 과거에는 현자들이 남을 깨우쳐 주기 위해서 성자가 되었지만, 지금은 나와 내 가족과 후손이 죽지 않고 살아남기 위해서 각자는 성자가 되지 않을 수 없습니다. 지구는 무명중생을 성자로 만드는 수련장입니다."

"무엇에 근거하여 그렇게 말할 수 있습니까?"

"인간계인 지구는 생로병사의 생명의 주기가 천상계보다 훨씬 짧아서 아직은 1백 년도 안 되고 인과응보의 진행 속도 역시 빠르게 진행되고 있기 때문입니다. 천상계(天上界)처럼 수명이 최소한 수천 년에서 수십만 년까지 길면 생사에서 벗어나야 하겠다는 의욕이 지구에서처럼 절실해지지 않습니다. 따라서 수련에 열의를 내지 않게 됩니다.

그러나 지구인은 생명의 주기가 백 년도 채 안되기 때문에 죽음의 고통이 천상계보다는 훨씬 심합니다. 따라서 웬만큼 인생에 눈을 뜬 사람들은 생로병사의 윤회에서 빨리 벗어나야겠다는 다짐을 하게 됩니다. 그뿐만 아니라 지구에서는 인과응보 역시 천상계보다는 빠르게 진행되고 있습니다.

주색잡기에 몰두하는 사람은 남들이 지켜보는 가운데 패가망신(敗家亡身)하는 것을 볼 수 있습니다. 도둑질하는 사람은 십중팔구 얼마 안 되어 경찰에 잡히어 감옥살이를 하게 됩니다. 착한 일 하는 사람은 복을 받고 나쁜 짓 하는 자는 반드시 화를 당하고, 수련을 하여 기운이 맑아진 사람은 오래 살고, 기운이 탁한 사람은 요절(夭折)하고, 마음공부를 하여 후덕한 사람은 귀한 사람이 되고 박절한 사람은 천박해지게 되어 있습니다.

『삼일신고(三一神誥)』에는 이것을 아주 짧은 문장으로 표현하고 있습니다. 즉 '선복악화(善福惡禍), 청수탁요(淸壽濁夭), 후귀박천(厚貴薄賤)'이 그것입니다. 우주가 존재하는 한 이러한 인과응보의 이치는 결코 없어지지 않을 것입니다. 바로 이러한 실례들이 다반사로 일어나는 지구 환경 속에 살고 있는 우리는 인과에서 벗어나기 위해서라도 수련을 하지 않을 수 없습니다.

그러므로 이 우주 안에서 지구만큼 수련하기 알맞은 장소는 다시없다는 것을 알아야 합니다. 지구상에 태어난 존재는 눈먼 거북이가 대양을 떠돌다가 구원의 통나무를 만난 것과도 같이 아주 희귀한 일입니다. 그런데도 불구하고 지구인으로 태어난 이러한 행운을 모르고 자기 욕심 채우기에 혈안이 되어 수련할 기회를 헛되이 보내는 사람들이 수련자들보다 훨씬 더 많으니 이 얼마나 안타까운 일입니까?"

걱정 근심 없애기

50대 후반의 문정환이라는 수련생이 물었다.

"선생님, 저는 조그마한 사고만 나도 걱정 근심 때문에 밤잠을 못 자고 안절부절인데 도대체 그 이유가 무엇인지 말씀해 주실 수 있겠습니까?"

"무슨 일이 있었습니까?"

"네."

"사고입니까?"

"네."

"자동차 사고군요."

"네, 맞습니다."

"누구를 다쳤습니까?"

"혼잡한 시장 거리를 지나다가 오토바이 탄 중국집 배달원이 갑자기 달려드는 바람에 미처 피하지 못하고 충돌했습니다."

"그래 부상은 어느 정도입니까?"

"앞 범퍼에 받쳐서 오토바이와 함께 쓰러졌다가 곧 일어났는데 찰과상을 입어 다리와 허벅지에 약간 피멍이 들었습니다."

"몇 주 진단이 나왔습니까?"

"아직 진단서까지 발급하지는 않았고 본인도 괜찮다며 나중에 연락하자면서 그 자리를 떠났습니다."

"다행히 앵벌이 공갈 피해자는 아닌 것 같습니다. 피해자가 배상금을 요구한다면 보험사에 연락해서 처리하면 되지 않겠습니까?"

"보험사에 연락할 것까지도 없이 피해자에게 50만 원 정도의 치료비 겸 위자료만 주면 될 것 같은 느낌이 듭니다."

"그렇다면 피해자와 만나서 잘 협상하여 해결하면 되지 않겠습니까?"

"거기까지는 저도 잘 알고 있습니다."

"그럼 무엇이 문제입니까?"

"문제는 그 일이 있은 후부터는 도저히 억제할 수 없는 가슴 떨리는 불안과 걱정 근심 때문에 저는 아무것도 할 수 없습니다. 그뿐 아니고 밤에는 잠 한숨도 제대로 잘 수 없어졌습니다. 남들은 이보다 더 큰 사고를 내고도 아무렇지도 않고 멀쩡하게 잘들 살고 있건만 저는 왜 이렇게 불안과 근심 걱정으로 시달려야 하는지 그 이유를 모르겠습니다. 도대체 왜 그래야 합니까?"

"소심하고 겁이 많아서 그렇습니다. 겁 많은 사람은 아무것도 아닌 사소한 일을 가지고도 크게 부풀려서 스스로 위기 사항을 만들어 놓고 그 안에 갇혀서 온갖 번뇌 망상을 만들어 내어 불안과 공포에 떨곤 합니다.

이런 사람은 밤에 으슥한 시골길을 가다가도 느닷없이 도깨비를 만나 밤새도록 엎치락뒤치락하면서 죽을힘을 다해서 사투를 벌이곤 합니다. 새벽에 정신을 차리고 보니까 그는 몽당비를 끌어안고 있는 자신을 발견하곤 어이없어 합니다. 결국 그는 사물의 진상을 보지 못하고 자기가 만든 망상(妄想)과 밤새도록 이전투구(泥田鬪狗)를 벌인 것입니다."

"선생님 어떻게 하면 그 황당한 자기 망상에서 벗어날 수 있겠습니까?"

"평소에 자기 주변의 사물을 정확히 있는 그대로 관찰하는 습관을 들여야 합니다. 사물을 있는 그대로 관찰하는 훈련이 되어 있지 않으므로 항상 진실보다는 착각과 망상과 오해를 진실로 알고 있습니다.

따라서 그는 항상 무지몽매(無知蒙昧)할 수밖에 없습니다. 남에게 사기를 당하기 쉽고 혹세무민(惑世誣民)하는 미신이나 황당무계한 사설(邪說)이나 사교(邪敎)에 사로잡히기 쉽습니다. 따라서 언제나 냉정하고 침착하게 사물을 관찰하도록 의식적인 노력을 기울여야 합니다."

"그러면 겁이 나고 불안할 때는 어떻게 해야 합니까?"

"겁 많은 사람은 겁 많은 자기 자신을 관찰하고 불안, 걱정 근심, 번뇌 망상으로 몸이 떨려 오고 잠이 오지 않는 사람은 바로 그 불안과 걱정 근심과 번뇌 망상에 의식을 집중하고 관찰해야 합니다."

"그렇게 관찰만 하면 됩니까?"

"네."

"언제까지 그렇게 관찰을 합니까?"

"그 불안, 걱정 근심, 번뇌 망상이 한 꺼풀 한 꺼풀 벗겨져 나가다가 나중에는 아무것도 남지 않을 때까지입니다."

"아니 그럼 그렇게 관찰만 해도 겁이 사라지고 걱정 근심과 불안이 녹아 버린다는 말씀입니까?"

"그렇습니다."

"그러면 이 세상에 걱정 근심에 시달릴 사람이 어디에 있겠습니까?"

"걱정 근심을 관찰했는데도 걱정 근심이 사라지지 않았다면 관찰이 철저하고 용의주도하고 끈질기지 못했기 때문입니다. 창문에 앉은 묵은 때는 걸레로 대충 닦아서는 없어지지 않습니다. 걸레로 한두 번 닦아 보고 때가 지지 않는다고 불평하는 사람이 되기 싫으면 철저히 닦아 내야 할 것입니다. 물과 걸레만으로 닦여지지 않으면 강력 세제를 써서라도 닦아 내야 할 것입니다.

겁, 걱정 근심, 불안 같은 것은 오랜 시간에 걸쳐서 마음에 앉은 묵은 때와 같은 것입니다. 아무리 묵은 때라고 해도 인간의 노력으로 닦여 나가지 않는 것은 있을 수 없습니다. 왜냐하면 때라는 것은 아무리 오래된 것이라고 해도 결국은 형체가 없는 것이기 때문입니다. 사람의 마음에 앉은 묵은 때에 지나지 않는 겁, 걱정 근심, 불안, 공포 따위도 알고 보면 형체 없는 환상과 같은 것에 지나지 않습니다."

"창문에 앉은 묵은 때는 강력 세제를 써서라도 제거할 수 있지만 수많은 생에 걸쳐 쌓이고 쌓인 사람의 마음에 앉은 묵은 때는 어떻게 해야 깨끗이 제거할 수 있겠습니까?"

"그것 역시 강력한 세제를 쓰면 됩니다."

"마음의 때를 씻어낼 수 있는 강력한 세제가 무엇입니까?"

진실을 꿰뚫어 보는 관찰의 눈

"진실을 꿰뚫어 보는 관찰의 눈입니다. 수련된 사람의 예리한 지혜와 관찰의 눈으로 분별해 내지 못하는 대상은 있을 수 없습니다. 숙달된 병아리 감별사는 달걀을 만져 보기도 전에 한 눈으로 무정란을 구별해 냅니다.

구도자가 수련을 하는 목적은 이러한 관찰의 눈을 얻는 데 있습니다. 수련자는 먼저 자기 자신의 마음을 관찰하는 습관을 익혀야 합니다. 우선 자기 자신 속에서 일어나는 걱정 근심, 번뇌 망상, 기쁨, 두려움, 슬픔, 노여움, 탐욕, 시기, 질투, 증오, 원한, 복수심의 정체를 꿰뚫어 보고 그 허상을 알아 버린 사람은 절대로 이러한 오욕칠정 따위에 휘둘리거나 농락당하는 일이 있을 리 없습니다."

"그런데 선생님, 저는 제 깐에는 관을 한다고 하는데도 걱정 근심이 사라지기는커녕 점점 더 기승을 부리는 것은 무엇 때문입니까?"

"그것은 아직 관이 잡히지 않아 본궤도에 오르지 않았기 때문입니다."

"관이 제대로 잡히지 않는 이유는 어디에 있습니까?"

"자기 자신의 걱정 근심을 냉정하고 객관적으로 보지 못하기 때문입니다."

"그 이유는 어디에 있습니까?"

"사(私)가 들어 있기 때문입니다. 공무원이 사욕에 사로잡히면 뇌물을 좋아하게 되고 뇌물을 자꾸만 챙기다 보면 공정한 업무 수행을 할 수 없게 되어 드디어 민원(民怨)을 사게 됩니다. 그것이 빌미가 되어 그는 형사 처벌을 받고 공직에서 쫓겨나게 됩니다.

이와 마찬가지로 수련자가 관찰을 할 때 사욕에 물들게 되면 객관적이고 냉정하게 자기 자신을 관찰할 수 없게 될 것입니다. 그렇게 되면 그는 평생 무지몽매(無知蒙昧)와 무명(無明) 속에서 벗어날 수 없게 될 것입니다.

바위 잘 타는 사람은 아무리 험하고 높은 암산에서도 마치 평지를 달리듯 합니다. 그러나 초보자는 평지에서는 잘 걷다가도 조금만 높은 바위산 위에 올라가면 벌벌 떨기만 하고 걸음을 옮겨 놓지 못합니다."

"왜 그럴까요? 겁이 많고 소심해서 그렇겠죠?"

"그렇습니다. 그럼 늘 바위를 타는 사람은 아무렇지도 않는데 초보자는 왜 그렇게 바위라면 오금이 저리고 소심해지고 겁을 내는 이유는 무엇일까요?"

"바위를 몰라서 그렇다고 봅니다."

"그렇습니다. 지하철에서 승강장과 철로 사이는 대략 3미터 이상의 수직 간격이 있습니다. 술 취한 사람이나 자살하기로 작정한 사람이 아니고는 발을 헛디뎌 철길 위로 떨어지는 일은 좀처럼 없습니다. 모두가 떨어지지 않으려고 조심하기 때문입니다.

그런데 겨우 5미터 10미터밖에 안 되는 바위 능선을 타는데도 초보자는 무서워서 오금이 저려서 발을 옮겨 놓지 못합니다. 왜 그렇다고 생각하십니까?"

"고소공포증 때문이겠죠."

"그렇습니다. 고소공포증은 어디서 옵니까?"

"무지(無知) 때문이 아닙니까?"

"그렇습니다. 그러니까 아는 것이 힘입니다. 바위를 아는 사람은 바위를 겁내지 않습니다. 그러면 바위를 바로 알기만 하면 난코스에서 긴장하고 주의는 할망정 겁낼 것은 조금도 없게 될 것입니다. 그렇다면 바위를 알기 위해서는 어떻게 해야 하겠습니까?"

"그야 바위와 친해지면 되지 않겠습니까?"

"그렇습니다. 바위와 친해지고 싶으면 어떻게 해야 되겠습니까?"

"바위를 자주 타야 하겠죠."

"그렇습니다. 바위와 친해져서 바위를 자주 타는 사람은 오랫동안의 관찰과 경험으로 바위의 성질에 대해서는 속속들이 잘 알고 있으므로 고소공포증 같은 것은 느끼지 않습니다. 그와 마찬가지로 자기 마음을 장기간 관찰해 본 사람은 자기 마음의 정체에 대하여 세세하게 모르는 것이 없을 정도로 정통하게 될 것입니다. 이런 사람은 '내 마음 나도 몰라' 하는 유행가 가사와 같은 푸념은 결코 늘어놓지 않게 될 것입니다.

그뿐만 아니라 자기 마음의 고삐를 확실히 잡고 함부로 놓치는 일은 없을 것입니다. 그런 사람은 마음을 잡지 못해 주색잡기로 패가망신하는 일도 없을 것입니다. 이리하여 마침내 자기 마음의 고삐를 확실히 잡은 사람은 자기 자신을 이길 것이고 자기를 이긴 사람은 생로병사를 이기게 될 것입니다."

"마음을 잡은 사람은 적어도 인생을 살아가는 데 큰 실수는 저지르지 않을 수 있다는 말에는 수긍이 가지만 생로병사를 이기게 된다는 것까지는 이해가 되지 않습니다."

"지혜로운 관찰의 눈으로 살펴보면 생로병사라는 것도 역시 하나의 허상(虛相)에 지나지 않는다는 것을 알게 될 것입니다."

"그게 사실입니까?"

"사실이고말고요. 생사는 뜬구름과 같은 것입니다. 이것을 아는 사람은 이 세상에 무서운 것도 겁나는 것도 없게 될 것입니다."

스스로 생을 마감하는 방법들

우창석 씨가 말했다.

"선생님, 나이가 9순이 가까운 불치병 환자가 병원 침대에 누워서 더 이상 살아 보았자 가족과 사회에 공헌은커녕 폐만 끼친다고 결론을 내리고 스스로 생을 마감하기로 하고 단식을 감행한 끝에 숨을 거두었다면 이것은 자살이 됩니까?"

"물론 자살이긴 하지만 그것이야말로 고귀한 자살이라고 할 수 있습니다."

"생명이란 그것 자체가 고귀하고 신성한 것인데 그게 어떻게 고귀한 자살이라고 할 수 있겠습니까?"

"편의상 고귀한 자살이라는 말을 쓰기는 했지만, 사실은 갈 때가 된 사람이 스스로 자기 생애를 명예롭게 마감한 것입니다. 생명이 고귀하고 신성하다는 것은 그 생명으로 인해 이웃에 유익한 일을 할 수 있을 때 얘기지, 이미 육체 생명이 수명을 다하여 더이상 살아 보았자 이타행(利他行)은커녕 해타행(害他行)밖에 안 된다면 더이상 이 세상에 살아 있을 이유가 있겠습니까?

만약에 우창석 씨가 자동차를 타고 세계여행을 떠났는데 지구를 삼분의 이 바퀴쯤 돌았을 때 자동차가 고장이 나서 더이상 수리를 할 수 없을 정도로 고물이 되었다면 어떻게 하시겠습니까?"

"헌 차를 폐차시키고 걷거나 공공 운송 수단을 이용했을 것입니다. 만약에 돈의 여유가 있었다면 현지에서 새 차를 하나 구입했을 것입니다."

"그렇습니다. 인간의 육체는 우리를 태우고 다니는 자동차와 같다고 보시면 됩니다. 육체가 불치병에 걸렸다면 수리가 불가능한 자동차처럼 더이상 미련 두지 말고 폐차시키고 새로 구입하면 될 것입니다. 그러나 단식으로 자기 생명을 스스로 끊을 만큼 자제력이 강한 사람이라면 대단한 구도자나 수행자(修行者)가 아니면 할 수 없는 일입니다. 우창석 씨는 실제로 그런 사람을 보았습니까?"

"네, 제 친구의 부친이 89세의 고령에 불치의 암에 걸려 병원에서 고생하시다가 주위에서 아무리 권해도 끝내 음식을 일체 입에 대시지 않고 돌아가셨다고 합니다."

"병원에서 그런 일이 있었다면 각종 생명 보조 장치를 이용하였을 텐데요."

"아무리 생명 보조 장치로 시술을 하려고 해도 끝끝내 거부하고 조용히 숨을 거두셨다고 합니다."

"그것이 사실이라면 대단한 수행자가 아닌가 생각됩니다. 정말 존경할 만한 분입니다."

"그렇다고 생전에 수행 같은 것을 하신 일이 있었느냐 하면 그런 일은 전연 없었다고 합니다."

"내가 말하는 수행자란 반드시 남의 눈에 뜨이게 수련을 하는 사람만을 말하는 것은 아닙니다."

"그럼 어떤 사람을 말씀하십니까?"

"남에게 티 내지 않고 한평생을 바르고 착하고 슬기롭게 사는 사람이 있다면 그렇게 사는 것 자체가 다름 아닌 수행인 것입니다."

“그건 선생님 말씀이 옳습니다. 그분은 법 없이도 살 만큼 바르고 착한 삶을 살아오셨다고 합니다. 그건 그렇고요, 그런 분은 가실 때가 되어 스스로 생을 마감하신 훌륭한 분이라고 하셨습니다. 그렇다면 좋지 못한 자살은 어떤 것입니까?”

“건강하므로 마음만 먹는다면 얼마든지 유익한 일을 할 수 있는데도 시험에 떨어졌다든가 실연을 당했다든가 세상 살기 싫다든가 빚을 갚을 길이 없다든가 하는 일시적인 비관이나 좌절이나 절망을 이기지 못하거나 책임 회피의 수단으로 스스로 목숨을 끊는 행위를 말합니다.

이러한 사람들도 바르고 착하고 지혜롭게 살기로 마음을 먹는다면 얼마든지 유익한 생애를 보낼 수 있습니다. 결국은 마음을 잘못 먹기 때문에 아까운 인생을 중도 포기하는 것이야말로 지탄받아야 할 자살 행위입니다.”

“만약에 그 노인의 자녀들이 사람의 생명은 그것 자체가 고귀하고 신성하다고 해서 한사코 단식을 못 하게 했다면 어떻게 될까요?”

“그렇게 된다면 그것은 본인이나 그 자녀를 위해서 다 같이 불행한 일이 될 것입니다. 기독교도 출신의 성인으로 추앙받는 다석 유영모 선생이 그 좋은 실례입니다. 그분은 고령에 접어들어 건강이 악화되자 이제 생을 마감할 때가 되었다고 스스로 판단하고 단식을 시작했습니다. 원래 하루 한끼 식사를 해 오시던 분이라 단식은 그분에게는 가장 손쉬운 수단이었을 것입니다.

그러나 이 낌새를 알아차린 가족과 친지들이 이를 극구 말리는 통에 시행을 하지 못하다가 불행히도 치매 증세를 보이기 시작하여 품위 있는 최후를 마칠 기회를 영영 잃어버리고 끝내 불행한 말년을 보내지 않을 수 없었습니다. 그러나 마땅히 갈 때가 되어 스스로 품위 있게 생을 마감한 그 노인이 만약에 삼공선도를 체계적으로 공부했더라면 불치의 암 따위로 세상을 떠나시지는 않았을 것이며 다석 선생 역시 치매로 돌아가시지는 않았을 것입니다."

"과연 그럴 수 있을까요?"

"물론입니다. 아무리 정(正) 선(善) 혜(慧)로 일관된 일생을 살아왔다고 해도 밥을 먹듯이 하루에 6 내지 8킬로씩 걷기 운동을 하고 일주일에 한 번 등산을 하고 도인체조와 단전호흡을 생활화했더라면 암이나 치매 따위로 세상을 떠나는 일은 결코 없었을 것입니다."

"그럼 단식 이외의 방법으로 스스로 숨을 거둘 수도 있다는 말씀인가요?"

"있고말고요."

"어떤 것인데요?"

"고승전(高僧傳)을 읽어 보면 도승(道僧)이나 고승(高僧)들은 흔히 좌탈(坐脫), 입망(立亡), 도화(倒化)의 방법으로 세상을 마감했습니다."

"단식 종신(斷食終身)도 하기 어려운 판에 어떻게 좌탈, 입망, 도화, 시해선, 우화등선을 할 수 있는지 저로서는 도저히 이해할 수 없습니다."

신체(神體)

"지금은 그렇게 생각되겠지만 우창석 씨도 수련이 점차적으로 더 진행되면 지금 내가 말한 것을 충분히 이해할 수 있을 때가 반드시 올 것입니다."

"그럴까요?"

"태산이 높다 하되 하늘 아래 뫼이로다 할 때가 반드시 있을 것입니다."

"수련이 어느 정도 진행이 되면 그렇게 될 수 있겠습니까?"

"마음공부, 기공부, 몸공부를 꾸준히 진행하다가 보면 가시(可視)적인 변화가 오기 시작합니다. 제일 먼저 오는 것이 수련 전에 갖고 있던 각종 지병(持病)들이 하나하나 사라지는 겁니다. 건강한 몸에 건강한 마음이 깃든다는 격언 그대로 건강한 몸이야말로 수련의 첫 번째 전제 조건입니다.

석가모니는 병든 몸으로 수행을 하는 것은 낙타가 바늘구멍을 빠져 나오는 것만큼이나 어려운 일이라고 말했습니다. 그러면 이제 말한 마음, 기, 몸의 세 가지 공부를 하면 건강만 좋아지느냐 하면 그렇지는 않습니다."

"몸 이외에 다른 것도 좋아집니까?"

"그렇습니다. 절에 가면 불상 뒤에 광배(光背)라고 하여 불상을 감싸고 있는 빛을 표현한 것을 볼 수 있습니다. 이것은 수행자가 실제로 견성 해탈(見性解脫)이 되어 부처가 되면 그의 몸 뒤를 감싸고 있는 후광

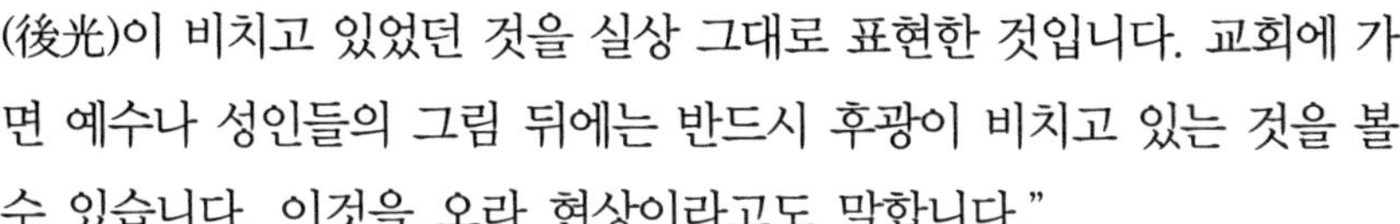

(後光)이 비치고 있었던 것을 실상 그대로 표현한 것입니다. 교회에 가면 예수나 성인들의 그림 뒤에는 반드시 후광이 비치고 있는 것을 볼 수 있습니다. 이것을 오라 현상이라고도 말합니다."

"왜 그런 현상이 일어나죠?"

"수행이 진전되면서 수련자의 심기신(心氣身)이 자꾸만 맑아지고 순수해지면서 고도로 정치(精緻)해지기 때문입니다. 투명한 유리그릇에 물을 가득 채워 놓으면 시간이 흐르면서 찌꺼기와 불순물은 점점 밑으로 가라앉고 위로 올라갈수록 맑고 투명한 깨끗한 물이 떠오르는 것과 같습니다.

물리학 용어로 말한다면 수련이 진행되면 될수록 우리의 심기신(心氣身)이 고순도(高純度) 에너지체로 변해 가는 것입니다. 그래서 인격이 높고 수행이 많이 된 사람이 방안에 들어오면 어쩐지 갑자기 방안이 환해지면서 마음이 편안해지는 것 같은 느낌을 받는 수가 간혹 있습니다.

이것은 우리가 상대의 후광을 무의식적으로 몸으로 감지했기 때문입니다. 왜 이런 현상이 일어나느냐 하면 수행이 향상되면서 그 수련자의 유체(幽體)가 영체(靈體)로 바뀌고 그것이 다시 신체(神體)로 변해가기 때문입니다."

"유체(幽體)란 무엇을 말합니까?"

"보통 사람은 누구나 육체 외에 육체를 그대로 닮은 또 하나의 육체의 원형(原型)과 같은 에너지체를 갖고 있습니다. 이 유체는 육체가 잠을 잘 때 활동을 개시하여 여기저기 돌아도 다니고 하늘을 날기도 합니다. 그것이 바로 꿈입니다. 꿈속에서 활동하는 나의 육체를 닮은, 육체보다는 순도(純度)가 높은 에너지체가 바로 유체(幽體)입니다."

"그럼 영체(靈體)는 무엇입니까?"

"수련을 통하여 유체가 정치(精緻)해져서 순도가 높은 에너지체로 바뀌면 영체로 변하게 됩니다. 유체는 육체가 있는 곳에서 비교적 가까운 거리를 내왕합니다. 그래서 유체에는 탯줄과도 같은 하얀 끈이 달려 있습니다. 그러나 영체가 되면 활동 범위가 영계(靈界)로까지 넓어집니다."

"그럼 신체(神體)는 무엇입니까?"

"수련이 더욱 향상되어 영체가 더욱더 정치(精緻)해지고 순도가 한층 더 높아지면 신체로 바뀌게 됩니다. 신체가 되면 양신(養神) 과정을 거쳐 출신(出神)을 할 수 있습니다. 이 우주 내의 어느 별에든지 마음만 먹으면 순간이동을 할 수 있습니다."

"그렇다면 몇천 광년 떨어진 시리우스 성좌나 북두칠성 같은 데도 순간이동을 할 수 있다는 말씀입니까?"

"그렇고말고요. 그러나 막상 그러한 능력을 갖게 된 수련자는 시험 삼아 몇 번 다른 별에 갔다 오는 수는 있지만 막상 우주여행 같은 데는 별 흥미를 느끼지 않게 됩니다."

"왜 그렇죠?"

"노자의 말 그대로 불출호지천하(不出戶知天下)의 경지에 도달해 있기 때문입니다. 그러한 경지에 오른 수행자는 우주여행보다는 상구보리했으니 하화중생에 더 많은 관심을 기울이게 되기 때문입니다. 그리고 이 경지에 오른 사람은 이미 구경각(究竟覺)을 얻어 생로병사의 윤회에서 벗어났으므로 육도사생(六途四生)을 마음대로 할 수 있습니다."

"육도사생이라뇨?"

"아귀계, 지옥계, 축생계, 아수라계, 인간계, 천상계의 육도와 태생(胎生), 난생(卵生), 습생(濕生). 화생(化生)의 4생을 마음대로 드나들 수 있게 된다는 말입니다. 좌탈, 입망, 도화, 시해선, 우화등선을 자유자재로 할 수 있는 것도 이 때문입니다. 더이상 생사와 시공(時空)에 얽매이지 않게 되었으니 무슨 일인들 못 하겠습니까?"

법신(法身)과 종교

"그렇군요. 신체(神體)와 법신(法身)은 어떻게 다릅니까?"

"수련자가 신체(神體)를 얻은 뒤에 재세이화(在世理化) 홍익인간(弘益人間)하고 중생제도(衆生濟度)하겠다는 대원(大願)을 품게 되면 그 수행자는 그때부터 법신(法身)을 갖게 됩니다."

"법신이 무엇입니까?"

"법신이란 우주의지의 표현체라고 할 수 있습니다. 그 실례로 예수는 '나는 길이요 진리요 생명이니 나로 말미암지 않고는 누구도 하늘나라에 들어갈 자가 없느니라'하고 말했습니다. 여기서 예수가 말한 '나'는 바로 자연인 예수의 '육신의 나'가 아니라 그의 법신을 말한 것이 틀림없습니다. 따라서 법신이란 우주의지를 실천하는 에너지체입니다.

비근한 예로 갑이라는 사람이 어렵게 고시에 합격하여 연수를 끝내고 판사로 임명되었다고 칩시다. 판사는 엄연히 공직입니다. 그러므로 판사 갑은 자연인 갑과는 그 성질이 다릅니다. 법신(法身)이란 수행자가 우주의지에 의해 임명된 공직이라고 할 수 있습니다."

"우주의지(宇宙意志)란 무엇입니까?"

"간단히 말해서 바름, 착함, 슬기로움입니다. 한자로 표현하면 정(正) 선(善) 혜(慧)입니다. 이 정선혜(正善慧) 속에는 불교의 대자대비와 중도(中道)도 기독교의 사랑, 믿음, 소망도 유교의 덕(德), 인(仁), 중용(中庸)도 도교의 무위자연(無爲自然)도 심지어 파룬궁의 진선인(眞善

忍)도 다 들어 있습니다. 우주의지란 재래식 용어로 말하면 하나님의 뜻이라고 할 수 있습니다. 그러므로 법신은 하나님의 뜻을 실천하는 에너지체를 말합니다."

"그런데 기독교인들은 그렇게 생각하지 않는 것 같습니다. 예수 그리스도만이 하나님의 아들이고 그만을 믿어야 구원을 받을 수 있고 그만이 인류를 죄악에서 구원할 수 있다고 하는데 이것은 어떻게 생각하십니까?"

"그것은 예수라고 하는 자연인과 그의 법신을 혼동한 결과입니다. 자연인 예수는 어디까지나 진리를 일깨우기 위한 수단에 지나지 않습니다. 달이 진리라면 자연인 예수는 달을 가리키는 손가락에 지나지 않는데 그의 신도들은 자연인 예수를 절대적인 존재로 생각하고 그만을 믿고 있습니다.

따라서 달보다 달을 가리키는 손가락이 더 커지는 결과를 빚게 되어 손가락을 달로 착각한 겁니다. 진리를 가리키기 위한 방편이 진리로 둔갑해 버린 경우입니다. 그러나 알고 보면 우리들 인간은 마음먹고 열심히 수련을 한다면 누구나 석가나 예수와 같은 성인이 될 수 있고 따라서 법신(法身)이 발현(發顯)될 수 있습니다. 누구든지 수련을 하여 구경각의 경지에 도달하면 예외 없이 법신이 드러나게 되어 있다는 얘기입니다.

그래서 석가도 '모든 중생에게는 예외 없이 불성이 있다'고 말했습니다. 즉 『열반경』에 나오는 '일체중생실유불성(一切衆生悉有佛性)'이란 바로 그것을 말한 것입니다. 예수도 '하늘나라는 너희들 자신 속에 있다(누가 17: 20-21)'고 말했습니다. 석가가 말하는 불성과 예수가 말하는 하늘나라가 바로 법신입니다.

그러므로 종교단체란 자연인 갑과 그의 법신을 동일체로 착각하고 그에 대한 믿음만으로 진리에 도달해 보려는 사람들의 조직체라고 할 수 있습니다. 그러나 수행자는 법신과 자연인을 동일체로 보지 않습니다.

자연인 갑이 판사로 임명되어 공직을 수행할 때의 공인과 그가 공직에서 물러났을 때의 보통 사람인 갑을 구분하듯 법신(法身)과 육신(肉身)을 구분합니다. 그리고 누구든지 열심히 공부하면 고시에 합격할 수 있는 것과 같이 수행자 역시 열심히 수련만 하면 누구나 법신을 성취할 수 있습니다."

"그럼 법신은 어디에 있습니까?"

"법신은 모든 사람의 내부에 본래부터 갖추어져 있습니다."

응무소주이생기심(應無所住而生其心)

"그런데 왜 성인에게서만 나타나고 보통 사람들에게는 나타나지 않습니까?"

"보통 사람은 업장(業障)에 가려서 발현되지 않을 뿐입니다. 그러나 성인(聖人)들은 수련을 통하여 업장을 소멸했으므로 장막에 가려졌던 본체가 드러나듯 법신이 드러난 것입니다."

"본체가 무엇입니까?"

"자성(自性)입니다."

"그럼 자성은 무엇입니까?"

"그 자성이 바로 진아(眞我)이고 부처입니다."

"진아(眞我)와 법신(法身)은 어떻게 다릅니까?"

“기능만 다를 뿐 그 본질은 같습니다. 법신은 수행자들에게 가피력(加被力)이나 천백억화신(千百億化身)의 조화로 수련을 도와주고 있습니다.”

“법신의 작용을 좀 알아듣기 쉽게 말씀해 주시겠습니까?”

“수련을 통하여 우주의식과 하나가 된 구도자는 마치 고시 합격자가 공직에 임명되어 공인(公人)이 되어 그에게 국가가 맡겨준 권한을 행사하듯 그의 수행 정도에 따라 하늘의 공직인 법신을 갖게 됩니다. 그러므로 정선혜(正善慧)의 우주의식으로 심성을 고양시킨 수행자로서 마음, 기, 몸의 세 가지 공부를 하는 사람은 그가 따르는 스승이나 고단자의 법신의 보호를 받게 되어 있습니다.

수련 중이나 꿈속에 스승이 나타나 그의 정수리에 손만 스쳐도 백회가 열리고 막힌 경혈들이 유통되곤 합니다. 수행자가 중병에 걸려 있을 때도 스승이 꿈속에 나타나 고쳐 주는 수가 있습니다. 어떤 종교인이 앓고 있을 때 그가 믿는 종교의 교주가 꿈속에 나타나 병을 고쳐 주는 수도 있습니다. 이것 역시 교주의 법신의 작용입니다.

이때 까딱 잘못하면 스승이나 교주의 법신을 육신을 가진 스승이나 교주로 착각하고 맹신(盲信)하거나 그를 신격화(神格化)하고 우상화(偶像化)하는 사람들이 있는가 하면 스승이나 교주 역시 이에 편승하여 못 이기는 척하고 이를 용인할 때 하나의 사이비 종교가 나타나게 됩니다. 이렇게 나타난 종교가 사회의 공공의 이익에 반하는 짓을 할 때는 사이비 종교 또는 사교(邪敎)로 지탄받게 됩니다.”

“그러니까 제정신을 가진 스승이라면 법신으로 인하여 자기를 신격화하고 우상화하는 것은 엄금해야 하겠군요.”

"그렇고말고요. 당연히 그래야지요. 그런데도 불구하고 일부 자칭 스승이나 교주들 중에는 자기 자신의 법신의 가피력이나 천백억화신을 빌미로 하여 은근히 자신을 신격화하고 우상화하는 경향이 있습니다. 수련자들은 이것을 조심해야 합니다. 패가망신(敗家亡身)의 함정이 될 수도 있으니까요."

"작년에 외국에서 온 큰 스승을 자칭하는 한 교주는 자신의 신도들에게 유독 가피력(加被力)과 천백억화신(千百億化身)을 마치 자기의 전매 특허인양 코에 걸고 다니는 것을 보았는데 그것도 하나의 함정이 아닐까요?"

"물론 아주 위험한 함정입니다. 그 자칭 큰 스승의 신도들은 그를 어떻게 대하고 있었습니까?"

"마치 신불(神佛)을 대하듯 그를 신격화하고 우상화하고 있었습니다."

"정말 그랬다면 그거야말로 갈데없는 사이비 종교입니다. 그가 만약 진정한 도인이라면 자신의 법신의 작용을 코에 걸고 다니지 말았어야 합니다. 남을 돕되 오른손이 하는 것을 왼손이 모르게 해야 그게 진짜입니다. 남을 돕되 조금도 티를 내지 말아야 합니다. 공치사를 하면 그것은 이미 진정으로 남을 돕는 것이 아닙니다. 남을 돕되 추호도 집착이 있어서는 안 됩니다."

"응무소주이생기심(應無所住而生其心)하라는 말씀이시군요."

"바로 그겁니다."

[이메일 문답]

해결책을 구합니다

스승님 보아주세요. 어제 두 번째로 찾아뵙고 수련을 하고 돌아온 박영희입니다. 아침에 출근했다가 저녁에 내 집으로 돌아오는 것마냥 스승님 댁을 방문하는 것이 편안하고 몸과 마음이 차분해졌습니다.

집으로 돌아오면서 저의 수련 상태가 아직도 멀었구나. 걸음마 단계도 아니 되는구나! 느꼈습니다. 다시 태어났다는 기분으로 처음 『선도체험기』를 대하던 마음으로 전심전력을 다해 수련에 임해 보고자 다짐했습니다.

이혼하기 전 선도를 알았다면 아무리 힘들고 고통스러웠어도 모든 것을 저의 잘못으로 알고 끌어안고 살았을 것입니다. 하지만 과거로 되돌아갈 수 없는 일. 지금 처해진 환경에서 최선을 다하고 수련하기에 정말 좋은 여건이라 생각하며 다른 분들보다 더 열심히 정진하고자 합니다.

5년 전 병원에 일하러 다니게 되면서 제 남편과는 다르게 능력도 있으면서 너무도 가정적인 원장님께 저도 모르게 마음 한구석을 비워 놓고 있었던 것 같습니다. 그 후 이혼을 하고 딸아이의 방황이 시작되었고 힘들고 어려울 때마다 마음으로 기대고 위로 받으며 넘지 말아야 할 관계가 되어 버렸고 그동안 몇 번씩이나 정리를 하려고 시도해 봤지만 마음이 약해서인지 쉽게 무너져 버리곤 했습니다.

앞으로 구도자의 길을 가기로 한 이상 이런 관계를 지속하는 것은 제 양심에 너무 걸리고 그분과 함께 하는 시간이 즐거움을 주기도 하지만 기운이 너무 소모되는 것을 알고 나서는 허탈감에 빠져 버리곤 합니다. 저는 피하기보다 문제가 있는 곳에서 해결책을 찾고 싶습니다. 이 고비를 잘 극복하고 나면 수련에 많은 향상이 있을 것 같은데 혼자서 이겨 내기가 힘듭니다.

스승님 도와주십시오. 어떤 채찍이든지 받을 준비가 되어 있으니 많이 꾸짖어 주십시오.

2002. 2. 18.
못난 제자 박영희 올림

[필자의 회답]

사람은 원래가 불완전한 존재이기 때문에 그 업장(業障)으로 이 세상에 생을 받아 태어난 것입니다. 그래서 누구나 잘못을 저지를 수 있습니다. 그러나 잘못을 저지른 것이 나쁜 것이 아니라 그 잘못을 알고도 고칠 줄 모르는 것이 나쁜 것이라는 것을 알아야 할 것입니다.

수련하는 사람과 수련을 하지 않는 사람이 다른 것은 자기 잘못을 알았을 때 임하는 자세입니다. 수련자는 자신의 생활 일체를 수련의 한 과정으로 보고 자기 잘못을 깨닫는 순간부터 그것을 과감하게 고쳐 나가지만, 수련을 하지 않는 사람은 자기 잘못을 알면서도 그것을 고칠 용기를 내지 못하고 미적미적하다가 결국은 파국을 당하고 마는 것입니다. 그리고 종교인은 교회나 교당에 나가 자기 잘못을 눈물을 흘리면서 통절하게 회개하지만, 교회 문밖에 나오기만 하면 언제 그랬느냐 싶게 그 잘못을 태연히 되풀이합니다.

그러나 아무리 수련을 하는 구도자라고 해도 이미 습관화된 생활을 일시에 확 뜯어고치는 것은 과도한 부담이 될 것입니다. 그럴 때는 지금 갖고 계시는 직장을 그만두고 다른 직장을 얻을 수만 있다면 그렇게 하는 것이 가장 손쉬운 방법일 것입니다. 그러나 그렇게 하기가 현실적으로 어려울 때는 그 직장에 계속 눌러 있으면서 점진적으로 상대와 비밀히 만나는 회수를 줄여 나가시기 바랍니다.

이것을 상대가 눈치를 채고 왜 그러냐고 묻는다면 그때 가서 차근차근 상대를 설득하시기 바랍니다. 현재와 같은 부적절한 관계가 계속되다가 외부에 알려질 경우 상대의 처자와 부모 형제에게도 뜻하지 않는 마음의 상처를 입히게 될 것이고, 남의 병을 치료하는 인격자인 의사로서의 대사회적(對社會的) 체면은 어떻게 될 것이냐?는 이유를 들어 차근차근 상대를 설득해 나가야 합니다. 상대도 이성이 있는 건전한 중년의 상식인이라면 이러한 설득을 끝내 외면하기는 어려울 것입니다.

이 얘기를 하다가 보니 한 5년 전에 필자가 직접 겪은 실화가 한 토막 문득 떠오릅니다. 참고삼아 그것을 소개하겠습니다.

이혼한 중년의 독신녀가 시장에서 점포를 차렸습니다. 여자에게 수완이 있었던지 장사가 제법 잘되어 남의 주목을 끌었습니다. 상가 임대인이 그 여자에게 접근하여 결국은 부적절한 관계에 접어들었습니다. 그런데 이 여자가 어떻게 하다가 『선도체험기』를 읽게 되면서 자기가 지금 큰 잘못을 저지르고 있다는 것을 깨닫게 되었습니다.

모든 비밀 특히 남녀가 저지르는 비밀이 발각되지 않는 일은 거의 없습니다. 특히 동료 여자 상인들의 초능력적인 후각을 무시할 수는 없는 일입니다. 불현듯 위기감을 느낀 여자는 어느 날 직접 필자를 찾아와서 어떻게 해야 좋겠느냐고 조언을 구했습니다. 필자가 어떤 충고를 했을 것인가 하는 것은 질문자는 이미 감지했을 것이므로 되풀이하지 않겠습니다.

그 뒤 여자는 남자를 설득하는 데 성공하여 그들 사이의 향기롭지 못한 과거를 깨끗이 청산하고 남자도 『선도체험기』 애독자로 만들어, 어느 날 두 사람이 나란히 필자를 찾아온 일이 있었습니다. 그들은 어두운 과거를 청산하고 앞으로는 서로 상부상조하는 믿음직한 친구요 동업자로 탈바꿈할 것을 필자 앞에서 굳게 다짐하는 것이었습니다. 기억력 좋은 독자라면 그 얘기가 『선도체험기』에 반영되었다는 것을 기억하고 계실 겁니다.

이 우주 안에 마음먹기에 따라 변하지 않는 것은 아무것도 없습니다. 원수가 친구가 되기도 하고 도둑이 경찰이 되는가 하면 살인 청부업자가 성인(聖人)이 되기도 합니다. 이 모든 것이 우리가 마음먹기에 달려 있습니다.

두 동료가 같은 길을 가다가 타락의 함정에 빠졌을 경우 먼저 깨달은 자가 그곳에서 빠져나와 자기만 살겠다고 도망친다면 그것처럼 의리 없는 일도 없을 것입니다. 그러나 지금은 질문자께서 먼저 자기 몸을 추수를 단계라고 생각합니다. 일단 함정에서 빠져나오기로 작정을 했으면 빈틈없는 계획을 세워 주도면밀하게 추호도 차질 없이 실천하는 일만 남았습니다.

필자는 그것을 지켜볼 것입니다. 일을 집행하여 나가다가 혼자서는 도저히 힘에 부치는 경우가 발생하면 다시 이메일을 쳐 주시거나 필자를 찾아와 독대(獨對)를 청하시기 바랍니다. 힘자라는 한 도울 것입니다. 어려운 결정을 내리신 것을 거듭 치하드립니다.

진정한 우리들의 모습은

안녕하세요. 거여동에 사는 박영희입니다. 스승님께서 처방해 주신 생식을 한 달 가까이 아침, 저녁때마다 먹으면서 몸이 훨씬 더 가볍고, 기운이 나고, 머리도 맑아졌습니다. 점심은 병원 식구들과 같이 먹기 때문에 어쩔 수 없이 화식을 하는데 반 공기도 먹기가 힘든 것을 보면 어떤 대책을 강구해야겠다는 생각이 듭니다.

새벽에 일어나 남한산성 약수터까지 올라갔다 오면 1시간 30분 정도 걸리고 낮에는 항상 단전을 의식하고 호흡하려고 하며, 몸이 굳지 않게 짬짬이 스트레칭을 하면서 지냅니다. 저녁에는 1시간에서 2시간가량 에어로빅을 하고 와서 103배를 하려고 하는데 못 하는 날도 있습니다. 하지만 기회가 있을 때마다 103배는 하려고 마음먹고 있습니다.

무슨 일이든지 수련의 한 과정으로 보고 생활하려고 하니까 항상 내 자신을 살필 수 있는 것 같았는데 생각과는 달리 양심에 걸리는 일을 하고 있는 내 모습을 대할 때면 너무 괴롭습니다.

이럴 때면 스승님의 답장을 떠올리며 조급한 마음을 가라앉히려고 하지만 이미 저의 갈 길을 정해 놓고 있으면서 마음과 몸이 일치되지 않게 행동하는 내 자신이 한심스럽기까지 합니다. 이렇게 마음 약하고 어리석은 사람도 수련을 할 자격이 있는지 스승님 많이 꾸짖어 주세요.

원장님과 이야기 도중 사람의 존재는 우주 속에서 볼 때 너무 미약하고 하찮은 것이며, 인생은 단생(單生)으로 끝나고, 신도 영혼도 없으며, 그냥 사는 것이라 말합니다. 알면서 억지를 부리는 것인지 진정 그렇게 믿는 것인지 의학을 공부했다는 사람한테 그런 소리를 들으니 말문이 막혔습니다.

진정한 우리들의 실상을 이야기해도 들으려 하지도 않고 이해시키려 하지 말라고 잘라 말하는 그 사람의 부정적인 모습을 보면서 안타까웠습니다. 지금 저의 힘으로는 그 사람을 이해시키는 것이 너무 부족함을 느끼며 아직은 때가 아닌 것 같아, 철저하게 내 자신을 관찰하고 축기에 힘써 수련에 전념해야겠다는 생각을 했습니다.

지금 못 했던 일을 언젠가는 할 수 있을 거란 믿음으로 수련하면서 기다려야겠지요. 항상 조상님의 가르침을 가슴에 새기고 스승님을 본받아 열심히 몸공부, 마음공부, 기공부에 정성을 다하겠습니다.

늘 부족한 제자들을 위해 애쓰시는 스승님께 감사드립니다. 안녕히 계십시오.

2002년 2월 23일
박영희 드림

【필자의 회답】

점심 때 직장 동료들과 같이 식사를 할 때도 주식만은 생식을 하고 반찬만 같이 들도록 하셔야 합니다. 생식을 하기로 작정한 이상 어떻게 하든지 주식만은 반드시 생식을 해야 정상적인 몸의 컨디션을 유지할 수 있습니다.

직장 동료들도 그렇게 하는 박영희 씨를 처음에는 이상한 눈으로 보겠지만 그것도 습관화되면 심상해집니다. 남의 일에 그렇게 관심을 갖는 사람은 없기 때문입니다.

남의 시선보다는 자신의 건강을 유지하는 것이 한층 더 중요하다는 것을 명심하시기 바랍니다. 박영희 씨가 이처럼 주위의 시선을 개의치 않고 꿋꿋이 나간 결과 전보다 더욱더 건강해지고 남을 배려할 줄 아는 열린 마음을 가진 사람이 된다면 동료들은 하나둘씩 박영희 씨의 삶의 방법을 모방하려고 할 것입니다.

다음에 박영희 씨에게 문제가 되는 것은 양심에 걸리는 일에 관한 것입니다. 나 역시 그 점이 아무래도 수수께끼여서 집중을 해 본 결과 지금의 원장은 전생에 어느 토호국(土豪國)의 왕이었고 박영희 씨와는 부부 사이였습니다. 그리고 이혼한 남편은 그의 가신(家臣)이었습니다. 박영희 씨가 그에게 그렇게 쉽게 끌린 것은 이러한 전생에 형성된 습관 때문이었습니다.

그러나 알고 보면 이것이 다 박영희 씨에게는 해결해야 할 숙제입니다. 원장과 알기 전에 박영희 씨가 좀더 수련이 진전되어 있었더라면 관을 통해서 이것을 미리 알아차리고 그러한 함정을 능히 피할 수도 있었을 것입니다. 그렇게 하지 못했기 때문에 과거 생의 인연으로 발목이 잡혀 버린 것입니다.

사실은 박영희 씨가 자기 스스로 이것을 깨닫고 대책을 세울 때까지 기다려 보려고 했지만 지금은 그 함정에서 한시바삐 빠져나오는 일이 시급하기 때문에 알려 드리는 겁니다. 아는 것이 힘입니다. 아무리 고

질병이라고 해도 그 병의 원인을 알고 나면 살아날 길이 열리게 마련입니다. 그래서 아는 것이 힘이라고 하는 겁니다.

흔히 이 세상의 유부남 유부녀가 첫눈에 애욕의 열정에 빠져 버리는 이유는 십중팔구 전생의 연인 아니면 부부였던 경우입니다. 우리가 수련을 하는 이유 중의 하나는 이러한 경우에 자기성찰을 통해서 그것을 간파하여 슬기롭게 피하자는 것입니다.

앞길에 함정이 숨겨져 있다는 것을 아는 사람은 어떻게 해서든지 그것을 피해 갈 수 있지만 그렇지 못한 무명중생은 대책 없이 빠져서 허우적거리게 됩니다. 그러나 함정에 빠진 뒤에라도 그 원인을 깨달은 사람은 무슨 수를 써서라도 그곳에서 빠져나올 수 있습니다. 부디 분발하시기 바랍니다. 혼자서 빠져나오기 힘들면 다시 도움을 청하시기 바랍니다.

제가 풀어야 할 숙제

박영희입니다.

바쁘신데도 불구하고 이렇게 빨리 답장을 주시니 너무 감사드립니다. 스승님의 회답을 보면서 역시 "그랬구나" 하면서 가슴 저 밑바닥에서부터 무엇인가 꿈틀거리는 것을 느꼈습니다. 전남편과의 생활과 지금의 상태를 볼 때 제가 너무 후덕하지 못하고 이기적인 사람이었다는 것을 느낄 수 있을 것 같습니다.

원장님과는 서로의 이기적인 면이 강해서 생각보다 빨리 각자의 자리를 찾을 수도 있을 것 같고, 어쨌든 조급한 마음은 접어두고 시간을 가지고 내 자신을 지켜보면서 다시는 흔들리지 않게 몸과 마음을 다잡겠습니다. 실상을 알고 나니 더욱더 수련에 전념해야겠다는 마음이 듭니다.

저와 만나는 모든 사람들은 과거 생의 인연이란 생각을 다시 한 번 해 보게 되었고 좋은 인연이든 나쁜 인연이든 피하지 말고 제가 풀어야 할 숙제로 받아들이고 항상 관(觀)하는 자세로 생활하면서 상대방을 배려하고 베풀도록 노력하겠습니다.

지난 생의 업장을 모두 녹이고 실상을 모르고 헤매는 사람들에게 조금의 도움이라도 줄 수 있을 때까지 열심히 수련에만 전념해 보겠습니다. 지금 이 순간 몸과 머리가 개운해지고 맑아지고 있습니다.

스승님 감사합니다. 그럼 안녕히 계십시오.

2002년 2월 25일

박영희 올림

【필자의 회답】

그처럼 자기 앞에 닥쳐온 모든 난관들을 긍정적으로 받아들이고 일체의 어려움을 내 탓으로 돌리는 한 반드시 원만한 해결책을 찾을 수 있을 것입니다. 다음 국면을 기대해 보겠습니다.

자신을 바로 볼 수 있다는 것

스승님 안녕하세요. 저 박영희입니다. 건강한 몸으로 기운을 타고 마음공부 하라고 항상 강조하시던 말씀을 이제야 가슴으로 느낄 수 있을 것 같습니다. 선도라는 바른길로 한 발짝 내디딘 것 같아, 이 길이 외롭고 힘들더라도 좌절하지 말고 꾸준히 나가야겠다고 다시 한 번 다짐해봅니다.

스승님 댁을 찾아가는 도중 오늘은 스승님께 3배를 올려야 한다는 마음의 소리를 듣고 예를 차리는데 왜 그렇게 눈물이 나오는지, 이유없이 흐르는 눈물을 감출 수가 없었습니다. 제 스스로도 당황했고 어찌나 죄송스럽던지...

요즘엔 제 앞에 펼쳐지는 모든 일은 제가 만든 일이며, 인연 있어 만나는 모든 사람들도 거울 속에 비친 내 모습이라 생각하면서 지내고 있습니다. 그러다 보니 순간적으로 감정이 북받치기도 하고 화가 나기도 하지만 그것을 바로 볼 수 있어 이내 마음이 평온해지곤 합니다.

삶의 실상을 일깨워 주신 스승님 너무도 감사드립니다. 이러한 이치를 모르고 살았다면 아직도 제 감정 하나 제대로 다스리지 못하고 고통 속에서 살고 있었을 것이며, 인연의 굴레에서 언제까지나 벗어나지 못하고 허우적거리고 있었을 것입니다.

제가 항상 양심에 꺼려하던 문제에서 이제서야 벗어났습니다. 옆에서 항상 지켜봐 주신 스승님이 있어서 빨리 제자리를 찾을 수 있었고,

앞으로 다시는 똑같은 실수를 저지르지 않도록 하겠습니다. 가슴이 답답하고 머리 조임 현상이 계속되고 있는데도, 그 인연에서 벗어난 것을 생각하면 몸과 마음이 편안해지고 가벼워짐을 느낍니다. 이제부터는 더 열심히 수련에만 전념해 보겠습니다. 진심으로 감사드립니다.

2002년 3월 5일
박영희 올림

【필자의 회답】

어렵고도 힘든 단안을 마침내 내리고 그것을 실천에 옮겼다니 참으로 축하할 일입니다. 나 역시 이제나저제나 하고 그 소식이 들려오기를 학수고대하고 있었기에 나의 일처럼 반갑습니다. 한때 비록 잘못을 저질렀다가도 그것을 깨닫고 바른길로 돌아선 이상 반드시 인신(人神)의 도움을 받게 될 것입니다.

사기(邪氣)는 정기(正氣)를 침범할 수 없습니다. 바른길을 가는 사람에겐 염라대왕의 저승사자도 감히 접근하지 못합니다. 그러나 뭐니뭐니해도 가장 소중한 소득은 박영희 씨 자신이 이제 자기가 가야 할 길을 제대로 찾았다는 겁니다. 지금 찾아낸 그 길이 바로 생사의 굴레에서도 영원히 벗어나는 길입니다.

그러나 앞길이 반드시 평탄하지만은 않을 것입니다. 혼자서 헤쳐 나가기엔 막막할 때가 반드시 올 것입니다. 그때마다 메일을 띄우시기 바랍니다. 내 힘껏 도울 것입니다.

작은 깨달음

스승님 평안하시죠? 박영희입니다.

보이지 않게 이끌어 주시고 베풀어 주시는 것을 매번 몸으로 느끼면서, 스승님께 보답하는 길은 삼공선도 공부를 게으름 피우지 않고 정성을 다해 한 발짝 한 발짝 나아가는 것이라 생각하며 제 자신을 한 번 더 채찍질합니다.

지난 시절 저의 뜻대로, 생각대로 일이 되어가지 않으면 일희일비했던 제 모습이 『선도체험기』 덕분에 좋은 일이든지 나쁜 일이든지 제 앞에 일어나는 모든 것을 냉정하게 바라보면서 관찰할 수 있게 되었습니다.

또한 책 속에서 여러 가지 간접 경험을 하면서 이 길이 옳은가, 저 길이 옳은가 기웃거리지 않게 되었으며, 정확히 저의 갈 길을 찾게도 해주었습니다. 이 모두가 『선도체험기』를 지속적으로 써 주고 계시는 스승님 덕분입니다. 가르침에 어긋나지 않도록 제 자신을 바로 세우며 살겠습니다.

오늘에서야 옛 시어머니와의 관계 즉 집 문제를 해결했습니다. 친정에서는 이미 끝난 인연, 자꾸 만나면서 괴로움과 고통당하며 살지 말라고 돈을 해 주셨는데, 옛 시어머니는 당신 아들이 어디에서 어떻게 사는지도 모르고 있는 판에 너희 둘이 그 집에서 사는 것은 못 보시겠다고 하시고 너의 딸이지 내 손녀는 아니라고 억지를 부리는데 말문이 막히고 기가 막혔습니다.

무엇이 어디에서 어떻게 잘못된 것인지. 상대방의 의견은 조금도 들으려 하지 않고 당신 의견과 생각만이 옳은 것이라 주장하시는 분이니 저로서는 도저히 감당이 되지 않아 돈과 서류만 정리하여 보내 드렸습니다.

사실 어제 등산을 하던 중 인륜도 저버리고, 밖에서는 깰 수 없는 돈이라는 유리 항아리에 갇혀서 이기심만 가득 채우고 이제는 그 뚜껑까지 닫아 버리려는 옛 시어머니를 떠올리며 정말 가엾고 측은한 마음이 들었고, 한편으로는 모든 것이 어리석었던 나의 불찰로 일어난 일이니 억울해하지 말자 하면서 이런저런 생각을 하는데 갑자기 옛 시어머니의 모습과 제 모습이 겹쳐서 저의 온몸을 휘감는 것을 느끼는 순간이었습니다.

저의 무지몽매함과 이기심 때문에 억울함을 당하고, 고통을 당했을 다른 인연들의 모습이 떠오르면서 제 가슴이 너무도 아려 오고 회한의 눈물이 창피한 줄도 모르게 마구 흘러내렸습니다. 이 죄 많은 인생을 어찌해야 좋은가? 어떻게 해야만 조금이라도 빚을 갚을 수 있는 것인지. 그때는 제 자신을 어떻게 해야 될지도 모르겠고 그냥 눈물만 흘러내리고 가슴만 아팠습니다.

시간이 좀 흐른 뒤 마음을 가다듬고 진정 내가 가야 할 길은 삼공선도 공부를 충실히 하는 길밖에 없고, 그 길만이 지난 업장을 녹이고 벗어날 수 있는 길이란 생각을 하면서 등산을 마쳤습니다. 모든 것이 저로 인해서 일어난 일이니 받아들이자 하면서도 속이 상합니다. 저 모습이 내 모습인데 이해 못 할 것이 무엇인가 하면서도 속이 상합니다.

오늘 괜히 스승님께 투정을 부리고 있습니다. 모두 이해해 주시리라 믿으며 이만 쓰겠습니다. 안녕히 계십시오.

2002년 3월 26일
박영희 올림

【필자의 회답】

모든 것이 저로 인해서 일어난 일이니 받아들이자 하면서도 속이 상하는 것은 무엇 때문인지 잘 생각해 보시기 바랍니다. 여기서 자기성찰을 한 단계 더 높이셔야 합니다.

한 회사의 사장이 경영상 실수로 손해를 보았다면 그 원인을 철저히 알아내어 다음에는 같은 실수를 저지르지 않기로 다짐하고 새로운 각오로 새 사업을 구상하면 됩니다. 자기 잘못에 대하여 아무리 속상해 보았자 변하는 것은 아무것도 없습니다. 그러므로 유능한 사장은 손해본 것을 보상하기 위해 새로운 사업을 구상하느라고 속상해할 틈도 없습니다.

자신의 과거의 실수에 대하여 속상해하는 것은 현재에 있지도 않은 과거에 묶였기 때문입니다. 과거에의 집착에서 빨리 벗어나야 합니다. 이러한 이치를 깨달았으면 과거지사는 훌훌 털어 버리고 후회 없는 앞날을 계획하시기 바랍니다.

과거의 모든 실수를 남의 탓으로 돌리지 않고 오직 자기 탓으로 돌리는 사람에게는 우주의 중심에서 오는 무한한 에너지를 공급받을 수 있다는 것을 잊지 마시기 바랍니다. 이왕이면 작은 깨달음에 그치지 마시고 큰 깨달음을 향해 도전하시기 바랍니다.

번뇌망상(煩腦妄想)의 정체

안녕하세요? 박영희입니다.

요즘 『선도체험기』를 다시 읽으면서 저보다 더 열악하고 어려운 환경에서도 수련에 온갖 정성을 다해 눈부신 발전을 하고 계시는 도우분들을 생각하면 부끄러운 마음이 듭니다. 저같이 수련하기 좋은 조건에서도 마음의 문이 열리지 않아 스승님께서 주시는 기운도 다 감당하지 못하고 있으니 저의 갈 길이 멀고도 먼 것을 느낍니다.

제 마음을 관하면서 처음으로 느낀 것은 있는 상황을 그대로 보지 않고 개인적인 생각으로 상상의 나래를 펴서 온갖 공상과 망상으로 괴로워하고 스트레스를 받으며, 분노하고 있다는 점이었습니다.

눈앞에 있는 그대로만 보면 아무 일도 아닌 것을, 보이지 않는 것을 억지 생각으로 그려서 본다는 것이 얼마나 사람의 마음을 황폐하게 만들고 상대방을 불신하게 하는지 알았습니다. 그리고 또 하나는 스승님께서 말씀하신 대로 지나간 과거는 흘려보내야만 되는데 생각과 말로만 그렇게 했다고 하면서 감정은 그곳에서 전혀 빠져나오지 못하고 허우적거리고 있는 모습을 본 것입니다.

어제의 제가 오늘의 제가 아니듯 모든 것은 변해만 가는데 지나간 시간에 매달려 괴로워하는 제 자신이 우스웠습니다. 모든 것이 나의 잘못이며, 항상 변해 가는 진리를 앎으로써 마음이 또한 편안해짐을 느꼈습니다.

그리고 상대방이 저에게 억울하게 하거나 서운하게 하는 일이 생겼을 때 내가 저 사람에게 그렇게 했겠지, 저 모습이 바로 나의 모습일 꺼야 하는 마음을 먹으니까 서운한 마음보다 미안한 마음이 들면서 편안해지는 것을 느꼈습니다. 모든 것이 인과응보인데, 참 많이 베풀고, 감사해야 하고, 보답하면서 살아야겠다는 생각을 했습니다.

아직도 결점 투성이인 저의 잘못된 점이 있으면 크게 꾸짖어 주십시오.

항상 겸허하게 받아들여 고치고 정진하겠습니다.

2002년 3월 28일

박영희 올림

【필자의 회답】

수행자가 자기 앞에 닥친 온갖 역경들을 금생이 아니면 전생에 자기가 저지른 인과응보라는 것만 철저히 깨닫는다면 분노하고 근심 걱정하고 미워하고 서러워할 일은 없어질 것입니다. 성자(聖者)란 다른 것이 아니고 오욕칠정에서 떠난 사람을 말합니다. 오욕칠정에서 벗어날 수만 있다면 걱정 근심, 번뇌 망상 따위에 시달릴 이유도 없어질 것입니다.

오늘 보내 주신 메일을 읽어 보니 박영희 씨도 이제 차츰차츰 자기성찰이 자리잡아 가고 있는 것 같습니다. 관과 자기성찰로 사람이 무지몽매에서 벗어나면 화날 일도 괴로워할 일도 원한을 품을 일도 다 없어질 것입니다.

우리 눈에 보이는 모든 것이 다 허상이니까요. 만상(萬相)이 전부 다 허상(虛相)임을 깨달을 때 우리는 진상(眞相)을 보게 될 것입니다. 자기 자신 속에서 진상을 본 사람은 이 우주가 하나의 거대한 생명체임을 깨닫게 될 것입니다. 그때 우리는 비로소 부동심(不動心)을 갖게 됩니다. 진정한 마음의 평화는 이때 오는 것입니다. 수련이 바른 궤도에 접어든 것 같습니다. 계속 그 방향으로 밀어붙이기 바랍니다.

화상을 입고 나서

안녕하세요? 박영희입니다.

죽은 듯 숨죽이고 있던 산천초목이 파란 잎사귀를 내밀고, 꽃망울을 터뜨리며 살아 있음을 과시하고 있습니다. 제 몸속에 새 생명의 용솟음치는 소리와 일치함을 새벽 산행 길에서 느끼고, 무한한 자연의 힘과, 끊임없이 쉬지 않고, 남모르게 준비하고, 때에 맞춰 자신을 나타내는 자연 앞에 고개가 숙여집니다.

지난 월요일에 한의원에서 일을 하다가 부주의로 한약 액을 허벅지에 쏟는 바람에 화상을 입었는데, 화상에는 감자를 갈아 붙이는 것이 화기를 빼는 데도 좋고, 상처도 안 남는다는 것을 알기에 처음에는 감자만 갈아서 붙였습니다.

그런데 물기가 흐르는 것이 지저분하길래 생식을 같이 넣어 붙이고 잤더니 눈에 띄게 좋아지고, 물집 잡힌 곳과 제일 심하게 화상 입은 곳을 제외하고는 원상태로 회복이 되어, 생식이 이런 데도 정말 좋은 것을 알았습니다.

화상 입은 것을 핑계로 몸공부를 게을리했더니, 양심에서 벗어나려는 몸짓들이 저를 괴롭히고, 마음 또한 잡념에 자꾸만 사로잡히는 것이, 자신한테 철저하지 못하고 빌미를 주고, 여유를 주면 순간순간 밀고 들어오는 상념들을 제압할 수 없음을 느꼈습니다.

이런 모습들을 바로 볼 수 있고 작은 틈도 주지 않으려 다잡고, 몸부

림치는 상태이기는 하지만, 지난 일로 나타나는 망상들 때문에 괴로워하는 조급증은 없어졌고, 시간이 흐르면서 조금씩 몸도 마음도 평온해짐을 느끼며, 주위에서 일어나는 일들을 있는 그대로 받아들일 수 있는 여유도 조금씩 생겨갑니다.

그런데 스승님, 빙의가 되어 몸이 괴롭거나, 사고로 인해서 몸 상태가 정상이 아닐 때는 어떤 방식으로 몸공부를 하는 것이 좋은지요? 각자 자신의 상황에서 무리하지 않게 하는 것이 최선이겠지만, 저 같은 경우에는 자꾸만 꾀가 나려 하고 게으름을 피우게 되더라고요.

아상(我相)과 업장이 두터운 제자의 갈 길이 멀고 멀지만, 스승님의 가르침에 따라 정도를 가겠습니다.

2002년 4월 5일

박영희 올림

【필자의 회답】

1) 빙의가 되었을 때

빙의가 되었을 때는 이것 역시 나의 업장이다 생각하고 빙의된 자기 자신을 관(觀)해야 합니다. 관한다는 것은 빙의된 자신에게 마음을 집중하는 것을 말합니다. 특정 사항에 마음을 집중한다는 것은 그 문제의 해결을 위해 자기가 가지고 있는 능력과 지혜와 에너지를 전부 다 집중하는 것을 말합니다.

한마디로 말해서 그 일에 전적으로 관심을 기울이는 것을 말합니다. 냉정하고 객관적으로 관하면 관할수록 문제 해결의 길은 가까워지게 되어 있습니다.

특히 빙의의 경우는 영적(靈的)인 문제이므로 현대 의학이나 과학의 도움을 전연 받을 수 없습니다. 그러므로 우리가 할 수 있는 일은 마음을 비우고 그 일에 집중하는 길밖에 뾰족한 해결책이 없습니다. 빙의 자체가 수련을 열심히 하라는 신호이기 때문입니다.

빙의령이 얼마나 원한이 깊고 영력(靈力)이 강한가에 따라 머물러 있는 시간은 길어질 수도 있고 짧아질 수도 있을 것입니다. 머무는 시간은 몇 시간이 될 수도 있고 며칠, 몇 달, 몇 년이 될 수도 있습니다.

나 자신이 원인 제공자가 되어 나에게 들어온 빚쟁이가 바로 빙의령입니다. 그러니 누구 탓을 할 수 있겠습니까? 오직 내 탓으로 돌려야 합니다. 내가 과거 생에 저지른 일이니 내가 책임지고 해결해야 할 숙제일 뿐입니다. 이처럼 모든 것을 내 탓으로 돌려야 우주심(宇宙心)으로부터도 큰 힘을 공급받을 수 있습니다.

자기가 해결해야 할 숙제이니 힘자라는 데까지 자기가 해결해야 하지만 자기 한계를 느껴 혼자 힘으로는 도저히 감당할 수 없다고 생각될 때에는 사형(師兄)이나 스승의 도움을 받을 수도 있습니다.

그러나 이것은 위기에 처했을 때에 한합니다. 그렇지 않고 빙의될 때마다 스승을 찾는다면 자기가 풀어야 할 숙제를 스승에게 의뢰하는 것밖에는 안될 것입니다. 따라서 자기 수련은 정체되거나 후퇴할 것이니 신중을 기해야 합니다. 가장 좋은 방법은 스스로 난국을 해결함으로써 독자적인 힘을 키우는 겁니다.

2) 몸에 부상을 입었을 때

부주의나 사고로 몸에 부상을 입는 것 역시 인과응보입니다. 도로를 질주하던 내 차를 뒤차가 달려들어 느닷없이 받는 바람에 일어난 사고라도 법적으로는 뒤차에게 책임이 있지만 넓은 의미의 인과 관계로 보자면 이것 역시 내 탓으로 보아야 합니다. 왜냐하면 내가 하필이면 그때 그 자리에 있었던 것은 내 탓이기 때문입니다.

우선 내 탓으로 돌려 마음을 활짝 여는 것은 우주의 에너지를 무한정 수용하는 자세가 되므로 모든 것을 긍정적으로 생각하게 하여 기혈의 순환을 활발하게 해 주고 따라서 치료 효과도 높아지게 하는 지름길입니다.

외과적 부상 치료는 현대 의학의 특기이기도 하므로 지체 없이 이용할 수 있습니다. 꾀나 게으름 같은 것은 관(觀)의 힘으로 마땅히 제거해야 할 것입니다.

무심이 될 때까지

스승님 평안하신지요.

지난번 찾아뵈었을 때 봄비소리와 함께 어울려진 사모님의 청아한 노래 소리가 너무 듣기 좋았는데 사모님께서도 평안하시겠지요?

저는 요즘 머리로 깨우친 것들과 마음속에서 일어나는 상들이 일치하지 않아 힘든 시간을 보내고 있습니다. 이런 헛된 망상들을 행동으로 옮기는 것은 또 하나의 업을 짓는 것임을 알기에 자제하고 있는 것을 다행으로 여기며, 이 허상이 다 없어질 때까지 고통스럽고 괴롭더라도 지켜보고 또 지켜보겠습니다.

무관심이 아니라 이기적인 마음이 배제된 무심이 될 때까지, 보지도 않은 것을 본 것 모양 생각하고 상상하는 이 모든 헛된 망상들을 다 지울 때까지 가고 또 가겠습니다. 삶의 실상을 알고 수련하는 이 길이 왜 이렇게 힘든지, 아니 왜 이렇게 죄 많은 인생인지 누군가에게 매달려 모두 용서해 달라고 빌고 또 빌고 싶을 때가 있습니다.

모든 것이 저의 인과로 인해서 생기는 일이며, 이렇게 마음 공부시키는 상대방이 고맙고, 잘못된 길을 가고 있는 그들이 안쓰럽고, 어떻게 해 줄 수 없고 지켜볼 수밖에 없는 제 입장이 한편으론 미안한 마음이 듭니다.

이렇게 흔들리고 고통스러운 것을 떨쳐 버리지 못하는 것이 지극정성으로 삼공 공부를 다하지 못했기 때문은 아닌지, 죽기를 각오하고 정진해야 함에도 너무 안이한 마음과 생각으로 임하고 있는 것은 아닌지 뒤돌아봅니다. 머리로 깨우친 것이 마음에서 일어나는 상과 일치하고 행동 또한 이타적으로 변할 때까지 모든 것을 안으로 숙성시켜 나가겠습니다.

두서없는 글 이해해 주시고, 수렁에서 아직도 허우적대는 제자 항상 지켜봐 주시고, 이런 실상을 알게 해 주신 것을 너무 감사하게 생각하며, 반드시 참나를 찾아 거울 같은 인생을 살아 보겠습니다. 안녕히 계십시오.

2002년 4월 20일
박영희 올림

【필자의 회답】

메일을 읽어 보니 박영희 씨가 무슨 일로 번민을 하고 있는 모양인데 구체적인 사례를 말하지 않으니 막연하여 무어라고 똑 부러지게 충고도 조언도 할 수 없으니 답답하지만 떠오르는 대로 말하겠습니다.

이입행입(理入行入)이라는 말이 있습니다. 이치로 깨달은 뒤에 이를 체험으로 확인하여 나가는 과정을 말합니다.

실례를 들어 구도자는 자기 존재의 실상을 깨닫는 것을 최초의 목표로 삼고 있습니다. 자기 존재의 실상이란 도대체 무엇인가? 세계적인 구도의 스승들 예컨대 소크라테스, 석가모니, 공자, 노자, 장자, 예수,

달마, 육조 그리고 수많은 조사들과 성인들이 이구동성으로 한결같이 증언하고 있는 것이 있습니다.

그것은 모든 존재의 실상은 삼라만상이 한 덩어리로 녹아 있는 우주 생명체라는 것입니다. 이것을 본래면목, 자성, 본바탕, 중도실상(中道實相), 생의 본체, 우주만유의 실체, 우주의식, 도, 진리, 우주심, 하나님, 하느님, 부처님, 진여자성, 마음의 근본 자리, 근본 성품이라고 합니다.

다시 말해서 나 자신이 바로 하나님이고 부처님 자신인데 업장, 죄업, 원죄 따위에 가려서 중생들의 눈에는 그 실상이 보이지 않는 겁니다. 그러나 구도자나 종교인은 수련이나 신앙의 공덕으로 업장이 엷어지면서 자기 실상을 차츰 파악하게 됩니다. 이처럼 자기의 업장을 녹이는 데는 반드시 넘어야 할 전제 조건이 있습니다.

그 첫 번째가 우리가 살고 있는 현상계에서 우리 눈에 보이거나 마음으로 인식하는 모든 것은 변하지 않는 것이 없다는 것입니다. 다시 말해서 이 현상계 우주 안에 고정 불변하는 것은 아무것도 없는 겁니다. 과거 우리 선배 구도자들은 그것을 순전히 관을 통해서 깨달았지만 현대에 와서는 첨단 과학이 그 사실을 과학적으로 입증하고 있습니다.

물질을 세분하면 원자가 나옵니다. 그 원자를 고배율의 현미경으로 관찰하면 원자에는 원자핵이 있고 그 핵 주위에는 전자, 양자, 중성자 등이 마치 태양을 중심으로 한 위성처럼 회전하고 있습니다. 이것들을 다시 세분해 보면 소립자(素粒子)가 나옵니다. 그런데 현대 물리학은 이 소립자는 물질이 아니고 잠시도 쉬지 않고 움직이며 변해 가는 에너지의 파동에 지나지 않는다고 합니다.

이렇게 볼 때 물질은 궁극적으로 없는 것입니다. 우리 눈에 보이는 것은 모두가 에너지의 파동에 지나지 않으므로 일종의 허깨비요 물거품 같은 것에 지나지 않습니다. 다시 말해서 고정 불변한 것은 아무것도 없다는 것은 찰나도 쉬지 않고 변하므로 사물에는 정지하는 시간이 한순간도 없습니다. 이것은 궁극적으로 시간이 존재하지 않는다는 것을 말해 줍니다.

두 번째 전제 조건은 '나'라고 하는 것은 없다는 것입니다. 여기서 말하는 '나'는 물질의 옷을 입었거나 아니면 단지 관념상의 나를 말합니다. 공간이라는 것은 시간을 전제로 하고 있습니다. 시간이 없는 공간은 있을 수 없습니다. '나'라는 것도 알고 보면 텅 비어 있다는 것을 알 수 있습니다. 따라서 나라는 것도 존재하지 않습니다.

물질이 없는 '나' 즉 거짓 나는 실상이 아닌 허깨비에 지나지 않습니다. 따라서 시간과 공간은 원래 실존하는 것이 아닙니다. 그러나 현실적으로 우리의 눈앞에 삼라만상이 보이고 내가 보이는 것은 실상을 꿰뚫어보는 법안(法眼)으로 볼 때는 하나의 물거품에 지나지 않습니다.

실례를 들면 바다 위에 떠 있는 거품이나 파도는 바다의 실상이 아닌 하나의 거품 현상일 뿐 그 실상은 바다물 자체인 것과 같습니다. 이 유위계(有爲界)에서 우리의 눈에 보이는 만물은 바다의 거품과 같은 것에 지나지 않고 그 거품의 실상은 바닷물 자체라는 겁니다.

그러니까 우주 자연도 그 안에 사는 동식물과 바다와 육지와 돌과 흙도 우리들 인간도 사실은 몽환포영(夢幻泡影)에 지나지 않습니다. 우리 인간은 부질없는 집착 때문에 시간과 공간이라는 함정 속에 갇혀 생로병사의 윤회를 거듭하는 가련한 존재입니다. 우리를 구속하고 있는 이 시공(時空)의 함정에서 벗어나 영원한 자유를 찾자는 것이 구도자의 목표입니다.

세 번째 전제 조건이 시공을 벗어난 곳이 바로 천당이요 극락이요 열반인데, 이곳이 바로 우리가 가고자 하는 최후의 정착지이고 우리가 본래부터 터 잡았던 마음의 고향입니다. 불교에서는 이것을 삼법인(三法印)이라고 합니다. 제행무상(諸行無常), 제법무아(諸法無我), 적정열반(寂靜涅槃)이 바로 그것입니다. 시공이 사라진 바로 그 자리가 참나가 있는 자리입니다. 이 세 가지 이치를 머릿속에 넣고 구도자는 이를 몸으로 입증하고자 합니다.

선배들이 깨달은 이치를 지표로 삼아 우리는 각자 자기 길을 가는 겁니다. 다시 말해서 시공을 초월한 생사가 없는 마음의 근본 자리인 본래면목을 회복하기 위해서 우리는 수련을 하고 있습니다.

그 본래면목은 무엇인가? 우리의 마음의 바탕을 이루고 있는 것을 말하는데 그것은 잠시도 쉬지 않고 움직이는 생동하는 에너지의 덩어리인 우주 생명체입니다. 나만 그런 것이 아니고 박영희 씨도 그렇고 이 세상 누구도 다 그렇다는 것입니다. 알고 보면 우리들 자신의 밑바탕이 바로 열반이고 하느님이고 부처님 자신입니다.

그러한 우리가 무엇을 겁낼 것이 있으며 고민하고 번민할 것이 있겠습니까? 우리의 앞길을 가로막는 어떠한 난관이든지 오직 바르고 착하고 슬기롭게 파헤쳐 나가다가 보면 해결하지 못할 것이 어디 있겠습니까? 더 이상 몽환포영로전(夢幻泡影露電) 따위에 잠시라도 현혹당하시지 마시고 부디 자신감을 갖고 당당하게 임하시기 바랍니다.

마음공부를 끝내고

안녕하세요? 박영희입니다.

지난번 메일에 두서도 없이 저의 복잡한 심정만 써 보내 드려 죄송했습니다. 도요일 점심 때쯤 스승님의 답장 메일을 여는 순간 읽어 보지도 않았는데 저의 마음이 차분해지면서 편안해짐을 느꼈습니다.

사실 양심에 걸리는 행동을 몇 년 지속하면서, 처음에는 정당화시키고 합리화시켜 가며 제 자신을 위로하고 그 생활에 젖어 있었으나, 마음 한구석에는 죄짓고 살지 말자는 양심의 소리가 끊임없이 들려 왔었습니다. 모든 것이 『선도체험기』를 손에서 놓지 않고 있었던 덕분이었고, 스승님의 보살핌과 가르침에 따라 그 생활도 정리할 수 있었습니다.

상대방과의 인연을 정리하면서 저의 심정을 자세히 말하고, 그 사람도 삶의 이치를 알게 해 주어야 했는데 저의 부족함과 여건이 되지 않아 말을 못 했고, 저 혼자만 바른길을 가는 것이 미안했는데, 알고 보니 상대방은 다른 인연을 만들어 놓아서 저의 제의에 선뜻 응하고 고맙다는 말을 했던 것입니다.

다른 인연과의 만남을 너무 즐거워하는 상대방 모습을 보면서 마음에서 일어나는 여러 가지 망상 때문에 너무나 괴로운 시간을 보냈습니다. 괴롭고 고통스러운 시간을 보내면서도 제 자신을 관하면서 저 모습이 나의 모습이고 이 세상에 변하지 않는 것은 아무것도 없으니, 저 모습 또한 시간이 지남에 따라 변할 것이며, 모든 것이 나로 인해서 생겨난 일이니 가슴 아파하지도 말고, 보지 않은 것은 상상도 하지 말고 있는 그대로 보이는 것만 보자고 마음을 가라앉혔습니다.

현생을 살면서 지은 죄도 많고 그보다 지금의 생활을 보면서 지난 생의 지은 죄 또한 너무도 많음이 뼈저리게 느껴집니다. 다른 사람을 너무 가슴 아프게 하고 피눈물 나게 했던 것을 생각하면 어찌 다 속죄해야 될지 몰라 가슴이 터질 것같이 아프고 내 눈물이 피눈물이 되는 것 같습니다.

전남편 또한 맨 마지막에는 친자매처럼 지내던 언니와 야반도주를 하는 바람에 그 집 아이들을 얼마간 보살펴야 했었는데, 그때도 내 가정 하나 제대로 지키지 못한 내 책임이 제일 먼저란 생각이 들어 주위 사람들의 욕을 먹어 가면서도 아이들을 챙겼습니다.

지난 일과 지금 현재 일어나고 있는 모든 일이 다 파도와 같고, 물거품 같은 일인데 바다의 이치를 알고 하늘의 뜻을 아는 제가 얼마간이라도 괴롭고 고통스러운 시간을 보낸 것이 후회가 됩니다. 스승님의 따뜻한 보살핌이 없었다면 제가 어떻게 이런 삶의 큰 뜻을 알았겠습니까! 항상 지켜봐 주시고 바른길을 가르쳐 주셔서 너무도 감사드립니다.

너무도 혹독하게 치러서인지 이제는 마음속에서 헛된 망상이 일어나도 쓴웃음이 일어날 뿐 마음이 평온해졌고 몸도 편안해졌습니다. 앞으로 제 앞에 일어나는 모든 일에 흔들리지 않는 마음으로 살아갈 수 있도록 삼공 공부 열심히 하겠으며, 항상 바른길만 가겠습니다. 안녕히 계십시오.

2002년 4월 23일

박영희 올림

【필자의 회답】

무명중생(無明衆生)이 깨달음을 얻고 나면 자기가 한갓 범부였을 때의 일이 소꿉장난보다도 더 유치해 보이게 마련입니다. 사물을 보는 눈이 크게 바뀌니까요. 그리고 뿌리 깊은 나무는 제아무리 사나운 광풍과 비바람이 휘몰아쳐도 흔들리지 않습니다.

그와 마찬가지로 중심이 확실히 잡힌 사람은 어떠한 고난이 닥쳐와도 마음이 흔들리거나 번뇌 망상에 얽매이지 않습니다. 그 중심이란 무엇인가? 그것이 바로 하나요 참나요, 진여본성(眞如本性)입니다. 이것이 또한 진리요 도요, 우주심(宇宙心)이요 불성(佛性)이요, 하나님이요 실상(實相)입니다.

유위계(有爲界)의 삼라만상이 다 변해도 이 중심만은 결코 변하는 일이 없습니다. 용변부동본(用變不動本)입니다. 용(用)이 현상계요 본(本)이 바로 우주의 중심입니다. 만물은 용이요 하나 즉 진여본성은 그 중심입니다.

그 만물은 또한 꿈이요 환상이요, 물거품이요 그림자요, 이슬이요 번갯불입니다. 즉 몽환포영로전(夢幻泡影露電)입니다. 만물은 시간과 공간의 노예입니다. 우리는 지금 시공(時空)의 감옥에 사로잡혀 있는 것입니다. 그러므로 시공을 벗어난 곳에서만이 실상(實相)을 볼 수 있습니다.

또한 만물은 잠시도 쉬지 않고 변해도 그 중심만은 변하지 않습니다. 이 중심을 열반, 극락, 하늘나라, 천당이라고 합니다. 생사가 없는 곳입니다. 불어나고 줄어드는 것도 깨끗하고 더러운 것도 없습니다.

선도 악도 정의도 불의도 없는 일체 존재의 영원한 귀의처입니다.

석가도 소크라테스도 노자도 장자가 공자도 예수도 달마도 육조도 그리고 수많은 성현들도 바로 이 중심에 뿌리박고 있습니다. 만유의 중심이 바로 이것이기 때문입니다. 이 중심을 확실히 거머잡은 사람은 무서울 것도 겁낼 것도 슬퍼할 것도 분노할 것도 사랑할 것도 미워할 것도 고민할 것도 기뻐할 것도 없습니다.

이 중심을 휘어잡은 사람은 아무런 이유 없이 당장 불의의 칼날에 자기 목이 달아난다고 해도 손해될 것이 없고 설사 만병통치약을 손에 넣었다 해도 크게 이익될 것이 없습니다. 왜 그런가? 그가 잡은 참나의 중심은 자기 목이나 만병통치약보다 수억만 배 이상 고귀한 것이고 헤아릴 수 없이 소중한 것이기 때문입니다.

박영희 씨는 내가 말하는 중심이 무엇을 의미하는지 잘 알고 있습니다. 그리고 그 중심의 한 귀퉁이를 박영희 씨는 바야흐로 거머쥐기 시작했습니다. 그것을 더욱 확실히 거머쥐시기 바랍니다. 그렇게 되면 무슨 일이 있어도 마음 흔들리는 일은 없어질 것입니다.

나의 선도체험기

선생님 그간 안녕하셨는지요.

며칠 전(설 인사차 들렀을 때)에 뵈었을 때 참 편안해 보이시더군요. 자주 찾아뵙지 못해 참으로 죄송합니다. 작년, 재작년, 지나오는 동안 여러 차례 선생님께 편지를 썼으나 미처 부치질 못했습니다. 이메일로도 두 번 보냈는데 선생님께 제대로 도착하지 않았던 것 같고요.

저는 아직 컴퓨터 다루는 게 시원치 않아 생각에 그칠 뿐 행동으로 옮겨지지가 않습니다. 지난번 방문 후 선생님 댁에서 구입해 온 『선도체험기』 59, 60, 61, 62권을 읽으면서 이 편지를 씁니다. 체험기를 통해 선도와 인연을 맺어 수련을 해 온 한 사람의 선도인으로 약간의 체험담을 쓰고 싶어 이 글을 올립니다.

제가 체험기와 인연을 맺은 건 `92년도(제 나이 39세 때)였습니다. 그 당시 저는 가정의 파탄을 겪게 되어 극한적인 정신과 육체의 파멸상태에 이르렀습니다. 정신은 상대적 빈곤감과 위축감, 미래에 대한 절망감으로 자폐증에까지 도달했었습니다.

삶의 완전한 포기였지요. 사면을 두루 돌아봐도 도저히 돌파구가 보이질 않았습니다. 남편과 자식 둘(딸 하나, 아들 하나)까지도 다 귀찮고 그저 저만 어떻게 그 상황을 피해 도망이라도 가고 싶은 생각뿐이었으니까요.

놀고 있는 남편과 처음 살아 보는 방 두 칸의 전셋방, 자고 일어나

눈만 뜨면 다락같이 올라가는 집값(그 당시는 88올림픽을 치른 해인데 집값이 천정부지로 뛰었음) 등, 도대체 앞으로의 살길이 막막했습니다. 다시는 집 장만을 하는 것은 불가능했고 남편의 취직도 거의 불투명한 상태라 당장 4식구 하루하루 살아가는 게 당면 과제였습니다.

정신 상태가 그 정도로 불안정 하니 갑자기 눈이 나빠지기 시작해 한 달도 안 되는 사이에 눈앞의 모든 사물은 흔들리고 뒤엉키고 빛이 있으면 (햇빛이건 전등불이건 모두 다) 눈이 아파 도저히 뜰 수 없는 상태에까지 이르렀습니다.

다시는 이 눈으로 글씨를 본다거나 빛이 있는 곳에서 눈을 뜨고 있으리라고는 상상하기도 어려웠습니다. 암흑 그 자체였지요. 물론 유명하다는 안과는 다 다녀 보았지요. 그러나 전혀 원인 규명과 치료 방법은 없었습니다.

그렇게 지내던 중 생계 대책으로 아는 분의 한의원에 사무원으로 근무하게 되었습니다. 근무 도중 우연히 『선도체험기』를 만났지요. 눈이 아프기 전에는 책을 좋아했던 터라 습관적으로 책을 들춰 보기 시작했습니다.

아! 그런데 이게 웬 일입니까? 글씨를 보려면 글씨가 모두 엉키고 흔들려 거의 볼 수가 없었고 눈이 아파 의식을 집중해 책을 본다는 것은 상상할 수도 없었는데 책이 술술 읽히는 거였어요. 그렇게도 아파서 매일 징징거리며 살던 그 눈이 책을 보면서 시원해지다니!

도저히 믿기지 않는 일이 바로 저에게 일어나고 있었지요. 신기한 나날들이었지요. 지금 이 글을 쓰자니 지나간 그때의 광경들이 되살아나 눈물이 계속 흐르는군요. 그렇게 만난 체험기를 시간 날 때마다 틈틈이 읽고 또 읽고 계속 읽어 나갔지요.

삶이 바뀌기 시작했습니다. 절망에서 희망으로, 자폐(自閉)에서 자개(自開)로, 극도의 정신불안에서 점차로 안정을 찾아 나갔지요. 1권, 2권, 그리고 3권... 점점 권수가 늘어 가면서 수련은 급진전을 보아 나갔지요. 언제 어디서나 의식만 집중하면 백회로 기운은 상시로 들어오고 단전에 기운이 느껴지면서 하단전을 중심으로 온몸은 불덩어리로 변해 갔습니다.

하단전이 활성화되면서 생식기의 감각이 활발해져 결혼 13, 14년 만에 처음으로 성합의 크나큰 기쁨을 맛보게 되었습니다. 남편의 기쁨도 이루 말할 수 없었지요. (그 문제 때문에 늘 싸웠거든요.) 온몸에 기운이 돌면서 육체는 어린 시절로 돌아가 사지가 가만히 있질 않더군요.

갑갑해서 그냥 걷지를 못하고 마냥 뛰어다녔지요. 등산할 때는 옆에 있는 나무는 주먹으로 한 번 쳐 보아야 직성이 풀리고 몇 시간을 걸어도 전혀 숨찬 것을 못 느꼈답니다. 기운이 돌면서 변해 가는 몸은 신기하기만 했습니다.

출퇴근 시간의 전철 안은 저의 명상처요 단전호흡을 하는 저 자신의 도장이었습니다. 행주좌와어묵동정(行住坐臥語默動靜) 염염불망의수단전(念念不忘意守丹田), 벌써 삼공선도를 해 온 지 12년째입니다. 그동안 수많은 시행착오와 갈등을 겪으며 현재에 이르렀습니다.

선생님, 지금 제가 이 편지를 쓰게 된 동기는 그동안 『선도체험기』를 읽으면서 느낀 점 몇 가지를 말씀드리고 싶어서입니다. 수련을 하는 도우들이 대체로 조급해 한다는 것이지요. 근원적인 공부를 하겠다고 큰 결심을 한 이상 죽을 때까지 하겠다는 각오, 아니, 이번 생에 못 이루면 다음 생에, 다음 생에 못 이루면 될 때까지 계속하겠다는 굳은 의지가 좀 약해 보여서입니다.

제가 경험한 바로는 항심(恒心)을 가지고 공부해 나가면 자기도 모르게 갖가지 경계들이 하나씩 하나씩 무너져 감을 어느 순간 깨닫게 되지요. 그때가 되면 이미 각자 안에 온 우주가 다 들어 있음을 알고는 빙그레 웃음 짓겠지요.

"왜 내가 그동안 밖에서만 찾으려고만 애썼을까? 여기 내 가슴속에 다 들어 있는 걸" 하고 말이죠. 알고 나면 모든 게 그저 그럴 뿐인데... 저의 지나온 11년간의 삼공선도 수련과정은:

1) 8년간의 『선도체험기』 책과 함께 한 단독 수련

2) 그 후 2년간의 선생님께 직접 방문 수련

3) 선생님께 지도받으며 40일간의 단식 수련

4) 현재는 아침 1, 2시간 도인체조와 호흡수련, 저녁 1시간의 달리기 또는 걷기, 오행생식, 일요일마다 등산. 나머지 깨어 있는 모든 일상생활이 다 수련이지요(명상, 관법).

선생님, 제가 글이라고는 처음 써 보는지라 모든 게 다 서툴러 그저 부끄러울 따름입니다. 선생님의 크신 용서 바랍니다.

다음 문안드릴 때까지 안녕히 계십시오.

단기 4335(2002)년 2월 28일

제자 이상길 올림

추신: 저 역시 여러 가지 방법의 수련을 해 보았는데 육신을 가진 우리들에게는 삼공선도가 가장 완벽한 수련 방법이라 생각됩니다. 『선도

체험기』로 수련해 나가는 모든 도우들에게 인내와 끈기로 구경각(究竟覺)에 도달할 때까지 함께 정진하자고 감히 부탁드리는 바입니다.

【필자의 회답】

보내 주신 글 잘 읽었습니다. 이 글은 필자 혼자서 읽기에는 너무나 아깝다는 생각이 들어 '이메일 문답' 난에 싣기로 했습니다. 『선도체험기』 독자들과 일반 구도자들과 선도 수련생들에게 큰 자극과 격려가 되는 한편 적지 않은 위안이 되리라 생각합니다. 이상길 씨는 글쓰기를 연마하시면 앞으로 얼마든지 좋은 글을 쓰실 수 있을 것 같습니다.

오늘 보내신 글은 그 첫걸음이라 생각됩니다. 지내온 수련 체험들을 좀더 잘 가다듬고 정리해서 후속타를 계속 날려 주시기 바랍니다. 그 글이 『선도체험기』에 연재될 때마다 많은 수행자들이 도움을 받을 수 있게 될 것이며 그렇게 되면 이 또한 크나큰 공덕이 되어 이상길 씨에게 되돌아올 것입니다.

그렇게 되면 수천 명의 『선도체험기』 독자와의 기운의 교류가 이루어짐으로써 엄청난 시너지 효과를 얻게 될 것을 의심치 않습니다. 부디 계속 분발하시기 바랍니다.

필자가 밝히고 싶은 말

필자의 입장에서 여기서 독자들에게 꼭 밝히고 싶은 것이 있습니다. 그것은 다른 것이 아니라 이상길 씨의 글 속에 책을 읽을 수 없을 정도로 악화되었던 시력이 우연히 『선도체험기』를 읽으면서 회복되었다는 얘기입니다.

이 글을 읽고 이상길 씨와 비슷하게 시력이 악화되었던 사람이 『선도체험기』를 읽어 보았다면 시력이 좋아질 수도 있지만 좋아지지 않을 수도 있습니다. 여기서 독자는 의문을 품을 수도 있을 것입니다. 왜 어떤 사람은 효과를 보고 어떤 사람은 효과를 보지 못하는가 하고.

그 이유는 어디에 있을까요? 『선도체험기』라는 책에는 일정한 생체에너지 즉 기운이 흐르고 있습니다. 『선도체험기』뿐만 아니고 어떠한 책에서든지 그 글을 쓴 사람의 기운이 흐르고 있습니다.

독자가 어떤 책을 읽다가 그 책에 깊이 몰입하는 것은 그 책을 쓴 사람의 기운과 독자의 기운이 상호 교류를 일으키기 때문입니다. 이때 한쪽의 강한 기운이 다른 쪽의 약한 쪽으로 흘러 들어가면서 막혔던 경혈이 열리는 수도 있습니다.

이상길 씨의 기운은 다행히도 필자의 기운과 주파수가 일치하여 상호 교류를 일으켰던 것입니다. 기운의 상호 교류를 일으키는 정도가 일정 수준에 도달하면 이상길 씨의 경우와 같이 치유 작용을 일으킬 수도 있습니다.

『선도체험기』를 읽다가 기문이 열리고 소주천, 대주천 수련이 자동적으로 이루어지는 사람 역시 바로 이러한 경우입니다. 이것은 육신을 가진 필자의 의사와는 상관없이 일어나는 현상입니다.

이런 현상을 불교에서는 법신(法身)의 가피력(加被力) 또는 천백억화신(千百億化身)의 작용이라고 합니다. 법신의 가피력이라고 하면 대단한 초능력이라고 생각하는 사람이 있을지 모르지만 모든 수련자는 그의 수행이 일정 수준에 도달하면 누구나 발휘할 수 있습니다.

단지 이것을 신비화하거나 우상화 또는 신격화하는 사람이 나쁜 것이고 그런 신격화의 대상이 되면서도 이를 못 하게 말리지 않고 못 이기는 척 내버려두거나 이를 명리(名利)를 위해 공개적으로 선전하는 사람이 나쁠 뿐입니다.

뇌졸중으로 쓰러져 눈과 목만 내놓고는 전신불수가 되었던 사람이 우연히 『선도체험기』를 읽으면서 전신의 마비가 조금씩 풀려서 마침내 걸을 수 있게 되자 그 사연을 필자에게 편지로 알려 준 경우도 있습니다. 이것 역시 『선도체험기』에 흐르는 기운과 그의 기운이 상호 교류를 일으켰기 때문에 일어난 현상입니다.

이런 의미에서 『선도체험기』를 정기적으로 구독하는 독자 여러분들은 필자와는 특별한 인연이 있는 분들이라고 말할 수 있습니다. 여기서 필자가 꼭 밝히고 싶은 것은 법신(法身)의 가피력(加被力)은 일률적으로 누구에게나 적용되는 것이 아니고 기운의 주파수가 서로 맞는 사람들 사이에서만 일어나는 현상이므로 어디까지나 선택적으로 적용된다는 것입니다.

다시 말해서 필자와 기운의 교류가 이루어질 정도로 수련이 된 사람은 그가 받아들일 수 있는 능력의 범위 안에서 나의 법신의 도움을 받을 수 있다는 얘기입니다.

필자의 저서를 읽고 혼자서 수련을 하는 사람들 중에는 간혹 수련 중이거나 꿈속에 필자와 흡사한 사람이 나타나 정수리를 만진다든가 수련 방법을 가르쳐 주는 수가 있습니다. 신기하게도 그런 일이 있는 뒤에는 틀림없이 수련이 한 단계씩 향상되는 경우가 있습니다.

이런 경험을 한 독자들 중에는 혹시 육신을 가진 필자가 그런 사실을 알고 있는지 문의를 해 오기도 합니다. 그러나 육신을 가진 필자는 필자의 법신이 한 일이므로 그것을 알고 있을 리가 만무합니다. 그것은 필자의 저서를 읽은 독자가 기문이 열리고 소주천, 대주천 수련이 되거나 고질병이 치료된다고 해도 그 사실을 나에게 알려 주지 않는 한 내가 알 리가 없는 것과 같습니다.

그러나 필자와 독자 여러분과의 관계는 책을 통해서나마 도법을 전하고 받는다는 의미에서는 일종의 사제지간(師弟之間)을 이루고 있습니다. 그러나 이 관계는 고정 불변하는 절대적인 것이 아니고 여러분의 노력 여하에 따라 얼마든지 역전될 수도 있습니다. 이를테면 스승이 제자가 되고 제자가 스승이 될 수도 있다는 얘기입니다.

부디 독자 여러분들의 수련이 필자를 추월하여 필자를 따라잡은 후에 계속 앞으로 전진할 수 있기 바랍니다. 그리하여 청출어람(靑出於藍)의 실을 거두는 것이 필자의 소망입니다. 그리하여 정선혜(正善慧)를 마음공부의 강령으로 내건 삼공선도가 먼 앞날에도 수련자들 사이에서 계속 발전할 수 있기를 바랍니다.

왜냐하면 제자가 스승을 따돌리고 앞으로 전진할 수 없는 수련 체제는 조만간 시들어 버리어 자연도태(自然淘汰)되고 말 것이기 때문입니다. 그렇게 되지 않기 위해서도 독자 여러분들은 용맹정진하여 반드시 필자의 수련 정도를 따라잡아야 합니다.

사제지간은 영원불변한 절대적인 것이라면 그것은 고여서 흐를 줄 모르는, 자정(自淨) 능력을 상실한 물처럼 썩어 버리고 말 것입니다.

썩지 않고 영원히 흐르면서 생명력을 갖기 위해서도 스승과 제자의 관계는 항상 쫓고 쫓기는 끊임없는 선의의 경쟁 관계에 있어야만 합니다. 스승과 제자는 결국은 둘이면서 하나이고 하나이면서 둘인 꿈틀대는 생명체입니다.

출신(出神)에 대하여

그간 안녕하셨는지요?

저는 월계동에 사는 이상길입니다.

며칠 전에 제가 보낸 메일에 대한 선생님의 답장 잘 받아 보았습니다. 제 글을 『선도체험기』에 싣기로 하셨다니 부끄러울 따름입니다. 졸렬한 저의 글이 선생님께 누가 되지는 않을는지 걱정이 앞섭니다.

선생님. 종종 저의 변화에 대한 글을 선생님께 올리고 싶어도 워낙 글 재주가 없어 망설이다 말곤 했습니다. 이왕 선생님이 저의 글을 『선도체험기』에 싣기로 결정하셨다 하니 많은 지도와 편달을 부탁드립니다.

제가 해 온 수련 초기(`91-99)의 수련법은:

1. 마음공부: 『천부경』, 『삼일신고』, 『참전계경』, 『선도체험기』에 소개된 각종 서적들 탐독, 명상, 관법, 방하착.
2. 몸공부: 도인체조, 걷기, 매주 일요일 등산, 103배.
3. 기공부: 단전호흡(행주좌와어묵동정 염념불망의수단전, 생활행공)

이상과 같은 3공 수련이었습니다.

* 2000년도 40일간 단식수련 후에는 조금 수련법이 바뀌어

1. 마음공부: 『천부경』, 『삼일신고』, 『참전계경』은 생략하고 주로 마음 공부의 관련 서적 독서, 명상, 관법, 방하착을 주로 하고 있습니다.
2. 몸공부: 도인체조(30분), 걷기(1시간), 매주 일요일 등산(3~5시간)

3. 기공부: 생활행공(행주좌와어묵동정 염념불망의수단전)으로 단전의 불을 늘 잘 지피고 있습니다.

51세가 된 지금

* 혼자 있는 것이 즐겁습니다. (같이 사는 시어머님은 저를 보고 참 이상하다고 하시지요. 혼자 하루 종일 있어도 안 심심한 게 이해가 안 가는 모양입니다.)
* 계절에 대한 감각이 참으로 무뎌졌습니다.
* 나이에 대한 감각, 시간의 흐름에 대한 의식이 무뎌졌지요. 시간과 공간에 대한 의식이 무뎌지니 그저 여여(如如)할 뿐입니다. 외부에 대한 관심이 적어지니 그 전에 비하면 참 많이 편해졌지요. 아직도 상대 개념에서 완전히 벗어나지 못했지만 항상 관을 하고 있으니 언젠가는 구경각(究竟覺)에 도달하리라고 믿습니다.

선생님!

저는 마음공부는 그런 대로 꾸준히 진행되고 있는데 기공부는 많이 미흡한 것 같습니다. 현재 저의 기공부 상태는:

1. 하단전은 항상 따뜻한 불이 살아 있습니다.
2. 중단전은 의식만 집중하면 늘 늑골 전체가 시원하고 따뜻한 기운이 감싸고 있습니다. (항상 행복하지요.)
3. 상단전은 주로 백회 부근의 여러 경혈들로 계속 시원한 기운이 들어오고 있습니다. 그 외의 경락들은 일부러 운기는 하지 않고 그냥 관찰만 하는데 각 경락들로 기운은 잘 도는 편입니다. 요즘은

왼쪽 팔(어깨)이 몇 개월 아팠는데 이제는 거의 나은 상태입니다.

* 빙의령에 대하여 : 영안으로는 보지 못하는 상태고 느낌으로만 압니다. 해결 방법으로는 방하착을 하고 있습니다. 대체로 20~30분 이내로 해결되며 간혹 1~2일 가는 경우도 한두 번 있었습니다. 빙의령이 많이 붙는 편은 아니어서 아직은 큰 고생은 없었습니다.

* 출신(出神)에 대하여 : 아직 출신에 대한 경험은 없었습니다. 명상상태 또는 관법에 관심이 많아 출신은 그다지 급하게 생각하고 있지는 않은데 앞으로는 노력해 보고자 합니다. 출신의 방법은 어떻게 하는 것이 좋은지 선생님의 지도 부탁드립니다.

선생님!

이 글을 쓰다 보니 갑자기 지난 일들이 되살아나 새삼 가슴이 벅차오릅니다. 신기함과 놀라움 경이로움과 환희 그리고 글에서만 읽던 우아일체의 여여함 등 수련 초기엔 상상도 못 했던 일들이 저에게 일어나다니!

그저 선생님께 고개 숙여 깊이 감사드릴 뿐입니다.

2002년 3월 20일

제자 이상길 올림

【필자의 회답】

출신(出神)은 우선 양신(養神)이 되어야 합니다. 양신이란 유체(幽

體)가 영체(靈體)로 바뀌고 영체가 다시 신체(神體)로 바뀌는 것을 말합니다. 유체가 영체로 바뀌게 되면 영안이 뜨이게 됩니다. 인당이 열려 천안통(天眼通), 숙명통(宿命通)이 열리는 것을 말합니다. 이것을 보고 천목(天目)이 열렸다고도 말합니다. 천목이 열렸는지를 확인하려면 화두(話頭) 참구(參究) 수련을 해 보면 됩니다.

화두는 '나는 무엇인가?' 또는 '이뭐꼬?'로 하고 나 자신의 정체를 알아야겠다는 간절한 염원으로 파고들어야 합니다. 오매불망 하루 24시간 끊임없이 화두를 잡고 놓지 말아야 합니다. 일주일이 걸리든 열흘이 걸리든 한 달이 걸리든 일 년이 걸리든 쉬지 말고 '나는 무엇인가?' 화두를 잡고 끈질기게 추구해 들어가다가 보면 감은 눈앞의 암흑 속에서 한 점 흰빛이 떠오르고 그것이 점차 확대되어 화면으로 바뀌게 될 것입니다.

자신의 출생지 또는 출생한 집과 주변 자연 환경이 나타나게 됩니다. 거기서 계속 화두를 잡고 관을 계속하다가 보면 전생의 여러 장면들이 나타나게 될 것입니다. 물론 누구나 꼭 이렇게 되는 것은 아닙니다. 나의 경험을 토대로 말했을 뿐입니다. 그러므로 화면이 나타나는 양상은 사람에 따라 얼마든지 달라질 수 있습니다.

이렇게 하여 일단 영안이 열리면 그때부터는 원하기만 하면 자기에게 빙의된 영의 정체도 볼 수 있고 자기의 보호령의 모습도 화면에 뜨게 될 것입니다. 그뿐만 아니라 천상계나 별의 세계도 원하기만 하면 순간이동하여 볼 수 있게 될 것입니다. 이것을 일컬어 출신이라고 합니다.

그러나 명심할 것은 이렇게 화면이 뜬다든가 출신 즉 순간이동을 하여 천상이나 우주를 여행하는 것은 아무나 할 수 있는 일이 아닙니다. 마음공부가 많이 되어 오욕칠정(五慾七情)에서 떠나야 합니다. 만약에 마음속에 조금이라도 세속적 욕심이 남아 있는 상태에서 천안통이 열리고 숙명통, 타심통이 열린다면 그 사람은 자기도 모르는 사이에 그러한 초능력을 명리(名利)를 위해 이용하게 됩니다. 이것은 그 당사자를 위해서는 파멸을 의미합니다. 마음공부가 덜된 채 천목이 열려 사이비 종교의 교주로 타락된 사람을 자주 보게 되는 것은 참으로 불행한 일이 아닐 수 없습니다.

영안이 열리지 않는 것은 어찌 보면 하늘이 당사자를 보호하기 위한 섭리일 수도 있습니다. 그러니까 마음공부, 기공부, 몸공부를 꾸준히 계속하다가 보면 때가 되었을 때 반드시 천목도 열리고 출신도 하게 될 것입니다.

깨달으면 초능력이 생기는가?

존경하는 삼공 선생님께 이메일을 통하여서나마 인사를 할 수 있게 되어 너무나 감사합니다. 저는 삼공 선생님을 통하여 90년도부터 단학을 알게 되어 수련을 하게 되었으며, 선생님의 저서를 통하여 많은 공부를 하게 되었습니다.

책을 읽으면서 제자들이 항시 같은 내용을 물어 보아도 자세히 가르쳐 주시는 선생님의 따스한 성품에 용기를 내어 평소 의문시하였던 내용을 여쭈어 보려고 메일을 올립니다.

깨달음에 이르는 공부 방법은 너무나 다양하고 많은 종류의 방법이 있는데 그중 기공부를 통하지 않고 깨달아 진리와 하나가 된 자와 기공부와 마음공부를 통하여 깨달은 사람의 차이점은 무엇인지 알고 싶습니다.

기공부를 하여 진리와 하나 된 자는 건강이 보장된다는 점은 선생님의 저서를 통하여 알고 있으나 마음공부를 통하여 진리와 하나 된 자도 기공부를 하지 않아 기적 세계는 모르더라도 건강하면 그 효용이 같은 것인지요? 깨달아도 기적 능력이 없으면 잘못된 것인지요?

아니면 진리와 하나 된 의식은 같더라도 깊이에서 영적인 능력에서 차이가 나는 것인지 알고 싶습니다. 또한 죽어도 죽지 않는 생사가 없는 순수한 의식은 조건인 육체가 사라지면 하나의 의식이 또한 조건에 맞추어 다시 육체를 부여받는 것인지 영원히 우주와 하나 된 의식으로 있는 것인지 궁금합니다.

질문이 너무 두서없고 제 위주여서 죄송합니다만 넓으신 마음으로 우매한 저에게 깨우침을 부탁드립니다.

PS: 명상 중 영생(永生)이 영사(永死)가 아닌가 하는 상태가 와서 질문을 올리게 되었습니다.

손원일 올림

【필자의 회답】

첫째 질문: 기공부를 통하지 않고 깨달아 진리와 하나가 된 자와 기공부와 마음공부를 통하여 깨달은 자의 차이점은 무엇인가?

사람은 이 지구상에 태어날 때 마음과 기와 몸이라는 세 가지 요소를 구비하게 되어 있습니다. 삼공선도에서 주장하는 것은 사람은 원래 마음, 기, 몸 세 가지 요소가 유기적으로 결합되어 있으니 이 세 가지를 동시에 균형 있게 수련하자는 것입니다. 그래야만이 조화를 이룬 수련을 쌓을 수 있기 때문입니다.

그런데 흔히 사람들은 마음과 몸은 인정하면서도 기는 인정하려 들지 않습니다. 왜냐하면 기는 일정한 수행을 거치지 않으면 누구든지 그 존재를 감지할 수 없기 때문입니다. 따라서 단전호흡을 통하여 기를 느끼는 사람에게만 기공부는 의미가 있다고 할 수 있습니다.

그래서 학교에서는 기공부를 특별히 가르치지 않습니다. 그러나 윤리, 도덕, 종교, 철학, 역사와 같은 인문학에 속하는 마음공부의 분야는 가르치고 있습니다. 그리고 체육도 가르치고 있습니다.

학교에서 인문학 공부만 열심히 하고 체육에는 별로 관심을 두지 않는 학생은 두뇌는 발달할지 모르지만 몸은 약골인 수가 많습니다. 학교에서 가르치는 인문학은 마음공부이고 체육은 몸공부라고 할 수 있습니다. 건전한 몸에 건전한 마음이 깃들고 건전한 마음에 건전한 몸이 깃들게 되어 있습니다.

그런데도 불구하고 마음공부만 열심히 하고 몸공부에는 게을리한다면 심신(心身)이 균형 잡힌 공부가 될 수 없습니다. 다시 말해서 절름발이 공부가 되지 않을 수 없다는 얘기입니다.

학교에서 가르치는 공부에는 마음공부와 몸공부는 있지만 기공부는 빠져 있습니다. 왜 그럴까요? 기공부를 가르치는 교사도 없고 현대의 학교 교육에서는 기공부를 무시하기 때문입니다.

다시 말해서 교육 당국은 기에 대하여 애당초 관심조차 없기 때문에 기를 염두에 두지도 않습니다. 그러나 과연 기는 이렇게 무시해도 좋은 것일까요? 『선도체험기』를 읽어 보고 단전호흡을 하여 기를 느끼고 기문(氣門)이 열리고 운기(運氣)를 할 수 있는 사람은 결코 그렇지 않다는 것을 알고 있을 것입니다. 기공부를 해 본 사람은 기라는 것이 마음공부와 몸공부에 얼마나 중요한 구실을 하는지 잘 알 것입니다.

선도 수행자가 수련 중에 겪는 대부분의 초능력은 기공부의 결과라고 해도 과언이 아닙니다. 그러나 이처럼 기공부 도중에 체득한 초능력을 돈이나 명예를 얻기 위해서 사용하지 말아야 진짜 구도자입니다. 기공부 도중에 터득한 기적(氣的) 초능력(超能力)을 자기 과시용이나 돈벌이에 이용하지 않고 오직 수련만을 위해 이용할 때 수련자는 좋은 성과를 얻을 수 있습니다.

그러므로 기공부를 하지 않고 마음공부만으로 깨달은 사람은 병약하고 질병에 걸리기 쉽지만 기공부와 몸공부와 마음공부를 동시에 조화롭게 하여 제대로 깨달은 사람은 적어도 이 세상에서 목숨을 다하는 순간까지 질병으로 고생하는 일은 없을 것입니다. 좌탈(坐脫), 입망(立亡), 도화(倒化), 시해(尸解), 우화등선(羽化登仙)은 기공부로 단련된 사람이 아니면 도저히 불가능한 경지입니다.

두 번째 질문: 마음공부를 통하여 진리와 하나 된 자가 기공부를 하지 않아 기적 세계를 모르더라도 건강하면 그 효용은 같은지요? 깨달아도 기적 능력이 없으면 잘못된 것인지요?

이미 말한 대로 사람은 누구나 마음, 기, 몸 세 가지 필수 요인을 구비하고 있습니다. 이 세상에는 극히 드문 경우이긴 하지만 평생 동안 운동을 전연 하지 않아도 타고난 건강을 유지하는 사람이 전연 없는 것은 아닙니다.

그러나 그런 사람은 천에 하나 만에 하나 있을까 말까입니다. 모든 인체의 기관들은 쓰지 않으면 녹슬고 병들게 되어 있습니다. 평생 동안 먹기만 하고 걷기도 달리기도 등산도 맨손체조도 일체 하지 않는 사람은 십중팔구는 병약하거나 환자일 가능성이 농후합니다.

따라서 그러한 사람은 비록 마음공부를 열심히 하여 깨달음을 얻었다고 해도 틀림없이 병약할 것이며 그가 얻은 깨달음도 온전한 깨달음이 아니라 반쪽 또는 삼분의 일의 깨달음밖에 안 됩니다.

불교에서는 이러한 불완전한 깨달음을 얻는 것을 일컬어 혜해탈(慧解脫)이라고 합니다. 머리로만은 진리를 깨달았는지는 모르지만, 몸과 기와 피부와 감각으로 진리를 깨닫지 못한 경우를 말합니다. 입으로는 청산유수처럼 진리를 갈파하지만 이를 몸으로 실천할 줄은 모르는 것을 혜해탈이라고 합니다.

머리와 입으로만 진리를 깨달은 사람은 많습니다. 마음, 기, 몸 공부를 조화롭게 한 사람과 마음공부만 한 사람과는 결과가 잘 말해 줍니다. 질문자는 기적(氣的) 초능력에 관심이 있는 모양인데 구도자가 비록 기적 초능력이 있다고 해도 이것을 의식적으로 남에게 과시하려고 하는 사람은 전부 다 가짜라는 것을 알아야 합니다.

따라서 정말 기적인 초능력이 있는 사람은 남에게 함부로 초능력을 과시하는 일이 없어서 그가 그러한 능력을 과연 가지고 있는지 없는지 아무도 모르는 경우가 허다하다는 것을 알아야 합니다.

세 번째 질문: 죽어도 죽지 않는 생사가 없는 순수한 의식은 조건인 육체가 사라지면 하나의 의식이 또한 조건에 맞추어 다시 육체를 부여받는 것인지 영원히 우주와 하나 된 의식으로 있는 것인지 궁금합니다.

위 질문은 아무래도 알고자 하는 초점이 명확하지 않고 애매모호한 데가 있습니다만 필자가 이해하는 한도 안에서 응답하겠습니다.

사람이 사는 인간계는 생로병사의 윤회가 진행되고 인과응보가 지배하는 세계입니다. 생로병사 그 자체는 어찌 보면 고통의 세계입니다. 그래서 인간계를 일컬어 고해(苦海)라고도 합니다. 따라서 질문자가 표현한 대로 '생사가 없는 순수한 의식'의 소유자라면 인간계에 태어날 리가 없습니다.

우리가 인간계에 태어난다는 것 자체가 생사를 벗어나지 못할 만한 업장(業障)으로 인한 인과응보 때문입니다. 따라서 우리가 사는 지구는 이곳에 태어난 인간들이 각자가 안고 있는 업보(業報)를 해소하기 위한 거대한 수련장입니다.

우리가 살고 있는 지구라는 것은 사람들이 과거 생의 업보에서 벗어나 성통공완(性通功完)하고 견성 해탈(見性解脫)하기 위한 수련장이라는 것을 깨닫고 열심히 수련을 하여 구경각(究竟覺)을 성취한 사람은 다시금 이 세상에 태어나지 않아도 됩니다.

그러나 이 세상에 태어나서도 자기가 지구에 오게 된 이유를 깨닫지 못하고 과거 생과 같이 이기심이 시키는 대로 욕심도 부리고 화도 내어 남의 원한도 사고 어리석은 짓도 하여 업장을 해소하기는커녕 도리어 가중시켰다면 어떻게 될까요? 그러한 사람은 내생에는 현생보다 더 열악한 곳에 태어나게 될 것입니다.

다시 말해서 다음 생은 현생의 공부 수준에 맞추어 결정됩니다. 학교에서 공부 열심히 한 학생은 좋은 대학에 진학할 수 있지만, 공부에 게을렀던 학생은 재수를 해야만 하는 것과 같은 이치입니다. 그러나 이 세상에서 한평생을 사는 동안 열심히 수련을 하여 바르고 착하고 슬기로운 생활을 하여 구경각을 얻은 사람은 진리와 한 몸이 되고 우주와도 하나가 되어 생로병사에서 벗어나게 됩니다.

여기서 필자가 질문자에게 하나 알려 주고 싶은 것이 있습니다. 초등학교 1학년생이 대학원생은 무슨 공부를 할까? 하고 아무리 상상력을 구사해 보아도 자기 지식의 한계 때문에 명확한 개념을 얻을 수는 없을 것입니다.

그럴 때는 어떻게 해야 할까요? 열심히 공부하여 중학교, 고등학교, 대학교를 졸업하고 대학원생이 되어 보아야 그쪽 세계를 구체적으로 알 수 있게 될 것입니다. 질문자 역시 열심히 수련하여 구경각의 경지에 오르게 되면 모든 것은 스스로 알게 될 것입니다. 그렇게 되기 위해서는 열심히 수련하는 길밖에 없습니다.

진동에 대하여 알고 싶습니다

일전에 찾아뵙고 인사드린 윤희태입니다. 선생님을 찾아뵙고 질문을 드리고 싶으나 선생님께서 말씀하신 조건이 아직 충족되지 않아서 찾아뵙지 못하고 있습니다. 생식을 먹고는 있으나 아직은 정성이 부족하여 하루에 한끼 정도밖에 먹지 못하고 있습니다.

그러나 단전호흡은 늘 하루에 1시간 정도 꾸준히 하고 있습니다. 수련을 하는 중 궁금한 것이 있어 이렇게 글로써 여쭈어 봅니다.

묻고 싶은 것은 진동이 아주 심합니다. 처음에는 다리나 팔 정도였으나 이제는 목이 돌아가고 매번 그러니 호흡하는 데 지장이 생겨서 진동에 올 때 욕심인지는 모르지만 진동이 호흡에 방해가 되어서 의식적으로 억제를 하고 싶으나 자연스럽게 놓아두고 있습니다.

1) 의식적으로 진동을 억제해도 되는지요?
2) 진동은 언제까지 계속되는지요?
3) 이 진동 현상은 왜 오는지요?

선생님 말씀대로 항상 단전에 의식을 두고 있습니다. 어느 날 의식을 단전에 두고 호흡을 하는 중 호흡에 신경을 쓰지 않았는데 배가 나왔다 들어갔다 자동으로 되는 것입니다. 참 이상하다는 생각이 들었습니다. 지금까지는 의식적으로 호흡을 해 왔습니다.

이 현상이 정상적인지요? 아니면 의식적으로 호흡에 신경을 써야 하는지요? 아직 선생님 말씀대로 행동을 하지 못하면서 이런 질문을 드린 점 죄송합니다. 부단히 노력하여 생식을 하루 세끼 먹으려고 노력 중입니다.

가능하면 답변 부탁드리겠습니다. 그럼 즐거운 하루 보내세요.

【필자의 회답】

1. 의식적으로 진동을 억제해도 되는지요?

손님을 맞이한다든가 무슨 행사에 참가한다든가 강의를 하거나 운전을 할 때처럼 꼭 필요할 때에는 진동을 의식적으로 억제해야 하겠지만 그렇지 않을 경우에는 가능하면 그대로 내버려두는 것이 좋습니다.

2. 진동은 언제까지 계속되는지요?

사람에 따라 오래 가는 사람도 있고 하루 이틀로 끝나는 사람도 있습니다.

3. 진동은 왜 오는지요?

『선도체험기』를 읽는 동안에 또는 처음으로 단전호흡을 할 때 몸의 일부분 또는 몸 전체가 떨리는 현상이 일어나는데 이것을 진동이라고 합니다. 진동이 오는 이유는 몸속에서 지금껏 잠자고 있던 기운이 수련으로 활성화되기 시작했기 때문입니다.

여름날 마당에 아무렇게나 방치해 두었던 비닐 호스에 수압이 강한 수돗물을 연결했을 때 어떤 현상이 일어나는지 잘 관찰해 보시기 바랍니다. 물발이 센 수돗물이 통수(通水)되면서 축 늘어져 있던 호스는 갑자기 힘을 받아 꿈틀꿈틀하면서 물발이 통과하는 것을 볼 수 있습니다.

이와 마찬가지로 단전호흡을 하여 임독과 12정경과 기경팔맥과 같이 온몸에 혈관처럼 연결되어 있는 기맥(氣脈)에 기운이 통과하면서 호스가 꿈틀대는 것과 같이 몸이 일부분 또는 온몸이 떨리는 현상이 일어나는 것이 바로 진동입니다. 그러니까 진동이 일어나는 것은 기공부가 잘되고 있다는 징후이므로 기뻐해야 할 것입니다.

문제는 기에 대하여 아무 것도 모르는 가족이나 직장 사람들입니다. 이들은 지금까지 얌전하고 멀쩡하던 사람이 갑자기 부들부들 떨거나 이상한 몸짓을 하면 혹시 간질이 발작한 것이 아닌가 의심을 하고 야단법석을 떨게 됩니다.

심한 경우는 강제로 병원으로 끌고 가는 수가 있습니다. 그러나 기에 대해서는 대부분 문외한인 의사들 역시 그 이유를 알 리가 없으므로 으레 진정제를 주사하는 등 법석을 피우기 일쑤입니다.

또 어떤 경우에는 귀신이 붙었다고 멋대로 생각하고는 무당한테 강제로 끌고 가는 일도 있습니다. 그러나 단전호흡을 해 보지 않은 무당이 무엇을 알겠습니까? 자기 방식대로 액신(厄神)이 끼었다느니 조상령이 들어왔다느니 하면서 굿을 하라고 할 것입니다. 굿 한 번 하는 데 적어도 수백만 원씩 들게 되므로 큰 부담이 아닐 수 없습니다.

이러한 불상사를 방지하기 위해서라도 진동이 심할 때는 연가(年暇)를 내서라도 일주일 정도 직장을 쉬는 것이 좋습니다. 그리고 가족에게도 미리 놀라지 않게 충분한 양해를 구해 놓아야 합니다. 그리고 진동이 일어나는 동안에는 기 수련에 일가견이 있는 스승이나 고수(高手)에게 찾아가 도움을 청하는 것이 좋습니다.

4. 진동은 정상적인 현상인지요?

기공부하는 수련자에게 일어날 수 있는 정상적인 현상이니 놀라워할 것은 조금도 없습니다. 진동이 진행되는 동안이나 끝난 뒤에는 그 전까지 몸속에 숨어 있었던 숙환이나 온갖 질병들이 모조리 몸에서 빠져나가게 되므로 몸은 놀라울 정도로 건강해질 것입니다. 『선도체험기』를 계속 읽어 보시면 필자가 기공부하면서 직접 겪은 얘기들이 그대로 다 나옵니다. 참고하면 많은 도움이 될 것입니다.

5. 단전호흡할 때 단전에 의식을 두지 않았는데도 배가 자동적으로 나왔다 들어갔다 하는 것은 정상적인 현상인지요?

지극히 정상적인 현상입니다. 상당 기간 단전호흡을 하여 그것이 잠재의식 속에 기록이 되면 마치 컴퓨터에 입력이 된 것처럼 잠을 잘 때에도 아랫배가 자동적으로 나왔다 들어갔다 하는 것을 볼 수 있습니다. 이것은 보통 사람들이 하는 흉식(胸式)호흡이 단전호흡으로 바뀐 것을 말합니다. 단전호흡이 본격적인 궤도에 올랐을 때 일어나는 현상입니다.

궁금한 것이 있습니다

안녕하십니까? 윤희태입니다.

매일같이 수련을 2~3시간 정도 하고 있습니다. 요즘은 진동 현상은 많이 없어졌습니다. 아직 단전이 달아오르는 경험은 하지 못하고 있습니다. 언제나 단전이 달아오르는 경험을 할지.

가끔 몸 여러 군데에서 무엇인가 찌르는 경험을 자주하고 있습니다. 수련을 하면서 궁금한 것이 많아져서 선생님 책을 구입해서 읽고 있습니다. 책을 읽으면서 예전에는 무심히 지나치던 것 중에 많은 글이 눈에 들어옵니다.

궁금한 것이 있습니다. 선생님 책을 보면 기운이 느껴지기 시작한 후 도장에 나가서 수련을 할 때 와공 1~9 수련법이 나오는 것을 읽었습니다. 그래서 저도 와공 1번 내용만이 자세히 나와서 따라하고 있습니다.

매일 앉아서 수련을 90분 정도 와공(臥功) 1번을 1~2시간 정도 하고 있습니다.

질문이 있습니다.

1. 지금 저는 와공 수련을 할 단계인지요?

2. 와공 1번 수련 시 수련 시간은 어느 정도가 적당한지요?

3. 와공 수련 시 베개를 머리에 베고 해 보았는데 호흡이 더 길고 침을 삼키기가 수월합니다. 베개를 베고 해도 되는지요?

4. 와공 수련만 계속하는 것이 좋은지요?

5. 아니면 지금처럼 반가부좌 수련과 와공 수련을 병행하는 것이 좋은지요?

6. 와공 1~9번까지가 있는데 나머지도 배워야 하는지요? (책에는 와공 1번만 자세히 나와 있더군요.)

7. 보통 단전이 달아오르는 데는 얼마나 걸리는지요?

답변 부탁드리겠습니다. 그럼 즐거운 하루 되십시오.

【필자의 회답】

1. 와공을 해 본 후 좌공을 해 보아서 둘 중에 하단전에 기운이 많이 느껴지는 쪽을 택하십시오.

2. 30분 이내가 적합합니다.

3. 와공 시에는 베개를 베지 않는 것이 원칙입니다.

4. 와공은 원래 하단전에 기를 빨리 느끼게 하기 위해서 고안된 수련법입니다. 와공을 하여 하단전에 기운이 확실히 느껴지면 그 즉시 정좌(正坐) 수련을 하시기 바랍니다. 기공부의 기본 체형은 정좌 수련임을 잊지 말아야 합니다.

5. 정좌 수련 시에 하단전에 확실히 기운이 느껴지면 와공은 하지 않아도 됩니다.

6. 와공 1번으로 하단전에 기운이 느껴지면 정좌 수련을 하시기 바랍니다.

7. 사람에 따라 천차만별이므로 꼭 찝어서 말할 수 없습니다.

* 와공이든 정좌 수련이든 반드시 30분 내지 1시간 동안 도인체조를 하고 나서 하시기 바랍니다. 윤희태 씨는 지난 3월 7일에 필자를 찾아온 일이 있습니다. 수련 동작에 대한 상세한 문의는 인터넷보다는 직접 찾아와서 물어보는 것이 좋을 것입니다.

〈66권〉

다음은 단기 4335(2002)년 4월 25일부터 같은 해 6월 12일 사이에 필자와 수련생들 간에 있었던 수행과 인생에 대한 대화를 필두로 하여 필자의 선도수련 체험과 함께 『선도체험기』 독자들과 필자 사이에 있었던 이메일 문답 내용을 수록한 것이다.

마음이 편안해지는 비결

곽도윤이라는 중년의 남자 수련생이 말했다.

"선생님, 저는 가정생활에서도 회사생활에서도 항상 마음이 불안합니다. 어떻게 하면 마음이 늘 편안해질 수 있겠습니까?"

"그건 아주 간단합니다."

"어떻게 하면 되는데요?"

"그 불안한 마음을 꺼내어 나한테 보여줄 수 있다면 나는 그 마음을 편안하게 해 줄 수 있습니다."

"그러나 어떻게 제 마음을 꺼내어 선생님에게 버선목처럼 뒤집어 보여 드릴 수 있겠습니까?"

"그렇다면 나도 곽도윤 씨의 마음을 어찌해 볼 도리가 없습니다. 내 눈에 보이지도 않고 내 손에 잡히지도 않는 마음을 낸들 어떻게 할 수

있겠습니까?"

"그런 때는 어떻게 하면 되죠?"

"곽도윤 씨의 마음을 곽도윤 씨 자신도 꺼내어 보여줄 수는 없지만 곽도윤 씨 자신은 결심만 단단히 한다면 자기의 마음을 원하는 대로 조종할 수는 있습니다. 그러므로 이제부터 마음을 어떻게 먹고 어떻게 조종해야 편안해질 수 있는가 하는 방법에 대하여 얘기해 보겠습니다. 그래도 괜찮겠습니까?"

"그럼요. 명심해서 듣겠습니다."

"가정생활에서는 나 자신보다는 부모님이나 아내나 자식들을 위해서 무엇을 해 줄 수 있을까?를 늘 생각하고 좋은 아이디어가 떠오르면 그것을 하나하나 실천해 나가기만 하면 됩니다. 회사생활에서도 역시 나 자신의 이익보다는 직장 상사나 부하들이나 동료들을 위해 내가 무엇을 해 줄 수 있을까? 하는 것을 항상 생각하다가 좋은 착상이 떠오르면 지체 없이 차근차근 실천해 나가다가 보면 불안해질 마음의 틈새가 없어질 것입니다.

남이 나를 위해 무엇을 해 주지 않나 하고 생각하기에 앞서 내가 먼저 남을 위해 할 만한 일이 무엇인가?를 생각하고 궁리하여 실천해 나가기만 하면 마음은 늘 편안해질 것입니다."

"그것은 마치 착한 일 많이 하고 악한 짓 하지 말라는 성현의 말과 같이 어려서부터 귀에 못이 박히도록 들으면서 자란 말이라 별로 호소력이 없는 것 같습니다."

"귀에 못이 박혔으면 그 못을 빼내야 합니다. 그리고 진리를 알아들을 만한 민감한 귀로 개조해야 합니다. 불안을 해소하는 일이 아무나

다 할 수 있는 일이라면 애당초 문제가 되지도 않았을 것입니다.

착한 일 많이 하고 악한 짓 하지 말라는 소리는 삼척동자도 다 아는 말이지만 8십 노인도 실천하기는 어려운 일입니다. 그러니까 그것을 실천하는 사람은 불안에서 영원히 해방될 수 있을 것입니다."

"요컨대 남을 위해 부지런히 일하는 사람은 불안해할 틈도 없다는 말은 틀림없이 진리인 것 같습니다."

"그렇습니다. 자기만을 생각하는 사람을 우리는 나쁜 사람이라고 합니다. 나쁜 사람이란 나뿐만을 생각하는 사람 즉 나 혼자만 생각하는 사람을 말합니다. 그래서 이기적인 사람은 늘 불안하게 되어 있습니다.

왜냐하면 원래 진리의 세계에서는 나와 남이 따로 구별되어 있지 않기 때문입니다. 그러므로 우리는 나와 남을 하나라고 생각할 때 마음이 편안하고 나 혼자만을 따로 떼어놓고 생각할 땐 늘 불안하게 되어 있습니다."

"무슨 뜻인지 알 것 같습니다."

"알았으면 지금 당장이라도 실천하면 됩니다. 그래도 정말 불안한지 실험해 보세요."

"그런데 선생님, 누가 그러는데 제 마음이 이렇게 항상 불안한 것은 빙의령(憑依靈)의 장난 때문일지도 모른다고 합니다. 제가 혹시 빙의가 된 것은 아닐까요?"

"빙의가 아니라 접신이 되었더라도 내가 방금 말한 바와 같이 늘 이타행(利他行)을 해 나가다가 보면 빙의령도 접신령도 그 이타행에 감화되어 오래 머물러 있지 않고 제 갈 길을 찾아 떠나게 될 것입니다."

"그건 왜 그렇습니까?"

"모든 존재들은 비슷한 것들이 끼리끼리 모이게 마련이니까 그렇습니다. 그런데 빙의령이 자기가 기생하고 하는 있는 사람이 이타행으로 의식이 진화되면 자기도 동시에 감화되어 그 역시 의식이 고양되므로 더 높은 곳을 향해 떠나지 않을 수 없게 되어 있습니다."

"빙의당한 사람의 의식이 진화되는 데 빙의령이 무슨 영향을 받게 되는가요?"

"받고말고요. 어떤 사람에게 빙의령이 들어오는 것은 그 사람과의 인과 관계 때문입니다. 해꼬지를 당했다든가 억울한 누명을 썼다든가 아니면 원한을 품었기 때문입니다. 그런데 빙의당한 사람의 의식이 고양되어 전보다 더 밝아지면 빙의령은 저급한 파장(波長)의 사이클이 맞지 않아 도저히 그대로 있을 수 없게 됩니다.

그리하여 기생된 사람의 변화된 파장에 맞추어 스스로를 변화시키다 보면 빙의령으로서는, 겨우 앙갚음이나 하겠다는 자신의 저급했던 의식 상태를 깨닫게 되어 더이상 그 자리에 머물러 있을 수 없게 된다는 얘기입니다."

"요컨대 수련으로 마음의 품격을 향상시키라는 말씀이시군요."

"그렇습니다. 방안을 소독하고 깨끗이 청소하면 진득이 벼룩이 바퀴벌레 같은 음침한 기생충들이 기생할 수 없는 이치와 같습니다. 깨끗한 방에는 깨끗한 사람들이 몰려들어 올 것이고 더러운 방에는 더러운 사람들이 모여들게 될 것입니다."

남에게 사람대접 못 받는 이유

우창석 씨가 말했다.

"제 친구들 중에는 남들이 자기를 제대로 인격적으로 대접을 안 해준다고 불평하는 축들이 있습니다. 사람들이 직장이나 사회에서 남에게 사람대접을 못 받는 이유가 도대체 어디에 있을까요?"

"거래형(去來型) 인간이 되어야 하는데 그렇지 못해서 그렇습니다."

"거래형 인간이란 어떤 사람을 말합니까?"

"남에게서 받았으면 줄 줄도 아는 사람을 말합니다. 먹을 줄은 알아도 제때에 배설을 못 하는 동물이 있다면 그 동물은 오래 못 살고 죽을 수밖에 없을 것입니다. 거래형이란 알기 쉽게 말해서 대인관계(對人關係)에서 상호주의를 실천할 줄 아는 사람을 말합니다."

"그렇다면 거래형 인간이 아닌 사람은 결국 인색한 사람을 말하는 거 아닙니까?"

"그렇습니다. 남에게서 받을 줄만 알았지 줄 줄은 모르는 사람을 보고 우리는 흔히 이기적인 사람, 깍쟁이, 구두쇠, 얌체, 인색한, 욕심쟁이라고 합니다. 또 자기 욕심밖에 챙길 줄 모르는 사람을 보고 우리는 흔히 나쁜 사람이라고 하는데 이 '나쁜'이란 말은 원래 자기만 아는 사람, 나만 아는 사람, 나뿐만 아는 사람을 가리키는 말입니다. 이 나뿐이 변해서 나쁜이 된 겁니다.

인간 세상에서 발생하는 온갖 부조리는 바로 이 욕심에서 나오는 것입니다. 이 욕심을 줄이는 방법이 바로 거래형 인간이 되는 겁니다. 만약에 이 세상 사람들이 받을 줄 알았으면 줄 줄도 알고 이를 실생활에서 실천만 한다면 이 세상의 온갖 부조리와 갈등의 대부분은 일어나지도 않았을 것입니다.

남에게서 사람대접을 못 받는 원인의 대부분은 역시 받을 줄만 알았지 줄 줄은 몰라서 발생한 것이 틀림없습니다. 따라서 남에게 사람대접을 받고 싶으면 우선 거래형 인간이 되어야 합니다."

"그럼 거래형 인간이 되려면 어떻게 해야 합니까?"

"이 세상에 공짜는 절대로 없다는 것을 뼈저리게 깨달아야 합니다. 공짜 좋아하는 사람은 반드시 큰 손해를 보게 되어 있다는 것만 확실히 알고 일상생활에서 실천하는 사람은 적어도 업(業)을 짓는 일은 없어질 것입니다."

"그것은 왜 그렇습니까?"

"인간이 쌓은 업 중에서 그 대부분은 욕심이 그 원인이기 때문입니다. 그 욕심은 공짜를 바라는 데서 싹트게 마련입니다. 이 세상에는 강도질과 도둑질 그리고 사기 협잡이나 남에게 꾼 돈 떼어먹고 도망치는 행위는 우선 법이 무서워서라도 웬만한 사람은 감히 저지르려고 하지 않습니다.

그러나 공짜를 바라는 사람은 얼마든지 있습니다. 또 남에게 도움을 받고도 제때에 고마움을 표시할 줄 모르는 사람도 수두룩합니다. 남에게서 은혜를 입을 줄만 알았지 갚을 줄은 모르는 사람도 얼마든지 있습니다. 그렇게 해도 남에게 미움은 살지언정 법에 저촉되는 것은 아니기 때문입니다.

남에게 사람대접을 못 받고 사는 사람들은 대체로 이 부류에 속한다고 할 수 있습니다. 이러한 사람들은 대인관계도 원만치 못할 뿐만 아니라 어디에 가서도 따돌림을 당하든가 왕따를 당하게 되어 있습니다.

처음에는 주고받는 일을 제때에 이행하지 못한 극히 사소한 감정이 쌓이고 쌓여서 응어리가 되고 그것이 커져서 원만한 인간관계가 파탄이 나고 그것이 커져서 원한이 되고 드디어 원수가 되어 마침내 폭행과 살인으로까지 발전하게 됩니다.

이처럼 주고받는 일을 제대로 못 하면 어느 인간 집단에서든지 환영받지 못하고 외톨이가 되어 겉돌게 되어 있습니다. 거래형 인간이 되는 것은 사회생활의 첫걸음이기도 합니다. 동시에 이것은 구도의 첫걸음이기도 합니다."

"거래형 인간이 되는 것이 원만한 사회인이 되는 첫걸음이라는 말씀은 금방 이해를 할 수 있겠는데 그것이 구도의 첫걸음이기도 하다는 말씀은 얼른 납득이 가지 않는데요."

"아득한 먼 시작 없는 과거세로부터 무수한 생을 살아오면서 쌓이고 쌓인 업장이 아니라면 우리는 인간으로 이 세상에 태어나지도 않았을 것입니다. 바로 그 업장 때문에 우리는 시간과 공간 속에 사로잡힌 인간으로 태어난 것입니다.

그런데 곰곰이 생각해 보면 그 업장의 원인이 바로 이웃과 주고받는 일을 제대로 하지 못해서 야기된 것임을 알 수 있습니다. 남의 것을 챙길 줄만 알았지 자기 것을 남에게 내어 주는 일에는 인색했기 때문에 그것이 단초가 되어 업장을 짓게 된 것입니다.

다시 말해서 욕심 때문에 만든 업장을 해소하려면 욕심을 버리는 것이 가장 효과적입니다. 그러나 이기적인 생활로 굳어진 사람이 갑자기 이타적인 사람으로 바뀌기는 사실상 불가능한 일입니다. 그래서 그보다 낮은 중간 단계가 바로 거래형 인간이 되는 것입니다.

우리가 만약 이 주고받는 일만 정확히 한다면 누구와 인간관계를 맺든지 소외당하는 일은 결코 없을 것입니다. 소외당하지 않을 뿐만 아니라 도리어 어디에 가든지 환영받는 사람이 될 수 있을 것입니다. 더 이상 남이 그를 섭섭하게 생각하는 일은 없어질 것입니다. 더구나 남에게서 원한을 사는 일은 더욱 없어질 것입니다.

이것은 개인과 개인 사이의 관계에서만 한정된 것이 아닙니다. 우리가 남북 관계에서 북한에 대하여 늘 불만을 품은 이유는 그들이 받기만 할 줄 알았지 되돌려주는 일에는 전연 관심을 기울이지 않기 때문입니다. 한 3년 동안 그렇게 받아 챙겼으면 합의된 사항들 중 단 하나라도 시원하게 이행했어야 하는데 그렇지 못했습니다. 만약에 개인 간에 이러한 일이 벌어졌었다면 그러한 인간관계는 벌써 파탄이 나고 말았을 것입니다."

"선생님께서는 이타행의 초기 단계로 거래형 인간이 되어야 한다고 말씀하셨는데 거래형에서 곧바로 이타행으로 갈 수 있을까요?"

"그렇게는 되지 않습니다."

"그럼 어떻게 됩니까?"

"중간 단계가 또 있습니다."

"어떤 건데요?"

"거래형이 좀더 발전하면 역지사지형(易地思之型) 인간으로 발전하게 됩니다. 거래형이 다소 수동적이라면 역지사지형은 적극적이라고 할 수 있습니다."

거래형 인간과 직업과의 관계

"혹시 거래형 또는 역지사지형과 직업과는 무슨 관계가 없습니까?"

"직업과 관계가 있습니다."

"주로 어떤 직업과 관계가 있습니까?"

"직업상 받아 챙기는 일이 일상사가 되어 있는 직업이 그렇습니다."

"그게 어떤 직업인데요?"

"신문기자, 경찰, 의사, 교직자, 세무서원, 그밖에 소위 끗발 센 정부 부처의 공직자 등등이 주로 이 범위에 들어갑니다. 물론 이러한 직책을 가지고 있는 사람이라고 해서 다 그런 것은 아닙니다. 그들 중 많은 사람들은 정직하고 성실합니다. 그러나 그러한 직업을 가진 사람들을 찾아가는 사람들은 거의가 다 청탁이 있어서 갑니다. 청탁하는 사람들이 어떻게 빈손으로 찾아갈 리가 있겠습니까?

소위 말하는 대가성이 없는 선물과 특혜도 얼마든지 들어옵니다. 그들은 오직 받아 챙기는 일에만 익숙해져 있습니다. 그러한 생활을 한두 해도 아니고 10년 20년 하다가 보면 완전히 그 생활에 푹 쩔어 버리게 됩니다. 그들의 전반적인 일상생활 속에는 받는 것은 있어도 주는 것은 없습니다. 이 사람들이 만약 자기의 직권 범위를 벗어나 순전히 일대일로 상대해야 하는 인간관계를 형성하게 될 겨우 어떻게 되겠습니까?

수십 년 동안 오직 받아 챙기는 데만 익숙해 온 그들은 남에게서 공무 이외의 일에서 큰 은혜를 받고도 응당 받아야 할 것을 받은 것으로 착각을 하게 됩니다. 바로 그 때문에 오랜 동안 길들여져 온 습관의 벽이 하도 두터워서 자신의 공적 업무와 전연 관계가 없는 어떤 사람에게 큰 은혜나 혜택을 입고도 고마움을 표시할 줄 모릅니다.

그 습관의 벽과 한계를 과감하게 쳐부수지 못하는 한 그들은 자기의 직권 범위를 일단 벗어난 곳에서의 대인관계에서는 완전히 길 잃은 고아가 되어 버리고 맙니다. 4성 장군이 갑자기 일등병으로 강등되었을 때처럼 경례받는 데만 익숙한 생활을 해 온 그는 옛 부하들에게 자신이 직접 경례하는 일이 제대로 안 되는 것과 같습니다.

이때 슬기로운 사람은 새로운 환경에 즉각 적응하는 유연성과 기민성을 구사할 수 있지만 대부분의 경우 새로운 환경에 적응하지 못하고 도태당하고 맙니다. 그러므로 우리는 그러한 일을 당하지 않기 위해서도 평소에 누구에게 혜택을 받았으면 갚을 줄 아는 거래형 인간이 되도록 훈련을 쌓아 놓아야 합니다. 이러한 사람이 되기 위해서 관(觀)과 자기성찰(自己省察)이 반드시 생활화되어야 합니다."

"지금까지 선생님께서는 거래형 인간과 배치되는 각종 직업을 예거하셨습니다. 그렇다면 거래형 인간과 부합되는 직업으로는 어떤 것이 있습니까?"

"기업인과 상인이 직업상 거래형 인간과 가장 부합됩니다."

"그건 왜 그렇습니까?"

"그들은 상거래를 일상생활화 하고 있으므로 이 세상에 공짜가 없다는 것을 가장 뼈저리게 느끼는 사람들입니다. 따라서 그들은 상대의 심리를 알아내는 데 남다른 직감을 가지고 있습니다. 그들은 남에게 손해를 끼치면 결국은 그 손해가 자기에게 돌아온다는 것을 잘 알고 있으므로 신용을 잃는 일은 절대로 하지 않으려고 합니다.

신용은 기업인과 상인의 생명입니다. 신용 거래를 통하여 그들은 거래선을 유익하게 해 주는 것이 자기에게도 유익하다는 이치를 체험으로 깨닫게 됩니다. 그러므로 대상(大商)은 자기 잇속만 챙기는 일은 절대로 하지 않습니다. 자기 잇속만 챙기는 것이야말로 자멸 행위라는 것을 잘 알고 있기 때문입니다.

따라서 상도의(商道義)를 제대로 지킬 줄 아는 사람은 자기도 모르는 사이에 구도자의 길을 걷고 있다고 해도 지나친 말이 아닙니다. 왜냐하면 그들은 이미 여인방편자기방편(與人方便自己方便)의 이치를 직업윤리를 통하여 깨닫고 있기 때문입니다."

"결국 상도(商道)를 아는 대상(大商)은 이타행(利他行)을 하고 있다는 말이 되는군요."

"그렇습니다."

"선생님께서는 구도의 지름길은 늘 이타행을 실천하는 데 있다고 강조하시는데 그 이유가 어디에 있습니까?"

"구도자가 오랜 수행 끝에 자기 존재의 실상을 깨닫고 보면 너와 내가 따로 떨어져 있는 것이 아니라는 것을 알게 되기 때문입니다."

"너와 내가 따로 떨어져 있는 것이 아니라면 결국은 하나라는 말씀인가요?"

"그렇습니다. 실상의 세계에는 상대가 없습니다. 그러니까 둘이 있을 수 없고 모두가 하나입니다. 시간도 없고 공간도 없으니까 삶과 죽음도 없고, 길고 짧은 것도 위아래도 동서남북도, 정의도 불의도 있을 수 없습니다.

만법귀일(萬法歸一)입니다. 모든 것은 하나로 돌아가게 되어 있습니다. 그리고 용변부동본(用變不動本)입니다. 쓰임은 무한히 변할 수 있지만 근본은 변함이 없습니다. 이 우주의 삼라만상은 우리들 눈에는 무한하고 변화무쌍한 것 같지만 그 근본은 역시 하나입니다. 바로 이 하나가 우리가 뿌리박고 있는 실상의 세계입니다. 이 하나를 확실히 깨달은 사람은 더이상 생사의 윤회에 떨어지는 일이 없습니다."

"그건 왜 그렇습니까?"

"그 하나 속에는 더이상 생사윤회 같은 것은 없기 때문입니다. 왜냐하면 이 하나가 바로 진리이고 만유(萬有)이기 때문입니다."

"그럼 그 깨달은 사람과 하나는 어떤 관계에 있습니까?"

"깨달은 사람이 바로 그 하나입니다."

"그럼 우주의 삼라만상과 그 하나는 어떤 관계입니까?"

"우주의 삼라만상 역시 바로 그 하나입니다."

"그럼 그 하나 속에 우주의 만상(萬相)이 다 들어 있다는 말씀인가요?"

"그렇고말고요."

깨달으면 뭐가 달라지나?

우창석 씨가 말했다.

"선생님, 우리나라에는 지금도 수많은 구도자들이 토굴 속에서, 선방에서 또는 범인들과 똑같은 일상생활을 하면서 고행을 하든가, 생식을 하든가 단식을 하면서 불철주야로 깨달음을 위하여 용맹정진을 하고 있습니다. 그런데 선생님, 도대체 깨달음을 얻으면 깨달음을 얻지 못했을 때와 비교해서 뭐가 달라집니까?"

"우선 이 세상을 살아가면서 누구나 받게 마련인 각종 스트레스를 받지 않게 됩니다."

"도대체 그 스트레스라는 것이 무엇입니까?"

"사실 스트레스라는 말은 우리나라에서 80년대까지만 해도 별로 사용되지 않았습니다. 그러던 것이 경제 도약이 이루어지면서 외국에서 도입되기 시작한 심리학 용어입니다."

"그럼 그 이전에는 스트레스를 무엇이라고 표현했습니까?"

"걱정 근심이라고 했습니다. 그런데 산업 사회가 발전하면서 환경오염, 회사 부도 위기, 대량 해고, IMF 사태 등으로 인한 갑작스런 충격파 같은 것이 추가되어 스트레스라는 새로운 용어가 등장하게 된 것입니다."

"아니 그렇다면 깨달은 사람은 정말 스트레스를 안 받고 살 수 있다는 말씀입니까?"

"물론입니다. 자기 입으로 깨달았다고 말하는 사람이 만약에 무슨 일로 분노로 까물어친다든가 절망감에서 헤어 나오지 못하고 허덕인다면 그 사람은 제대로 깨달은 사람이 아닙니다. 왜냐하면 그 사람은 스트레스에 굴복했기 때문입니다."

"스트레스의 원인은 무엇이라고 보십니까?"

"오욕칠정(五慾七情)이 바로 스트레스의 원인 제공자입니다."

"오욕칠정이 무엇인데요?"

"오욕(五慾)은 식욕, 성욕, 재욕, 명예욕, 권력욕이고 칠정(七情)은 기쁨, 두려움, 걱정, 슬픔, 분노, 욕심, 혐오를 말하는데 그저 간단히 말할 때는 희구우애노탐염(喜懼憂哀怒貪厭)이라고 합니다."

"깨달은 사람은 오욕칠정에 구애를 받지 않는다는 말씀으로 들리는데 깨달은 사람도 다 같은 인간인데 어떻게 그럴 수 있습니까?"

"깨달음을 얻은 사람은 보통 사람들이 각종 스트레스로 고통을 받고 있을 때 쉽사리 초의식(超意識) 상태에 들어갈 수 있기 때문입니다."

"초의식 상태란 무엇을 말합니까?"

"현재의식(顯在意識)에서 떠나 실상(實相)의 세계에 접근하는 것을 말합니다."

"현재의식은 무엇을 말합니까?"

"시간과 공간 속에 사로잡힌 우리가 사는 현상(現象) 세계를 의식하면서 사는 사람의 심리 상태를 말합니다. 그러나 깨달은 사람은 현재의식에서 벗어나 초의식 상태에 들어갈 수 있는데 그 속에서는 지금 우리 눈앞에 벌어지는 모든 일이 한낱 꿈이요 허깨비요 물거품이요, 그림자요 이슬이요 번갯불에 지나지 않습니다."

"그럼 실상의 세계는 어떤 곳입니까?"

"실상계에는 선악, 생사, 장단, 전후, 사랑과 증오, 미추(美醜), 증감(增減), 밤낮, 음양과 같은 상대적인 것이 없습니다. 상대가 없으니까 욕심도 이기심도 생길 이유가 없습니다. 이기심이 없으니까 업장(業障)도 습기(習氣)도 있을 수가 없습니다. 또한 이기심이 없으니까 이기심의 산물인 오욕칠정 같은 것도 있을 리가 없습니다. 오욕칠정이 없으므로 스트레스가 생길 이유가 없습니다. 스트레스를 받지 않으니까 마음이 불편할 리가 없습니다."

"저의 지식수준으로는 어렴풋이 이해는 할 수 있을 것 같아도 확실하게 감이 잡히지 않는데요."

"그럴 겁니다."

"그 이유가 무엇입니까?"

"우창석 씨는 아직 그 세계에 대한 체험이 없기 때문입니다."

"결국 체험이 문제군요."

"그렇습니다. 그 체험이 바로 깨달음입니다. 얼마 전에 스트레스에 대한 여론 조사 결과가 발표된 일이 있었는데 현대인으로서 가장 강한 스트레스를 받는 것은 배우자 사망이라고 합니다. 특히 처자를 거느린 중노년 남자는 여자보다 더 강한 스트레스를 받는다고 합니다. 그리고 두 번째로 강한 스트레스가 실직이라고 합니다."

"그렇다면 깨달은 사람은 배우자 사망이나 실직 같은 스트레스도 받지 않고 아무렇지도 않게 살아 갈 수 있다는 말씀입니까?"

"스트레스를 전연 안 받고 살 수는 없겠죠. 그러나 비록 스트레스를 받는다 해도 그것에 언제까지나 발목이 잡히는 일은 없어질 겁니다. 그런 일에 스트레스를 받아 거기서 벗어나지 못한다면 그 사람의 깨달음은 가짜일 수밖에 없습니다."

"선생님, 제가 보기에는 배우자 사망이나 실직보다 더 강한 스트레스가 있다고 생각됩니다."

"그게 뭐죠?"

"실례로 갑자기 조직폭력배에게 납치당하여 생명의 위협을 받고 있을 때입니다. 이때처럼 강한 스트레스가 또 어디에 있겠습니까? 만약에 깨달은 사람이 이러한 죽음의 위협을 받고 있다면 그때에도 초연한 태도를 과연 취할 수 있을까요?"

"그 사람이 과연 깨달은 사람이라면 당연히 그래야 합니다."

"왜 그렇죠?"

"어차피 현상계에서 벌어지는 모든 일은 일체가 다 한마당의 꿈이니까요. 다시 말해서 현상계에 지금 살아 있는 나는 가아(假我)이고 진아(眞我)는 지금 벌어지고 있는 상황을 지켜보고 있다는 것을 알고 있기 때문입니다.

진아가 대양(大洋)이라면 가아는 물거품에 지나지 않습니다. 그것을 알고 있는 한 물거품은 얼마든지 다시 만들어질 수 있습니다. 도를 얻은 사람은 이것을 잘 알고 있습니다. 그래서 공자는 2천 5백 년 전에 이미 조문도석사가의(朝聞道夕死可矣) 즉 '아침에 도를 얻으면 저녁에 죽어도 여한이 없겠다'고 말할 수 있었던 것입니다."

"깨닫는다는 것은 결국 도를 얻는 것을 말합니까?"

"그렇습니다."

살이 찌는 이유

우창석 씨가 또 말했다.

"사람이 살이 찌는 이유는 무엇입니까?"

"건강 관리에 이상이 있다는 적신호입니다."

"그런데 그렇게 말하지 않는 사람도 있습니다."

"그럼 어떻게 말합니까?"

"선천적으로 낙천적이거나 체질이 비만형인 사람은 살이 찌는 것이 당연하므로 어쩔 수 없다고 말합니다."

"그것은 살찐 사람이 둘러대는 자기 합리화에 지나지 않습니다."

"그런데, 선생님, 제가 만나 본 사람 중에 단식으로 깨달음을 얻어 부처가 되었다는 지식인을 만나 본 일이 있는데요. 그 사람은 깨달음을 얻기 위해서 깊은 산촌 외딴집에서 혼자 무한 단식에 들어갔다고 합니다. 평소 70킬로그램의 체중이 46킬로그램으로 줄어들 때까지 무려 50일간이나 단식을 강행했다고 합니다. 죽음을 각오하고 단식을 밀어붙인 결과 마침내 깨달음을 얻었다고 합니다. 저는 친구가 같이 가자고 해서 그 각자(覺者)를 찾아가 만나 보았습니다."

"그래요? 그래 첫인상이 어떻습디까?"

"첫인상은 좋았습니다."

"어떻게요?"

"보는 사람의 마음을 편안하게 해 주는 분위기를 느꼈습니다."

"그것뿐이었습니까?"

"아닙니다. 정작 제가 말씀드리고 싶은 것은 아직 남아 있습니다."

"그게 무엇인데요?"

"제가 『선도체험기』 시리즈를 읽다가 보니 저도 은연중에 사람을 보는 관점에 일정한 틀이 잡힌 것 같습니다."

"틀이 잡히다뇨? 그게 무슨 말입니까?"

"그 소위 자칭 각자를 보는 순간 제 눈은 저도 모르게 그 사람의 몸매에 집중되었습니다. 그런데 유감스럽게도 그 사람은 제 눈에는 틀림없는 비만이었습니다."

"단식을 끝낸 후에 만났을 거 아닙니까?"

"그럼요."

"복식(復食)한 지 얼마 만입니까?"

"3개월 되었다고 했습니다."

"신장은 얼마나 되어 보이는데 비만으로 보였습니까?"

"대충 눈짐작으로 키는 175쯤 되고 체중은 85 정도 되어 보였습니다."

"그렇다면 확실히 비만입니다."

"체중이 46이 될 때까지 단식을 했다는 사람이 복식한 지 3개월 만에 85로 늘어났다면 무려 39가 늘어난 셈이군요. 3개월 사이에 체중이 거의 배로 늘어난 겁니다. 표준보다 무려 20이나 늘어난 것입니다. 그렇다면 그 사람은 체중에 대해서는 아예 마음을 놓아 버린 것이 아닐까요? 제가 보기에는 아무리 각자라고 해도 좀 너무한 게 아닌가 생각됩니다. 선생님께서는 이것을 어떻게 보십니까?"

"그 사람이 단식 중에 무엇을 깨달았고 그의 의식이 어떻게 변했는지는 모르지만, 겉으로 보아서 체중을 그 정도가 되도록 방치했다면 건강 관리에는 확실히 실패한 경우라고 할 수 있습니다. 건강 관리에만 실패한 것이 아니라 비록 견성을 했다고 해도 보림에는 무관심했다는 것을 알 수 있습니다.

우리 속담에 '겉볼안'이라는 말이 있습니다. 겉만 보아도 그 안이 환히 들여다보인다는 말입니다. 제아무리 무한 단식을 통하여 희한한 것을 깨달았다고 해도 그런 식으로 체중 관리를 했다면 그 사람의 깨달음의 수준을 가히 알 수 있습니다.

체중은 건강과 수행의 바로미터

키가 175라면 체중은 65에서 70 정도가 표준입니다. 그런데 그 각자라는 사람은 표준보다 무려 20 내외나 체중이 더 나가는 것을 보니 그의 깨달음은 실패한 것이 아닌가 생각됩니다."

"왜 그렇게 보십니까?"

"깨달음은 수행자의 최후의 목표가 아니기 때문입니다."

"그럼 무엇입니까?"

"깨달음은 구도자에게 있어 거쳐 가야 할 하나의 통과 지점이요 요즘 흔히 말하는 하나의 벤치마킹이지 마지막 목표 지점은 아닙니다. 수행자에게 있어서 최후의 목표 지점 같은 것은 없습니다. 그런데 그 자칭 각자는 자기가 도달했다고 생각한 깨달음을 최종 목표 지점으로 착각하고 아예 마음을 놓아 버린 것 같습니다."

"그것을 어떻게 알 수 있습니까?"

"복식 3개월 만에 46의 체중이 85로 급격히 불어난 것만 보아도 알 수 있습니다. 그가 만약에 깨달음을 하나의 통과 지점으로 인식했더라면 65 정도의 표준 체중에 도달했을 때 더이상 몸이 불어나지 않도록 강력한 제재 조치를 취했어야 합니다. 그러나 그는 그렇게 하지 않았을 뿐만 아니라 아예 비만증 환자가 되어 버리고 말았습니다."

"그런데 단식 후에 복식하는 사람 말 들어 보니까 체중 늘어나는 것은 도저히 인력으로는 어떻게 해볼 도리가 없다고 하던데요."

"단식을 할 만한 의지력이 있으면 얼마든지 체중도 조절할 수 있습니다. 매일 저울로 자기 체중을 달아 보면서 식량과 걷기, 달리기, 등산과 같은 것으로 운동량을 조절하면 얼마든지 가능한 일입니다. 체중이야말로 건강과 수행의 가장 믿을 만한 바로미터입니다. 특히 중노년기에 접어든 사람으로서 표준 체중을 유지하는 사람을 보면 일단은 그의 인격을 존중해 주어야 할 것입니다. 더구나 구도자로서 체중 관리 하나 제대로 못 한다면 다른 것은 보지 않아도 뻔합니다."

"그러니까 자기 몸에 군살이 붙기 시작하면 무슨 수를 쓰더라도 체중부터 줄여 놓고 봐야 되겠군요."

"그렇고말고요. 몸에 군살이 불어난다는 것은 그가 지금 게으름을 피우고 있다는 가장 확실한 증거입니다. 그가 아무리 위대한 지도자이고 탁월한 예술가요 최고의 달인이고 생불(生佛)이라는 소문이 자자하다고 해도 일단 그의 배가 튀어나오고 몸에 군살이 덕지덕지 붙어 있다면 일단은 그의 인격을 의심해 보아야 합니다."

"인격을 의심해 보다니요? 그건 좀 심하지 않습니까?"

"아뇨. 조금도 심하지 않습니다."

"불가항력의 천재지변이나 교통사고로 불구자가 되는 수도 있고 불의에 지병이 악화되어 자기 힘으로는 어떻게 손을 써 볼 여유가 없는 경우도 있을 수 있는 것이 아니겠습니까?"

"그렇게 된 원인이 금생이 아니라 전생에 있었다고 해도 그의 업장이 그 원인이 된 것만은 틀림이 없지 않겠습니까?"

"결국은 그 사람 탓이라는 말씀이군요."

"그래서 그 사람의 몸매를 보면 그의 인격을 알아볼 수 있습니다. 사람의 몸매만은 거짓말을 할 수 없기 때문입니다."

"체중 이외에 어떤 사람의 수련 정도를 객관적으로 알아볼 수 있는 기준 같은 것이 또 있습니까?"

"눈빛이 있습니다. 눈빛이 맑고 편안하고 당당하고 거침이 없으면 그 사람의 수련은 순조롭게 진행되고 있다는 것을 알 수 있습니다. 사람의 몸매가 거짓말을 할 수 없는 것과 마찬가지로 그 사람의 눈빛 역시 거짓말을 할 수 없습니다."

"눈빛이 맑고 편안하고 당당하고 거침이 없는 사람이 되려면 어떻게 해야 합니까?"

"관법(觀法) 수행과 자기성찰을 일상생활화 하여 자신의 삶을 항상 깔끔하게 정리해 놓아야 합니다. 그런 사람은 양심에 거리끼는 것이 없으니까 항상 눈빛이 맑고 편안하고 당당하고 겸손하면서도 거침이 없을 수밖에 더 있겠습니까?"

"그러니까 어떤 사람의 눈빛과 몸매는 그 사람의 심리 상태의 표현이라고 보면 틀림이 없겠군요."

"그렇습니다."

"체중과 눈빛 이외에 다른 객관적인 평가 기준은 없습니까?"

"있습니다."

"그게 뭐죠?"

"목소리입니다."

"목소리가 어떠해야 합니까?"

"목소리가 그전보다 맑고 쇳소리가 날 정도로 쨍 하고 울리면 한소식했다고 할 수 있습니다. 몸매, 눈빛과 마찬가지고 사람의 목소리 역시 속일 수 없습니다."

"몸매, 눈빛, 목소리 이외에 다른 것은 또 없습니까?"

"견성했다고 해서 잘난 척하거나 보통 사람과는 달리 괴상야릇한 짓을 하든가, 기성 윤리 도덕 따위에 구애받지 않는다고 하여 주색잡기(酒色雜技)를 탐하든가 괴상망측한 짓을 하는 것은 진짜로 깨달은 것이 아니고 깨닫다가 만 낙오자라고밖에 말할 수 없습니다."

"그럼 견성한 사람은 어떻게 행동을 해야 합니까?"

"깨닫기 전과 똑같은 일상생활로 돌아가 그전보다 더욱 성실하게 일하게 되어야 할 것입니다."

"그럼 근본적으로 달라진 것은 아무것도 없다는 말이 되지 않습니까?"

"남들이 보아서 겉으로 현저하게 달라진 것은 아무것도 없습니다. 단지 달라진 것이 있다면 보통 사람들보다 감정에 휘둘리는 일이 없어지게 될 것입니다."

"감정에 휘둘리는 일이 없어진다는 것은 무엇을 말합니까?"

"오욕칠정(五慾七情)에 휘둘리지 않는다는 말입니다. 그러니까 만사에 지혜로워진다는 말이죠. 깨닫는다는 것은 내부에 근본적인 혁신이 일어나 마음속에서 잊었던 우주를 되찾는 것이지 외부가 바뀌는 것은 전연 아니기 때문입니다. 화광동진(和光同塵)이요 진광불휘(眞光不輝)요 입전수수(入廛垂手)입니다."

"화광동진(和光同塵)이란 무슨 뜻입니까?"

"노자의 『도덕경』에 나오는 구절인데 수행으로 얻는 진리의 빛을 안으로 삭이고 범인들과 어울려 평범하게 살아가는 것을 말합니다."

"진광불휘(眞光不輝)는요?"

"진정한 빛은 은은하기는 하지만 번쩍거리지 않는다는 말입니다."

"입전수수(入廛垂手)는 무슨 뜻입니까?"

"수련의 단계를 적은 십우도(十牛圖)의 마지막 단계로서 도를 얻은 뒤에는 시장 상인들과 다시 합류하여 일상생활로 돌아간다는 뜻입니다. 수행을 통하여 인생을 바르게 사는 지혜를 얻었을 뿐 바뀐 것은 아무것도 없다는 뜻입니다."

【이메일 문답】

모든 정성을 다해

스승님 보아주세요.

부족하고 아직도 어리석기만 한 저에게 항상 바른 가르침으로 이끌어 주시니 이 은혜를 어찌 다 갚아야 할지 죄송스럽고 감사한 마음뿐입니다. 지금까지는 마음에서 일어나는 번뇌 망상을 관하면서 흘려보낼 것은 흘려보내고 내려놓을 것은 내려놓으며, 시간이 지남에 따라 그것이 조금씩 작아지는 것으로 만족하는 소극적인 자세를 취해 왔습니다.

그러나 오늘 스승님의 답장을 읽어 보고, 이제부터는 적극적인 모습으로 변해야겠다고 느꼈습니다. 여러 가지 어지러운 상들을 지켜만 보는 것이 아니라 중심을 바로잡고 철저하고 무섭게 잠시도 빠뜨리지 않고 제 자신을 움켜잡겠습니다. 죽을힘을 다해, 모든 정성을 다해 삼공 공부에 임해서 하나하나 터득해 나가고 실행하겠습니다.

지금은 다른 사람들에게 도움을 줄 수 있는 입장이 아니라, 제 자신을 바로 세우는 일이 먼저란 생각이 들고, 제가 가고 있는 길이 진정으로 바른길이란 것을 알고 있고, 또한 스승님께서 항상 지켜봐 주시고 이끌어 주시기에 겁 없이 저의 모든 것을 걸고 용맹정진해 볼까 합니다.

이런 마음이 들면서부터 온몸에 힘이 나고, 조금만 힘을 주어 호흡을 해도 단전이 따뜻해져 옵니다. 모든 것을 있는 그대로 받아들이고 그 속에서 진리를 찾아 나가겠습니다. 무심으로 하나가 되는 그날까지 가고 또 가보겠습니다.

스승님의 가르침에 따라 한 사람이라도 더 참진리를 알 수 있길 기원하며...

안녕히 계십시오.

2002년 4월 24일

박영희 올림

【필자의 회답】

농사는 불가항력의 자연재해로 손해를 입는 일이 있지만, 수행은 우리가 노력을 하면 반드시 그만큼 성과가 있게 마련입니다. 단지 성급한 사람에겐 눈에 띄지 않지만 보이지 않는 곳에서 그 성과는 차곡차곡 축적되게 마련입니다.

더구나 기공부를 하는 사람은 수련의 성과를 느낌으로 감지하게 되어 있습니다. 단전에 쌓이는 기감이 바로 그것입니다. 기감의 강도(强度)로 우리가 우주의 중심과 어느 정도 가까워지고 있는가를 확인할 수 있습니다.

기감뿐만이 아닙니다. 수련의 진행 상황은 난국에 처했을 때도 마음이 얼마나 침착하게 대처할 수 있는가 하는 것으로도 확인할 수 있습니다. 부디 생활의 위기를 도약의 계기로 삼아 주시기 바랍니다. 계속 지켜볼 것입니다.

진동을 느끼며...

방금 수련을 하고 돌아온 박영희입니다.

지난주에도 약간의 진동이 있었고, 저에게 주시는 기운을 다 감당 못 해 저녁 내내 기에 취해 있었습니다.

오늘도 아직 부족하고 어리석은 저를 큰 기운으로 이끌어 주셔서 심한 진동과 함께 이기적인 가아(假我)가 한 꺼풀 벗겨져 나간 것 같습니다. 다 놓고 가거라 하는 소리와 함께 왜 그리도 설움이 복받치던지. 지난날 저의 죄업이 떠오르며 죄송하고 미안한 마음에 참회의 눈물이 수련하시는 다른 도우분들께 폐가 됨을 알면서도 그치질 않았습니다.

그 뒤에도 계속 진동이 오면서 그치고, 그러면서 마음도 몸도 편안해지고 넓어지며, 헌옷을 새 옷으로 갈아입은 것 모양 날아갈 것 같은 기분입니다. 앞으로 더욱더 정성 들여 스승님의 가르침에 따라 수련하겠습니다.

제 양심에 날아드는 돌을 무서워할 줄 알고, 어떠한 인연이라도 그것에 휘말리지 않으며, 제 중심을 바로잡아 모든 일에 흔들리지 않는 부동심이 될 때까지 어렵고 힘들더라도 꿋꿋이 나아가겠습니다.

지난날 저를 힘들게 하고, 고통스럽게 했던 일들이 지금의 제가 있게 한 밑거름이었다고 생각하니 원통할 것도 후회할 것도 없고, 오히려 모든 것이 감사하고 고마운 마음이 듭니다. 이제야 진정한 구도자의 길을 한 발짝 내딛는 기분이 들고, 멀고도 험난한 길을 가야 함에 다시 한 번 마음을 가다듬고, 굳은 다짐을 해 봅니다.

다시 한 번 스승님께 감사드리고, 앞으로 제가 주의해야 할 것이 있으면 가르쳐 주십시오. 언제나 가르침을 받들어 잘못된 점이 있으면 고치면서 나아가겠습니다. 안녕히 계십시오.

2002년 4월 28일
박영희 올림

【필자의 회답】

그렇게 자기 앞에 닥친 고비를 슬기롭게 헤쳐나가는 모습을 보니 오직 마음 든든할 뿐입니다. 수련 중에 설음이 복받치면 기탄없이 소리내어 울어도 아무도 탓할 사람은 없을 것입니다. 모두가 이런 일을 겪었을 것이기 때문입니다. 그때마다 업장은 한 장 한 장 벗겨져 나가게 될 것입니다.

그리고 진동이 일어도 억제하지 마시고 그대로 기의 흐름에 맡겨 놓으시기 바랍니다. 그것을 꺼려하거나 싫어하는 도우는 한 사람도 없을 것입니다. 수련이 급속히 진행되고 있으니 다행한 일이고 축하할 일입니다.

그러나 호사다마(好事多魔)라고 무슨 복병이 숨어 있을지 모르니 항상 만반의 준비를 해 주시기 바랍니다. 항상 좋은 일이 있을 때는 궂은 일을, 궂은일이 있을 때 좋은 일을 염두에 늘 두어야 막상 궂은일이 벌어져도 당황하는 일이 없게 될 것입니다.

진리를 깨우쳐가는 과정에서...

내일이 스승의 날입니다.

스승님을 찾아뵈온 지 4개월이 되어 가는데 그동안 저에게 일어난 엄청난 변화들은 모두가 스승님의 보이지 않는 은혜 때문이란 것을 압니다. 머리 숙여 감사드리고, 진정한 마음으로 삼배를 올립니다.

가르침에 따라 삼공 공부를 하면서, 모든 일이 나로 인해서 일어나는 일이며, 이 모두가 누구의 탓도 아닌 내 탓임을 알고, 인과응보의 원리를 앎으로써 자신을 정당화시키고 합리화시키는 거짓된 나에서 벗어나 참되고 바르게 살 수 있게 되었습니다.

예전의 제 모습은 상대방을 원망하고 탓했습니다. 따라서 그것이 바로 고통 자체였고 분노 자체였으며 불행한 삶의 연속이었는데, 스승님과 인연이 닿아 수련을 하면서 마음 편하고 몸 건강한, 진정한 삶을 살 수 있게 되어 제 일생일대의 행운이 아닌가 싶습니다.

마음공부를 계속하면서, 감정에 휘둘려 번뇌 망상이 떠올라 괴로울 때 천배도 해 보고, 모두 놓아 버리자 다짐도 해 보고, 저 자신한테 호되게 야단도 쳐 보고, 여러 방법으로 마음을 다스렸는데 요즘엔 남에게 무엇을 바라는 마음을 모두 버리고 제가 남에게 해 줄 수 있는 일이 무엇인가 먼저 살펴보려고 노력하고, 알고 있는 것도 모른 체 눈감아 주면서 모두 내려놓으려고 하는데 잘되지 않습니다.

하지만 해 보고 또 해 보아서 제 마음이 어떠한 일에도 평온해질 때까지 해 볼 작정입니다. 지난 일요일에 스승님 앞에서 수련하는 도중 진동이 오면서, 처음에는 순수하게 온 진동처럼 느껴졌는데, 나중에 더 심하게 온 진동은 빙의령의 조화가 아닌가 싶을 정도로 제 의지와 상관없이 온몸이 흔들리고 울부짖었던 것 같습니다.

스승님께서는 다 알고 보고 계셨겠지만 저는 느낌으로만 그런가 하고 있습니다. 그날 저 때문에 수련하시는 분들이 한 분, 두 분 돌아가시고 남아서 계속 수련하시는 분들께도 너무나 죄송한 마음이었습니다.

요즘 또 다른 변화는 여러 사람들이 모이는 곳에서는 머리가 아찔하고 졸음이 쏟아지는데 이럴 때에는 어떻게 해야 되는지요? 지금도 계속 빙의가 되어 있고 눈꺼풀이 무거워 반쯤 감겨진 상태이고, 몸살기까지 동반하고 있지만 계속해서 지켜보고 있습니다.

아무리 힘들고 괴로운 길이라도 좌절하지 않고 무심으로 갈 것입니다. 변함없이 지켜봐 주시고 베풀어 주시는 은혜 다시 한 번 깊이 감사드립니다. 안녕히 계십시오.

2002년 5월 14일
박영희 올림

【필자의 회답】

빙의령에 대처하는 법

원래 구도자는 꼭 필요한 일이 아니면 여러 사람들이 모인 곳에 가지 않습니다. 왜냐하면 기운이라는 것은 강한 쪽에서 약한 쪽으로 그리고 탁한 쪽에서 맑은 쪽으로 흐르는 성질이 있기 때문입니다. 수련을 일상생활화 하는 구도자는 아무래도 보통 사람들보다는 기운이 강하고 맑습니다.

따라서 구도자의 강한 기운이 약한 쪽으로 흐르게 되고 보통 사람들의 탁한 기운과 사기(빙의령)는 맑은 기운을 가진 구도자에게로 흘러들어 오게 되어 있습니다. 그러므로 피치 못할 사정이 아니라면 많은 사람들이 모이는 곳은 피하는 것이 좋습니다.

머리가 아찔하고 졸음과 몸살이 오는 것은 빙의령이 들어와 손기(損氣)가 시작되었기 때문입니다. 일단 빙의가 되었다고 감지되면 빙의령에 대하여 혐오감을 갖거나 귀찮다는 생각보다는 나에게 들어올 만해서 들어온 것이니 나를 거쳐갈 손님이라고 너그럽게 생각하고 느긋한 여유를 갖고 지켜보거나 아예 놓아 버리는 것이 좋습니다.

일단 내 몸속에 들어온 이상 이미 나와 한 몸이라고 생각하고 빙의령이 들어와 머물다가 나가는 것을 내 몸을 스쳐지나가는 바람이나 파도와 같은 하나의 과정으로 생각해야 합니다. 다시 말해서 빙의령을 하나의 실체로 생각하여 그에 집착하지 말고 다른 일에 열중하는 것이 좋습니다.

그러는 사이에 빙의령은 나도 모르는 사이에 떠나 버립니다. 그러나 빙의령에게 계속 신경이 쓰이면 여유 있게 지켜보아도 좋습니다. 영안이 뜨인 사람이라면 빙의령이 자기 안에 머물러 있는 동안 의식이 크게 진화되어 원한 때문에 구천을 떠돌다가 남에게 기생(寄生)했던 잘못을 크게 뉘우치고 공손히 큰절을 하면서 하늘 높이 훨훨 날아 올라가는 것을 볼 수 있을 것입니다.

처음 해 본 암벽 등반

처음 해 보는 암벽 등산이라 많은 걱정을 하고 준비했는데, 늘 하던 산행 모양 순조롭게 마칠 수 있어서 얼마나 기뻤는지 모릅니다. 이 모두가 큰 기운으로 이끌어 주신 스승님의 덕분이란 것을 압니다.

또한 진달래, 철쭉, 향나무, 병꽃나무, 팥배나무 등등 일일이 물어봐 주시고 가르쳐 주셔서, 자애롭고 인자하신 아버님과 함께 나들이 다녀온 것 모양 너무도 행복하고 즐거운 하루였습니다.

저를 낳아 주시고 길러 주신 육신의 부모님은 따로 있지만 지금 구도자의 길을 가고 있는 저에게 또 다른 부모님을 만난 것처럼 편안함을 느낄 수 있고, 많은 힘과 용기가 솟아납니다.

그리고 일주일에 한 번은 5, 6시간 걸리는, 암벽을 겸한 등산을 왜 하라고 강조하셨는지 몸으로 느낄 수 있는 산행이었습니다. 앞으로도 계속해서 스승님을 따라다녀도 괜찮으시겠지요?

스승님!

이제야 양심에 걸리는 행동에서 완전히 벗어난 것 같습니다. 거기에서 발을 빼기는 했지만, 마음에서 일어나는 집착과 이기심 때문에 괴로운 시간들을 보냈습니다. 그로 인해서 제 안에 있는 너무도 무서운 가아(假我)를 지켜봐야 했고, 상대방을 미워하고 증오했었습니다.

그러나 모든 것은 영원하지 않고 변해 간다는 진리를 머리로만 아는 것이 아니라 온몸으로 느끼면서 모두가 저의 부족한 탓이란 생각이 들자, 온갖 집착들이 한순간 흩어지면서 가슴속에 응어리가 펑 뚫리고, 단전이 달아오르고 기운이 바뀌면서 온몸으로 느껴지는 충만한 기운을 무엇으로 설명해야 될지 모를 만큼 한없이 평온함을 느꼈습니다.

하나하나 알아가고 몸으로 깨달아 가는 이 과정이 수련의 길이란 것을 이제야 조금 알 것 같습니다. 고삐를 늦추지 않고 더욱더 정성을 다해 앞으로 나가겠습니다.

2002년 5월 28일

박영희 올림

【필자의 회답】

화광동진(和光同塵)

나는 1979년 10월 19일부터 본격적인 등산을 하기 시작한 이후 지금까지 23년 동안 수많은 후배 산악인들을 리드해 보았지만 초보자 쳐놓고는 박영희 씨처럼 고난도 암벽을 그렇게도 실수 없이 잘 타는 사람은 처음 보았습니다. 아마도 과거 생부터 암벽을 많이 타 본 경험과 기량이 잠재의식 속에 축적되어 있었던 것 같습니다.

이번 등산이 박영희 씨의 공부에도 많은 도움이 되었다니 참으로 다행입니다. 이왕이면 이것을 불미스러웠던 과거를 말끔히 청산하는 새 삶의 계기로 삼았으면 합니다. 수련이 향상되면 향상될수록 과거에 함께 불장난했던 상대가 한낱 불쌍한 무명중생으로 보일 것입니다.

그리고 내가 언제 저런 저질(低質)과 놀아났었던가 하고 자기의 과거가 한심할 때가 반드시 찾아올 것입니다. 아니 박영희 씨는 이미 그런 것을 지금 절감하고 있을지도 모릅니다.

그러나 주위 사람들은 그러한 모습의 박영희 씨를 보고 바보라고 비웃을 것입니다. 그렇습니다. 원래 대현약우(大賢若愚)요 대성약범(大聖若凡)이라고 노자는 말했습니다. 큰 현자는 바보와 같고 큰 성인은 범부와 같다는 뜻입니다.

도를 얻은 사람은 그것을 겉으로 드러내지 않고 안으로 삭이고 범인처럼 행동하는 것을 말합니다. 이것을 화광동진(和光同塵)이라고 노자는 또 말했습니다. 도인은 깨달음으로 얻은 빛을 감추고 세간에 묻혀 살아가는 것으로 만족한다는 뜻입니다.

그래서 얼핏 보아서는 그가 도를 얻은 사람인지 도통 알 수 없습니다. 그러나 그는 말 없는 실천으로 이웃 사람들에게 사람이 살아가는 도리를 보여 주면서도 유유자적할 것입니다.

첫날 암벽 타는 기세로 보아서는 미구에 리더를 능가할 것 같습니다. 그러나 그 기세가 언제까지 지속될지는 아무도 장담할 수 없는 일입니다. 부디 초심을 잃지 마시고 초지일관해 주시기 바랍니다. 특히 암벽 등반은 사람을 새롭게 거듭나게 하는 기묘한 매력이 있는 운동 종목입니다. 그러나 중도에 낙오율이 많은 운동이기도 합니다. 언제까지 계속할지 지켜볼 것입니다.

다시 한 번 마음을 다잡고

아직도 우매하기 만한 저를 그렇게 인정해 주시고 칭찬해 주시니 가슴이 벅차고, 눈물이 솟구칠 것만 같습니다. 이 모두가 『선도체험기』를 계속해서 써 주시고, 보이지 않는 기운으로 이끌어 주시는 스승님 덕분입니다.

저는 그저 스승님의 가르침에 따라 저의 갈 길은 이것이라 믿고, 삼공 공부를 했을 뿐인데, 이렇게까지 스승님께서 신임을 해 주시니 앞으로 더욱더 열심히 하라는 채찍으로 알고, 자만하지 않고 겸손한 마음으로 정진하겠습니다.

이 세상에 태어나서 오늘같이 뿌듯한 순간이 있었는가 싶을 정도로 좋습니다. 이것 또한 허상이겠지요. 저의 갈 길이 더 뚜렷해지고, 흔들리지 않는 마음으로 정진할 수 있을 것 같고, 앞으로 무수히 많은 어려움이 닥쳐오겠지만 슬기롭게 헤쳐나갈 수 있도록 게으름 피우지 않고 수련에 전념하겠습니다.

항상 지켜봐 주시는 스승님이 계시다는 것만으로도 저에게는 큰 힘이 되며, 기대에 어긋나지 않도록 항심(恒心)으로 가고 또 가겠습니다.

지난번처럼 일요일 새벽에 시간 맞춰 스승님 댁 앞으로 가겠습니다. 수련을 하는 도우분이 근처에 살아 같이 다닐 수 있어서 너무 좋고, 왕초보가 암벽 등반한다고 힘만 쓰면서 스승님을 힘들게 할 것을 생각하면 지금부터 죄송스럽습니다.

2002년 5월 29일
박영희 올림

【필자의 회답】

스승에 대한 과도한 기대나 신뢰는 오히려 훗날 환멸을 가져올 수도 있습니다. 스승은 그저 구도의 길에 한발 앞선 인솔자라는 정도의 의미를 부여하는 것이 좋을 것입니다. 왜냐하면 이 세상에는 변하지 않는 영원한 스승 같은 것은 존재하지 않기 때문입니다. 특히 박영희 씨 같은 영재에게는 스승은 한갓 길잡이에 지나지 않습니다.

스승이 제자보다 앞서 있을 때만이 스승은 스승으로서의 가치가 있습니다. 잠시라도 스승에게 도취되면 그만큼 발전은 늦어집니다. 그러므로 깨어 있는 사람은 도취하지 않고 도취하지 않는 사람은 환멸에 빠지는 일도 없습니다.

그런 의미에서 스승은 강을 건너기 위한 나룻배와 같습니다. 나룻배를 타고 거친 강물을 건너는 동안 승객들은 각자 자기 성품에 따라 공부를 하여 수행의 단계를 높일 수도 있습니다. 나룻배가 건너편 기슭에 도착했을 때 승객들에게는 이미 타고 온 나룻배는 쓸모없는 것이 되어 버리고 말 것입니다.

여기서 나룻배는 스승이고 승객은 제자입니다. 스승은 스승대로 제자는 제자대로 열심히 공부를 해야 서로가 서로를 필요로 하는 존재가 될 수 있습니다. 스승이 스승다워지려면 피안에 도달하는 즉시 승객들을 계속 인도할 수 있는 길라잡이로 탈바꿈되어야 할 것입니다. 그렇지 않고 나룻배로 계속 남아 있는 한 제자들에게는 아무 쓸모 없는 존재가 되고 말 것입니다.

나는 박영희 씨가 스승에 대한 과도한 환상에서 깨어나게 하기 위해서 이 말을 합니다. 스승은 제자가 스스로 제 갈 길을 찾아갈 수 있는 나침반을 자기 내부에 장치할 때까지 필요한 존재입니다.

따라서 스승이 가질 수 있는 최고의 보람은 제자가 자기중심을 잡고 흔들림 없이 자기를 앞질러 가는 겁니다. 이때 그 스승의 구도 정신은 그 제자에 의해 계승됩니다. 이리하여 구도의 바통은 끊임없이 대를 잇게 될 것입니다. 불혹이 무엇을 의미하는가를 깨닫고 한시바삐 자립의 기반을 닦아야 하지 않을까 하는 노파심에서 이 글을 씁니다.

스스로 자립할 때까지

이제야 비로소 제행무상의 진리를 알아 가고 있습니다. 그리고 단전에 축기도 다 이루어지지 않아 행주좌와어묵동정(行住坐臥語默動靜) 염념불망의수단전(念念不忘意守丹田)하고 있으며, 언제나 수승화강(水昇火降)이 자리를 잡을까 노력하고 있는 중입니다. 지금 저에게는 스승님이 꼭 필요한 때라고 생각합니다.

제가 『선도체험기』를 읽으며, 구도자의 길을 가야겠다고 결심하고, 삼공 공부를 하게 된 이유는 몸공부, 마음공부, 기공부를 통해서, 현실에서 일어나는 모든 일을 내 탓으로 돌려 풀어나가고, 그때마다 경험하고 체득하고, 하나하나 진리를 깨우쳐가는 과정이 계속되다 보면 구도자이면 누구나 찾고자 하는 진리를 자기 내부에서 발견할 때가 올 것이라 믿기 때문입니다.

주위에 현혹될 만한 여러 단체들이 난무해 있지만 그런 것에는 곁눈질도 가지 않을 만큼 제 중심이 잡혀 있으며, 진아를 발견하는 길은 오로지 자신만이 할 수 있다는 것도 믿어 의심하지 않습니다.

제가 삼공 공부를 정성들여 열심히 하다가 스승님을 앞질러 가고, 변하는 시대에 맞게 스승님의 가르침을 계승할 수 있는 경지에 도달한다면 더이상 무엇을 바라겠습니까? 스승님께서 걱정하시는 뜻을 가슴에 새기고, 제 마음속에 혹시 자만심이 자라지 않나 관찰하면서, 스스로 자립할 때까지 스승님의 가르침에 따라 묵묵히 저의 갈 길을 가겠습니다.

2002년 5월 31일
박영희 올림

【필자의 회답】

수련이 일취월장하고 있습니다. 그러나 계속 지켜볼 것입니다.

초여름 밤의 꿈

삼공 선생님! 그간 안녕하셨습니까?

제가 이 편지를 드리는 이유는 아래의 꿈 얘기를 말씀드리기 위함입니다.

'꿈을 꾸게 되는 것은 아직 마음을 비우지 못하고 욕심이 마음속에 남아 있기 때문'이라는 선생님의 말씀이 떠올라 '욕심의 산물'인 꿈 얘기를 말씀드리기가 민망하지만, 굳이 아래와 같이 꿈 얘기를 쓰는 연유는 제가 꾼 꿈 중에 이번 것은 너무나 특이하고 또한 선도와도 연관이 있는 것 같아서입니다.

따스한 봄날, 저는 하얀 옷을 입은 예쁘장한 소녀아이의 손을 잡고서 거리를 걷고 있었습니다. 그러나 저의 마음은 무슨 중대한 일을 앞에 둔 사람처럼 가볍지를 못했습니다. 갑자기 그러나 미리 예고되어 있었던 것처럼, 그 아이가 발작 증세를 일으켰습니다. 저는 얼른 그 아이를 들어 안고서 혹시 문이 열려 있는 집이 없나 다급한 마음으로 이리저리 달리면서 살펴보다가, 대문이 열려 있는 한 기와집으로 황급히 들어갔습니다.

그 집은 전통 양반집 같아 보였습니다. 집 내부로 통하는 방문들이 겹겹이었으나 마치 미리 준비해 놓은 듯 모두 열려져 있는 점이 이상하게 생각되었으나 그 상황에서는 이를 깊이 생각할 겨를이 없었습니다.

그 집의 안방으로 보이는 방까지 달려와서 저는 양반다리를 하고 앉아서 제 무릎 위에 아이를 편안하게 눕히고서 아이의 얼굴을 살펴보았습니다. 아이의 눈이 1초 동안에도 수없이 깜박거리면서 고통으로 일그러지고 있었습니다.

그 아이의 머리를 받치고 있던 제 오른손 바닥에 일그러지는 아이의 피부가 느껴졌고 조금 전의 조그만 예쁜 여자아이라고는 생각하지 못할 정도로 풍선에서 바람이 빠져나가면서 탄력을 잃고 주름이 잡히듯이 마치 그 아이의 피부와 몸 내부가 분리되어 가는 것 같아 보였습니다.

저는 무슨 연유에서인지 눈을 감았습니다. 제 눈앞에 하얀 동그라미가 보이고 그 동그라미가 하나하나 조그만 불씨로 흩어져 마치 여름밤에 반딧불이 군집을 이루어 날아다니는 것처럼 어지럽게 움직이더니 시계 반대 방향으로 회전하기 시작했습니다.

그 아이의 몸에서 나오는 진동이 그대로 제 몸에 전달되면서 정면을 보고 앉았던 저의 몸이 그 진동으로 인하여 자연스럽게 왼쪽으로 돌아가는 것이었습니다. 느껴지던 진동이 약해지고 아이를 안고 있었던 제 손의 중량감이 없어져 이상하게 생각되어 눈을 떴습니다. 그 조그만 소녀아이는 간 데 없고 겹겹이 열려져 있던 방문들 앞에 하얀 옷을 입은 한 소녀가 이곳을 지긋이 바라보고 있었습니다.

마치 그 조그만 소녀아이가 성장한 모습으로 나타난 것 같았습니다. 그 소녀를 본 순간 잠에서 깨었습니다. 저는 갓난아이를 품에 안은 것처럼 팔 모양을 한 상태였고 잠에서 깨어서까지 진동이 느껴졌습니다.

위 내용을 쓴 이유는 선생님께 감히 꿈 해몽을 부탁드리기 위해서가 아닙니다. 이 꿈을 꾸고 잠에서 깨고 나서 선생님 생각이 났습니다. 꿈이 너무나 생생하여 기록으로 남겨 두었다가 나중에 (만약 이 꿈이 의미가 있다면) 그 의미를 헤아려 볼까 생각했었습니다.

그러다가 이왕이면 이 일을 빌미로 선생님께 문안 인사를 올리자는 생각이 들어 이렇게 편지를 쓰게 된 것입니다. 수련에 별다른 성과도 없이 선생님께 문안 인사만 올린다면 내용 없는 편지가 될 것 같아 그동안 망설였는데 이 꿈이 선생님께 편지를 쓰는 동기를 마련해 준 셈입니다.

저는 요즈음 2차 시험을 앞두고 준비를 하고 있습니다. 1개월이 채 안 되는 시험 준비 기간이 남아 있고 그동안 저의 실력을 만족할 만한 수준으로 끌어올릴 수 있을까 하는 생각이 때때로 들기도 합니다.

그러나 그러한 두려움조차도 수험 준비에는 전혀 도움이 안 되겠지요. '항상 현재 내가 만나고 있는 사람, 하고 있는 일이 가장 중요하며 이에 최선을 다해야 한다'는 선생님의 말씀을 되새기며 마음을 가다듬고 있습니다. 현재의 노력이 미래의 성과로 나타날 테니까요.

최근에는 시험공부 시간을 확보할 요량으로 수면 시간을 줄여 보려고 노력하고 있습니다. 저는 지금까지는 6시간 정도 수면을 취하는 것이 보통이었는데 그 시간을 3-4시간으로 줄여 보았습니다.

하루이틀은 견딜 만했으나 3일째에는 이틀 동안의 수면 부족이 한꺼번에 벌충이라도 하려는 듯 늦잠을 자게 되는 경우가 많았습니다. 작심삼일이란 말이 여기서 나오지 않았나 하는 생각이 들더군요.

식욕, 성욕 그리고 수면욕 이 세 가지 욕망은 악착같이 사람의 육체에 달라붙어 좀처럼 떨어지지 않는 것 같습니다. 하기야 육체를 이루고 있는 요소요소가 모두 이 세 가지 욕망이 한데 어우러져 있는 거겠지요.

그러나 이 세 가지 욕망의 사슬에 묶여 있는 사람과 이 욕망들을 마음속의 철창에다 가두어 놓고 제멋대로 돌아다니지 못하도록 통제할 수 있는 사람과는 엄청난 차이가 있겠지요. 벌써 날이 밝아 오고 있습니다.

『선도체험기』의 이메일 난을 보면 '『선도체험기』 다음 권이 언제 나올까 손꼽아 기다려진다'는 내용을 자주 보게 되는데 이제 저도 어쩔 수 없는 『선도체험기』 애독자가 되어 버린 것 같습니다. 출간일을 저도 모르게 속으로 헤아려 보게 되니까요.

이메일 수신 난을 보면서 제가 가장 부러웠던 것은 반가부좌를 하고 앉아 삼매지경에 들어 시간 가는 줄도 모르고 수련하는 얘기들을 접했을 때입니다. '나도 언제쯤 저렇게 자유로이 시간을 할애하여 선도수련을 할 수 있을까?' 하고요. 그럴 때마다 그날은 멀지 않으며 그날을 앞당기는 것은 저의 몫이라는 것을 깨닫고는 지금 제가 처하고 있는 현실에 충실해지곤 합니다.

선생님!

사람은 태어나서 나이 30에 입지(立志)를 한다는데, 저도 선생님 덕분에 30대 초반에 인생의 목표를 세울 수 있었습니다. 항상 감사하고 있습니다. 뜻을 세웠으니 뜻을 이루는 일만 남았지요. 그 뜻을 이루기 위해 항상 노력하겠습니다.

선생님!

다음 인사드릴 때까지 안녕히 계십시오.

단기 4335(2002)년 6월 5일
새벽에 독자 오광열 올림

【필자의 회답】

내 경험으로는 꿈에는 세 가지 종류가 있습니다. 첫 번째는 평소에 이루지 못한 욕망들이 잠재의식화 되어 있다가 현재의식이 이완되는 수면 중에 나타나는 현상이고, 둘째는 교훈적이고 예언적인 성격을 띈 것이고, 세 번째는 구도자들이 흔히 꾸는 꿈인데 수련의 향상과 관련이 있는 것입니다.

위 꿈의 내용을 읽어 보니 아무래도 첫째에 속하는 것 같습니다. 혹시 세 번째에 속하는 것이 아닐까 생각해 보았지만 수련과 관련된 흔적은 아무것도 보이지 않습니다. 실례를 들어 꿈속에 백발 도인이 나타나 백회에 손을 대는 순간 시원한 기운이 물줄기처럼 들어왔는데 깨어 보니 꿈속에서와 똑같이 생시에도 백회로 시원한 기운이 여전히 들어오고 있었다면 그것은 분명 세 번째에 속하는 것입니다.

그리고 교훈적이고 예언적인 성격을 띤 꿈은 보통 총천연색이고 생시와 방불한 생동감을 느끼게 해 주는데 그렇지는 않은 것 같습니다. 어느 경우이든 간에 구도자는 꿈 따위에 별 의미를 부여하지 않습니다.

우리가 꿈을 꾸는 이유는 아직도 해소해야 할 업장이 남아 있다는 증거입니다. 구도자가 수행을 하는 이유는 우리의 자성을 가리고 있는 업장을 녹여 자기 존재의 참모습을 직접 체험으로 확인하자는 것입니다.

그러한 구도자가 씻어 버려야 할 업장의 파편들인 꿈 따위에 관심을 둔다는 것 자체가 가당치 않은 일입니다. 그것은 범죄와 인연을 끊기로 작심한 전과자가 과거의 범법 행위들에 향수를 느끼는 것과 같습니다.

그리고 오광열 씨는 수면 시간을 줄여 보려고 한 모양입니다. 수면 시간은 어느 날 갑자기 줄여 보려고 한다고 해서 마음대로 줄여지는 것이 아닙니다. 수면 시간을 줄이려면 준비 작업이 필요합니다. 내 경험에 의하면 화식보다는 생식을 하는 것이 수면 시간 단축에는 확실히 효과가 있습니다.

생식은 우선 화식보다 식량이 6분의 1밖에 안 되니까 식후에도 식곤증 같은 것은 일어나지 않습니다. 식충이는 잠만 잔다는 말이 있습니다. 포식을 하면 소화기관이 일제히 가동을 해야 합니다. 따라서 온몸의 피가 음식을 소화 흡수하는 작업에 동원되어야 하니까 뇌에 공급되는 혈류량도 줄어들어 빈혈 상태가 되므로 자연 잠을 많이 자게 됩니다.

그러므로 시험공부하는 사람이 생식을 하면 소화 흡수에 필요한 에너지가 뇌 쪽으로 흘러들어 집중력이 강화되어 공부가 잘됩니다. 거기다가 단전호흡을 일상생활화 하면 기운이 맑아지고 운기가 활발해지므로 집중력 역시 강해집니다.

그리고 시험공부하는 사람들은 시간이 없다면서 걷기나 달리기나 등산 같은 유산소 운동을 하지 않는 경향이 있는데 이것은 큰 잘못입니다. 공부는 반드시 오랜 시간을 책상에 붙어 앉아 있어야만 되는 것은 아닙니다. 비록 짧은 시간이라도 잡념 없이 얼마나 집중할 수 있느냐에 공부의 질은 좌우됩니다.

적당한 운동을 해 주어야 뇌에 항상 신선한 피가 공급되어 학습 능률이 향상된다는 것을 잊지 마시기 바랍니다. 그리고 기공부를 잠시도 쉬지 말아야 수승화강(水昇火降)이 정착되어 늘 하체는 덥고 머리는 시원해져서 두통을 모르게 되고 공부하기에 가장 적합한 상태가 된다는 것을 유의하시기 바랍니다.

〈67권〉

다음은 단기 4335(2002)년 6월 13일부터 같은 해 8월 3일 사이에 필자와 수련생들 간에 있었던 수행과 인생에 대한 대화를 필두로 하여 필자의 선도수련 체험과 함께 『선도체험기』 독자들과 필자 사이에 오고 간 이메일 문답 내용을 수록한 것이다.

신관(神觀)과 순교(殉教)

정지현 씨가 물었다.

"선생님께서는 만성적인 중동 사태의 원인이 어디에 있다고 보십니까?"

"내가 보기에 중동 사태의 원인은 여호와 신과 알라신의 싸움이라고 봅니다."

"왜 그렇게 생각하십니까?"

"이스라엘인들은 여호와 하나님을 절대적인 신앙의 대상으로 삼고 아랍인들은 알라신을 최고의 신으로 신봉하고 있고 각기 상대의 신앙을 배타적으로 용납하지 않습니다. 이러한 상태가 지속되는 한 이들 두 민족 사이에는 한시도 평화가 깃들 날이 있을 수 없을 것입니다.

유대교인과 기독교인들이 여호와 신을 그리고 아랍인들이 알라신을 절대적인 신앙의 대상으로 여기고 이 점에서 서로 추호의 양보도 하지 않는 한 충돌은 언제까지든지 지속될 것이며 유혈 사태는 중단되지 않을 것입니다."

"결국은 종교 전쟁이 끝나지 않는 한 중동의 유혈 사태는 종식되지 않겠군요,"

"그렇습니다."

"이런 경우 무슨 근본적인 해결책은 없겠습니까?"

"그들이 각기 여호와 신과 알라신을 영원히 변할 수 없는 절대적인 신앙의 대상으로 믿는 한 해결책은 찾을 수 없습니다. 그들은 큰 착각을 하고 있습니다."

"무슨 착각 말씀입니까?"

"시간과 공간이 지배하는 유위계(有爲界) 안에서는 영원불변하는 것은 아무것도 없다는 것을 그들은 모르고 있습니다."

"그럼 여호와 신도 알라신도 영원히 변하지 않는 절대적인 존재가 아니라는 말씀이신가요?"

"그렇고말고요. 현상계에 나타난 일체의 현상들 쳐놓고 허망하지 않은 것은 없다는 것을 그들은 모르고 있습니다. 그러한 의미에서 '범소유상(凡所有相) 개시허망(皆是虛妄)'이라는 『금강경』의 구절이 맞습니다."

"그렇다면 여호와 신도 알라신도 다 허망한 것이라는 말씀이신가요?"

"그렇고말고요. 여호와도 알라도 알고 보면 하나의 상(相)에 지나지 않습니다. 현상계의 모든 상은 성주괴공(成住壞空), 생로병사(生老病死)의 과정을 피할 수 없습니다. 한 번 이룩된 상(相)은 반드시 시들거나 파괴되거나 병들어 죽게 되어 있습니다. 이 현상계 안에서 변하지 않는 것은 아무것도 없습니다."

"선생님께서는 우리 눈에 보이는 삼라만상 외에도 우리 눈에 보이지 않는 신앙의 대상인 신(神)이나 우상 같은 것도 생로병사의 과정을 겪는다는 말씀인가요?"

"그렇고말고요. 일체의 상(相)은 색(色)입니다. 우리는 색에도 공(空)에도 빠지지 말아야 합니다. 그뿐만 아니라 생(生)에도 사(死)에도, 유(有)에도 무(無)에도, 개인에도 전체에도 빠지지 말고 양쪽을 극복하고 다 같이 초월해야 합니다. 그것이 생사를 벗어나는 지혜입니다. 이것이 바로 이고득락(離苦得樂)의 길입니다."

"그러나 사람은 역시 아무리 구경각을 얻은 사람이라고 해도 때가 되면 죽게 되어 있지 않습니까?"

"그야 물론이죠. 그러나 죽는 것은 육체이지 마음은 아니지 않습니까? 그래서 육체를 상(相)이라고 합니다. 모든 상은 허망하다는 것을 마음으로 깨달아야 합니다. 이 우주 안에 고정불변(固定不變)하는 것은 아무것도 없다는 것을 깨달아야 합니다. 그래야 진리를 발견하고 진정한 마음의 평화를 찾을 수 있습니다.

그런데도 불구하고 유대교인이나 기독교인은 여호와 신을 그리고 회교도는 알라신을 영원불변하는 절대적인 신으로 알고 배타적으로 신앙하고 있습니다. 이것이야말로 무서운 집착입니다. 이 집착에서 벗어나지 못하는 한 중동 사태와 같은 종교 전쟁은 종식되는 일이 결코 없을 것입니다.

그들은 우리 눈에 보이는 것과 보이지 않는 일체의 형상들이 사실은 몽환포영로전(夢幻泡影露電)에 지나지 않는다는 진리를 모르고 있습니다. 그리고 우리가 신을 위시한 어떠한 것에든지 집착하는 한 그것이 진리를 보는 지혜의 눈을 가린다는 것을 그들은 모르고 있습니다. 그리고 여호와니 알라니 하고 그들이 진리라고 착각하고 있는 대상을 자기 이외의 바깥에서 구하려고 하는 한 중동의 유혈 사태는 결코 끝나지 않을 것입니다."

"그럼 진리는 어디에서 찾아야 합니까?"

"자기 안에서 찾아야지 외부에서 찾으려 하면 아무래도 여호와나 알라와 같은 독단에 빠지게 됩니다."

"외부에서가 아니라 자기 안에서 진리를 찾으려면 어떻게 해야 합니까?"

"온갖 이기심과 집착에서 벗어나 일체의 현상을 몽환포영로전(夢幻泡影露電)으로 볼 때 자기 내부에서 진여자성(眞如自性)을 접하게 될 것입니다. 이처럼 자기 자신의 내부에서 진리를 발견하는 사람은 외부의 신에게 현혹당하거나 집착하는 일이 없습니다."

"서양이나 중동에서와는 달리 동양에서는 아직 종교 문제로 전쟁이 일어났거나 대규모 유혈 사태를 빚은 일은 없는데 그 원인은 어디에 있다고 보십니까?"

"동양에서는 전통적으로 신(神)을 하나의 기복 신앙의 대상으로 섬기기는 할망정 인간의 생사와 길흉화복을 관장하는 조물주로 신앙하는 일은 거의 없었습니다."

"그러나 한국의 기독교인의 신관(神觀)은 서양인의 신관과 거의 같지 않습니까? 그 때문에 기독교가 이 땅에 뿌리내리는 과정에서 많은 신도들이 순교를 당하지 않았습니까?"

"그건 사실이지만 그러한 기독교의 신관이 종교 전쟁을 일으켜 서구에서처럼 유혈 사태를 빚을 정도로는 아직 보편화되지는 않았습니다."

“선생님께서는 기독교도의 순교(殉教)에 대해서는 어떻게 생각하십니까?”

“한 사람의 구도자의 입장에서 보면 순교는 신에 대한 과도한 집착이 빚어낸 비극이라고 말할 수 있습니다.”

“그걸 왜 비극이라고 보십니까?”

“남을 살리기 위한 살신성인(殺身成仁)이 아니라 자기가 믿는 신을 위해 자기 목숨을 버리기 때문에 하는 말입니다. 이것이 극단적으로 발전하면 자살 테러가 될 수도 있습니다. 이것은 일종의 광신(狂信)이 빚어낸 비극입니다.”

“선생님께서는 신(神)을 어떻게 보십니까?”

“신이란 시공(時空)의 지배를 받는 유위계(有爲界) 속의 하나의 관념 또는 현상으로서, 일정한 사명을 다하면 궁극적으로 성주괴공(成住壞空), 생로병사(生老病死)의 과정을 거치지 않을 수 없는 물거품과 같은 허망한 존재에 지나지 않습니다.

그러므로 자기가 믿는 신을 위해 죽는 행위는 일종의 망상이요 자살이라고 볼 수밖에 없습니다. 일종의 상(相)에 대한 과도한 집착입니다. 상(相)은 우리가 어디까지나 벗어나야 할 대상이지 집착이나 맹신(盲信)의 대상이 되어서는 안 됩니다.”

“구도자는 신을 어떻게 대해야 하겠습니까?”

“구도자는 신을 꿈, 환영, 물방울, 그림자, 이슬, 번개 즉 몽환포영로전(夢幻泡影露電)의 하나로 봅니다. 그러므로 신에게서 벗어나야지 신을 믿게 되면 그것이 집착이 되어 허상에 빠지게 됩니다. 이 허상이 자기 내부의 자성을 보는 것을 방해하게 될 것입니다.”

깨달음의 핵심

"구도자의 궁극적인 목표는 무엇입니까?"

"자기 안에서 자성을 찾아내어 성통공완(性通功完), 견성 해탈(見性解脫)하는 겁니다."

"견성 해탈이란 무엇입니까?"

"삶의 이치를 깨달아 생로병사에서 벗어나는 지혜를 얻는 것입니다."

"깨닫는다고 해도 이 세상에 몸을 받은 인생은 생로병사를 거쳐 이 땅에서 사라지게 되어 있지 않습니까?"

"그거야 당연한 일이 아닙니까?"

"그렇다면 견성한 사람과 그렇지 못한 사람 사이에는 무슨 차이가 있습니까?"

"죽음을 밥 먹고 일하고 잠자고 차 마시는 것과 같은 일상사로 받아들이느냐 아니면 두려움과 괴로움의 대상으로 받아들이느냐의 차이입니다."

"죽음을 밥 먹고 차 마시는 것과 같은 일상사로 받아들인다는 것은 무엇을 말합니까?"

"죽음을 시작도 끝도 없는 한 존재의 진화의 한 과정으로 본다는 것을 의미합니다."

"그 대신 대부분의 무명중생들처럼 죽음을 극도의 두려움과 고통으로 받아들이는 것이 실상이 아닙니까?"

"그렇습니다. 그것은 실제로는 없는 죽음을 있는 것으로 착각하고 있기 때문에 벌어지는 현상입니다. 사람들은 육체의 죽음이 생명 현상의 종말이라고 생각하고 있습니다. 그러나 사실은 육체의 죽음은 열매가 씨앗으로 변하는 것과 같은, 삶의 양상의 변화이지 생명의 종말이 아닙니다. 그러나 대부분의 사람들은 죽음은 생명의 완전한 소멸이라고 착각하고 있습니다.

깨달음이란 이 착각에서 깨어나는 것을 말합니다. 깨닫는다는 것은 생사, 선악, 미추, 증감, 고저, 장단, 음양과 같은 일체의 상대성이 사라진 실상계(實相界)를 자기 안에서 발견하고 운용하는 지혜를 획득하는 것을 말합니다.

다시 말해서 하나와 허공 속에서 만물을 찾아낼 줄 아는 것을 말합니다. 그리고 만물 속에서 허공과 하나를 찾아낼 줄 아는 지혜를 획득하는 것을 말합니다. 이것이 바로 깨달음을 얻는다든가 견성 해탈을 한다든가 성통공완을 한다든가 도를 얻는 것을 말합니다.

이것을 불교에서는 아뇩다라삼먁삼보리라고 하는데 '더 없이 높고 바른 깨달음'이라는 뜻입니다. 무상정등정각(無上正等正覺)라고도 한역(漢譯)합니다. 이것을 우리는 간단히 구경각(究竟覺) 또는 대각(大覺)이라고도 씁니다."

"그럼 깨달음의 핵심은 무엇입니까?"

"이기심에서 완전히 떠나면 그 자리가 바로 깨달음의 자리입니다. 『금강경』이 말한 대로 범소유상(凡所有相)은 개시허망(皆是虛妄)이요. 약견제상비상(若見諸相非相)이면 즉견여래(卽見如來)입니다. 일체의 상(相) 즉 삼라만상은 모두가 허망한 것입니다. 그 모든 상 속에서 상 아님을 본다면 그 즉시 진리를 볼 수 있을 것입니다. 이러한 과정을 거치지 않은 어떠한 깨달음도 제대로 된 깨달음이라고는 말할 수 없습니다."

"그렇다면 깨달음이란 도대체 무엇입니까?"

"모든 생명 현상의 흐름을 파악하는 지혜입니다. 이 지혜를 얻은 사람은 생로병사에서 영원히 벗어날 수 있습니다."

"그건 왜 그렇습니까?"

"생명에 대한 무지와 착각에서 완전히 벗어나 있기 때문입니다."

"소위 우주심(宇宙心) 또는 우주의식(宇宙意識)인 하나님 또는 본존불(本尊佛)은 무엇을 말합니까?"

"우주심, 우주의식, 하나님, 본존불을 하나로 묶어서 말하기 좋게 하나님이라고 합시다. 우리가 감지하고 인식할 수 있는, 눈에 보이는 또는 보이지 않는 일체의 자연과 삼라만상이 바로 하나님입니다."

"그럼 사람도 그중에 듭니까?"

"물론이죠."

"산천초목도 바위도 돌도 물도 공기도 허공도 인공적 구조물도 다 하나님이란 말씀입니까?"

"그렇고말고요."

"그럼 이 우주 안에 하나님 아닌 것은 무엇입니까?"

"그런 것은 없습니다."

"그럼 있다가 없어지는 것은 무엇을 말합니까?"

"우주 자연 현상의 순환과 변화 과정입니다. 이것을 일컬어 흥망성쇠(興亡盛衰), 성주괴공(成住壞空), 생로병사(生老病死)라고 합니다. 모든 존재는 이 변화 과정 속의 하나의 존재 양상에 지나지 않습니다."

"그러니까 변화의 과정만 있지 생멸(生滅) 같은 것은 없다는 말씀인가요?"

"그렇습니다. 생멸이 없음을 마음으로 깨달은 사람은 생멸 즉 생사에서 벗어날 수 있습니다. 다시 말해서 생사가 있다고 생각하는 사람은 생로병사의 윤회의 고통에서 언제까지나 벗어날 수 없을 것이고 생사가 없음을 깨달은 사람은 생로병사의 윤회의 고통에서 영원히 벗어날 수 있습니다."

"그럼 육체는 무엇입니까?"

"육체는 마음의 산물입니다."

"마음이 육체를 불렀다는 말씀인가요?"

"그렇습니다. 그러니까 육체에서 마음이 떠나면 육체의 생명 현상은 중단되는데 이것을 우리는 죽음이라고 합니다. 그러나 사실 알고 보면 육체의 죽음은 생명의 존재 양상의 변화일 뿐이지 마음이 그대로 살아 있는 한 진정한 의미의 죽음 같은 것은 있을 수 없습니다. 왜냐하면 마음은 죽고 사는 그러한 것이 아니기 때문입니다. 이것을 깨달은 사람에게는 생사가 있을 수 없습니다."

정체된 수련의 돌파구

우창석 씨가 말했다.

"선생님, 수련이 정체 상태에 빠져서 더이상 진전이 없을 때는 어떻게 하면 좋겠습니까?"

"그럴 때는 무엇보다도 먼저 수련이 정체된 원인을 알아내야 합니다."

"중이 제 머리 못 깎는다는 말이 있지 않습니까? 아무리 그 원인을 찾아보아도 찾아낼 수가 없을 때는 어떻게 해야 합니까?"

"그것은 아직도 관(觀)이 잡히지 않고 있기 때문입니다."

"관이 잡히지 않고 있다는 것은 무슨 뜻입니까?"

"자기 자신을 객관적으로 냉정하게 살펴보는 능력이 없다는 뜻입니다."

"어떻게 하면 자기 자신을 객관적으로 냉정하게 살펴볼 수 있겠습니까?"

"우선 이기심을 버리고 자기 자신을 무대 위에 세워 놓고 냉정하고 객관적으로 관찰하면 그 원인이 드러날 것입니다. 지금 그렇게 해 보십시오."

반가부좌를 하고 명상에 들어간 그는 잠시 후에 입을 열었다.

"선생님, 제 경우는 수련이 정체되어 있는 이유가 아무래도 게으름 탓인 것 같습니다."

"그렇다면 게으름을 이길 수 있는 방법을 강구하면 됩니다."

"게으름을 극복하는 데는 어떤 방법이 가장 효과적입니까?"

"우창석 씨는 지금 운기는 잘되고 있습니까?"

"네 운기는 되고 있는데 3년 전이나 2년 전이나 1년 전이나 뚜렷한 변화가 없습니다."

"지금 신장이 얼마입니까?"

"170입니다."

"체중은 얼맙니까?"

"70입니다."

"그럼 체중을 우선 두 단계로 나누어 제1단계에서 5킬로그램을 빼고 나서 제2단계에서 다시 5킬로그램을 빼도록 해 보세요. 그렇게 하여 도합 10킬로그램을 빼고 나면 체중이 60이 됩니다. 그렇게 되면 운기가 지금보다 훨씬 더 강화될 것입니다."

"어떻게 하면 체중을 10킬로그램이나 줄일 수 있을지 그것이 저에게는 숙제입니다."

"의지력만 있으면 지금이라도 당장 실천할 수 있습니다."

"어떻게 하면 되겠습니까?"

"감내할 수 있을 정도로 식사량을 줄이고 운동량을 늘리면 됩니다. 달리기를 지금 매일 한 시간씩 하고 있다면 반시간을 더 늘리고 산행 시에도 워킹보다는 위험하지 않은 범위 안에서 바위 타기를 해야 합니다.

"달리기와 바위 타기가 수련에 과연 보탬이 될까요?"

"되고말고요. 달리기와 바위 타기는 단전을 강화시켜 주고 단전호흡으로 축기된 기운을 온몸의 뼈와 근육 속에 골고루 정착시켜 줍니다. 따라서 운기량이 획기적으로 늘어나면서 운기(運氣)가 활발해집니다. 몸이 가벼워지고 기공부가 크게 향상되어 기운이 맑아지면서 명상을 해도 새로운 깨달음이 샘물처럼 용솟음칠 것입니다. 따라서 수련에 새로운 활력을 찾게 될 것입니다."

"그렇게 되려면 아무래도 많은 시간이 걸리겠지요?"

"강화된 달리기와 바위 타기가 정착되려면 적어도 6개월 정도는 잡아야 할 것입니다."

"그보다 더 빠르게 승부를 볼 수 있는 방법은 없을까요?"

"왜 없겠습니까? 있습니다."

"그게 무엇입니까?"

"단식(斷食)입니다."

"단식이라뇨? 식사를 아예 끊는 것 말씀입니까?"

"그렇습니다."

"며칠이나 단식을 해야 효과를 볼 수 있겠습니까?"

"적어도 21일에서 40일 정도는 해야 됩니다."

"단식을 하는 동안 수련자에게는 어떤 효과가 있는지 자세히 말씀해 주실 수 있겠습니까?"

"우선 숙변이 평균 사흘에 한 번씩 배출됨으로써 심신이 점점 더 정화(淨化)됩니다. 생식을 하는 경우 사람에 따라 숙변이 5일 10일 또는 15일에 한 번씩 나오는 경우도 가끔 있습니다. 거울에 잔뜩 끼어 있던 찌든 때를 닦아 내면 어떻게 되겠습니까? 때가 끼었을 때는 제대로 반영하지 못했던 사물을 온전히 반영하게 될 것입니다.

그와 마찬가지로 숙변 배출로 몸이 정화되면 그에 따라 마음도 정화되지 않을 수 없습니다. 심신이 다 같이 깨끗해지므로 그전까지는 희미하게 보이던 사물들이 보다 확실하고 명확하게 보이게 됩니다. 그뿐이 아닙니다.

기계에 녹과 찌든 때가 잔뜩 끼어 있으면 그 기계 본래의 성능을 발휘할 수 없다가도 완전분해 소제를 한 뒤에는 제 성능을 발휘하듯 사람도 단식 중이나 그 후에는 전에 없던 생명력과 활력을 찾게 됩니다. 바로 이때에 구도자는 새로운 깨달음도 얻게 되고 전에 없던 영능력(靈能力)도 구사할 수 있게 됩니다. 많은 구도자들이 단식을 통하여 견성(見性)을 하게 되는 것은 이 때문입니다."

"그렇다면 구도자라면 누구나 수련이 정체에 빠졌을 때 한번 시도해 볼 만하겠는데요."

"그렇습니다. 그러나 비구(比丘), 수도사, 신부처럼 독신생활을 하는 것이 아니고 보통 사람들과 똑같이 가정을 이루고 일상생활을 하는 구도자들은 가족이나 주위 사람들의 협조 없이는 거의 불가능한 것이 바로 단식입니다. 비록 가족들의 동의를 얻었다고 해도 단식을 막상 실천하려면 단단한 각오와 세심한 사전 준비가 필요합니다."

"구체적으로 어떤 준비가 필요합니까?"

"우선 『선도체험기』 7권 중에 단식에 관한 항목을 다시 읽어 보시기 바랍니다. 그중에는 단식에 필요한 요령과 주의 사항들과 관련 서적들도 소개되어 있습니다. 이 책들에는 건강과 질병 치료를 목적으로 하는 단식에 관한 내용이 쓰여 있습니다. 수행이나 구도를 위한 단식에 대한 책은 시중에서 구하기 어렵습니다. 그런데 최근에 그러한 책을 한 권 입수했습니다."

"어떤 책이죠?"

"도서출판 모색(전화 02-765-7438)에서 간행한 『박석 교수의 명상체험여행』입니다. 단식하기 전에 읽어 보면 많은 참고가 될 수 있을 것입니다. 이러한 준비 이외에도 단식을 막상 시작하려면 시기를 잘 택해야 합니다."

"언제 시작하는 것이 좋겠습니까?"

"혹서기(酷暑期)와 혹한기(酷寒期)는 피하는 것이 좋습니다."

"그럼 언제가 가장 적합할까요?"

"봄가을이 좋은데 이왕이면 만물이 움트고 생성하는 봄철이 좋습니다."

손기(損氣)에 대하여

우창석 씨가 말했다.

"선생님, 저는 소주천이 되면서 운기가 그전보다 활발해지자 사람들이 많이 모이는 회의장엘 가거나 전철이나 버스 같은 것을 타면 전에 없이 손기 증상이 옵니다. 이럴 때는 어떻게 하는 것이 좋겠습니까?"

"기 수련하는 사람이 흔히 겪는 과정입니다. 그러나 그것도 습관이 되면 내성(耐性)이 생깁니다."

"그럴까요? 그런데 저는 그런 일을 자주 겪게 되니까 사람이 많이 모인 곳에는 가기가 싫어집니다."

"그래서 도 닦는 사람들은 옛날부터 사람들이 많이 모이는 곳을 피하는 경향이 있습니다. 기(氣)라는 것은 물과 같아서 높고 강하고 많은 데서 낮고 약하고 적은 데로 흐르는 경향이 있기 때문입니다. 토굴 속에서 수련하는 구도자들은 사람이 찾아오는 것조차 극도로 기피하기도 합니다. 우창석 씨는 손기가 온다고 했는데, 구체적으로 어떤 증상이 나타납니까?"

"심할 때는 방사를 연속 세 번쯤 하고 기진맥진했을 때와 같이 식은 땀이 나면서 손발이 떨려올 때도 있습니다. 어떤 때는 길을 걸어가다가 맥없이 픽 쓰러지는 경우도 있습니다."

"그러니까 기공부하는 사람은 사람 많이 모이는 곳에는 불가피한 경우 외에는 가지 않습니다. 근년 들어 우리나라에서 도입된 수련 단체인 수마 통하이 센터에서 나오는 잡지를 읽어 보니까 수마 통하이도 가끔 그렇게 졸도를 하여 병원 구급실에 실려가 수액 주사를 맞으면서 사경을 헤매다가 살아나는 얘기가 자주 나옵니다.

한 제자가 수마 통하이에게 '왜 그런 일이 그렇게 자주 일어나느냐?' 고 물었더니 '제자의 업장을 내가 대신 짊어져야 했기 때문'이라고 대답했습니다. 그러나 내가 보기에는 제자의 빙의령이 들어와 갑자기 손기를 당해서 일어난 현상이라고 봅니다."

"수마 통하이는 단전호흡을 배격하는 사람이 아닙니까?"

"단전호흡을 배격하든 말든 그것과는 상관없이 스승이 제자의 업장을 대신 맡느라고 엄청난 손기를 당한 것이 틀림없습니다. 빙의 현상도 업장 때문에 일어나니까요. 수마 통하이가 당하는 손기 현상은 나도 가끔 당하니까 나도 그 사정을 알 수 있어서 하는 얘기입니다."

"아니 그럼 선생님도 제자 때문에 손기를 당하여 졸도하시는 경우가 있습니까?"

"그런 경우가 최근에 꼭 한 번 있었습니다. 그러나 약간 고전은 하지만 병원에 실려 가는 일은 없이 금방 회복이 되었습니다. 나는 평소에 걷기, 달리기, 도인체조, 단전호흡, 암벽 타기를 생활화하고 있으므로 비교적 체력이 강인한 편이어서 쓰러져서 병원에 실려 가는 일은 아직 없었습니다.

그러나 수마 통하이는 연약한 여자인데다가 평소에 단전호흡도 스트레칭도 워킹도 달리기도 등산도 그밖에 어떠한 운동도 하지 않습니다. 그래서 몸이 약질인 편이므로 제자들의 업을 대신 해소해야 할 경우 엄청난 손기를 일으켜 졸도를 하고 병원 응급실에 실려 가는 일이

빈번한 것 같습니다."

"그럼 어떤 경우에 그렇게 심한 손기 현상이 일어납니까?"

"몸 가까이 있는 제자가 심하게 빙의가 되었거나 접신이 되었을 때 그 빙의령과 접신령을 대신 천도시킬 때 손기가 오게 됩니다. 이것을 수마 통하이는 제자의 업장 때문이라고 표현한 것 같습니다. 이것은 제자의 빙의령과 접신령을 스승이 대신 맡아서 천도시키는 경우니까 어떻게 보면 스승이 제자의 업장 때문에 당하는 고통이라고 말할 수도 있습니다.

이러한 경우 이외에 나는 제자들과 등산을 할 때 갑자기 심한 손기로 졸도한 경우가 얼마 전에 꼭 한 번 있었습니다."

"그런 일이 있었습니까? 어떻게 된 겁니까?"

"제자가 직업상 만성적인 손기 상태에 있을 경우입니다."

"직업상 만성적인 손기 상태라뇨?"

"산행을 같이 하겠다는 문하생 중에 33세의 젊은 개업 한의사가 한 사람이 있었습니다. 키가 172센티에 체중이 57킬로그램밖에 안 나가는, 몸이 후리후리해 암벽 타기에 적합한 체격이었습니다.

그와 처음으로 등산을 하는 날이었습니다. 그는 암벽 타기가 처음이라 내 뒤에 따라오게 하고 난코스가 나타날 때마다 일일이 홀드(손잡이)와 스탠드(발디딤) 이용 요령을 가르쳐 주었습니다. 바위는 초보지만 젊고 건강하고 몸이 가늘었으므로 잘 따라 주었습니다. 그날은 어쩐지 평소보다 기운이 더 빠져나가는 것 같기는 했지만 그때그때의 컨디션에 따라 있을 수 있는 일이었으므로 개의치 않고 그대로 산행을 계속했습니다.

그런데 반환점에 도달하기 전 3분의 2쯤 통과할 무렵 약간 비탈진 평지에서 나는 갑자기 다리에 힘이 빠지면서 머리를 땅에 대고 몸을 한 바퀴 공중회전하는 일이 벌어졌습니다. 순식간에 일어난 일이어서 미쳐 걷잡을 수 없었습니다. 뒤에 따라오던 여자 동행이 놀라서 '선생님!' 하고 비명을 질렀습니다.

다행히도 나는 아무런 상처도 없이 그대로 일어나면서 '괜찮아' 하고 머리에 묻은 흙을 툭툭 털어 내고는 그대로 아무 일도 없었다는 듯이 가던 길을 재촉했습니다. 그리고 평소와 같이 암벽은 다 탔습니다. 그러나 나는 내심 놀라지 않을 수 없었습니다.

그때부터 나는 나 자신을 관(觀)하기 시작했습니다. 도대체 왜 이런 일이 일어났을까? 관이 잡히면서 나는 내 몸이 나 자신도 모르게 심한 손기(損氣) 상태에 있다는 것을 알았습니다. 갑자기 복병을 만난 느낌이었습니다.

내가 이렇게 갑자기 손기를 일으킨 이유가 도대체 무엇일까? 동행은 8명이었습니다. 전에는 7명이었는데 오늘 한의사가 한 사람 늘었을 뿐이었습니다. 그에게 문제가 있는 것일까? 그러고 보니 한의사 쪽으로 기운이 강하게 빨려 들어가는 것을 감지할 수 있었습니다. 드디어 반환점을 지나 휴식을 취하면서 나는 오영상이라는 그 젊은 한의사에게 물었습니다.

'오영상 씨 한의원 개업하고 계시다고 그러셨죠?'

'네.'

'하루에 평균 몇 사람의 환자를 진찰하십니까?'

'40명쯤 합니다.'

'그렇게 많습니까?'

'뭐 보통입니다.'

이렇게 말하길래 나는 기존 동행 중에 한의원에서 근무하는 회원을 보고 '40명이면 많지 않습니까?' 하고 묻자, '40명이면 상당히 많은 편입니다' 하고 대답했습니다.

'그럼 그중에서 침놓아 주는 환자는 몇 사람이나 됩니까?'

하고 나는 오영상 한의사에게 물었습니다.

'40명쯤 됩니다.'

시침(施鍼)과 기공부

'그럼 환자 전원에게 다 시침(施鍼)을 하십니까?'

'네, 환자들이 그걸 원하니까요. 직업상 어쩔 수 없습니다.'

'오영상 씨는 생식하면서 우리집에 와서 일주일에 한 번씩 수련한 지 얼마나 되었습니까?'

'작년 4월부터니까 14개월 되었습니다.'

'그동안 무슨 변화가 없었습니까?'

'뚜렷한 변화는 아직 없었습니다.'

'기운은 느끼십니까?'

'단전이 미지근할 정도로 느끼고 있습니다.'

그러나 내가 보기에는 그는 아직 기문(氣門)이 열리지는 않았습니다. 만약에 기문이 열려 있었다면 14개월 동안에 아무런 변화가 일어나지 않을 수는 없었을 것입니다.

'수련한 지는 얼마나 되었습니까?'

'16년 되었습니다.'

'꽤 오래 되었군요. 도장에 다녀 본 일은 있습니까?'

'대구에서 배국근 씨가 운영하는 도장에 1년 반쯤 다닌 일이 있습니다.'

'배국근 씨는 나도 아는 사람인데.'

'저도 그 사실을 알고 있습니다.'

'어떻게요?'

'『선도체험기』에서 읽었습니다.'

'10년도 더 된 옛날 얘긴데. 그럼 『선도체험기』는 언제부터 읽었습니까?'

'고2 때부터였습니다.'

'그럼 수련 초기에 비해서 지금은 어떤 변화가 있습니까?'

'별로 변화를 느끼지 못하고 있습니다.'

이것으로 보아 그는 역시 아직 축기(築氣)가 제대로 안 되어 기문도 열리지 않았다는 것을 알 수 있었습니다.

'한의사 생활을 한 지는 몇 해나 되었습니까?'

'7년 되었습니다.'

'오영상 씨는 지금 자기도 모르는 사이에 만성적인 손기 상태에 빠져 있습니다.'

'저는 전연 그런 거 모르겠는데요. 그리고 저는 언제나 건강합니다.'

'아직은 젊으니까 기본 체력이 그대로 살아 있어서 감지하지 못할 뿐입니다. 작년에 우리 집에 50대 중반쯤 된 안동익이라는 한의사 한 분이 생식을 하면서 수련을 한 일이 있었습니다. 내가 보기에는 남 못지않게 열심히 수련을 하는데도 영 진전이 없었습니다. 관찰 끝에 결국은 그 원인이 밝혀졌습니다. 하루에 평균 10명 정도씩 시침(施鍼)을 하

는 것이 그 원인이었습니다.'

'환자에게 침놓으면 손기가 옵니까?'

'내 관찰에 의하면 기공부를 하지 않는 한의사는 손기가 되더라도 만성이 되어 그럭저럭 꾸려 나갑니다. 그런데 기공부하는 한의사는 적어도 소주천 정도 수준에 오른 경우 시침(施鍼)으로 손기가 될 때마다 제때제때에 보충이 됩니다.'

'그건 왜 그렇습니까?'

'소주천이 완전히 정착되면 시침을 많이 하여 일시적으로 손기가 되더라도 몇 시간 또는 늦어도 24시간 안에 손기(損氣)가 회복이 됩니다. 이러한 현상을 보고 나는 자가충전(自家充電)이 가능한 상태로 기공부가 진전되었다고 말합니다.'

'그럼 그 안동의 한의사는 그 후 어떻게 되었습니까?'

동업자여서 그런지 오영상 씨가 관심을 갖고 물었습니다.

'나는 그 안동의 한의사를 보고 우리집에 다니면서 계속 수련을 하려면 이제부터 기공부가 착실히 진행되어 단전에 축기(築氣)가 되고 기방(氣房)이 형성되어 자가충전(自家充電)이 될 수 있을 때까지 환자들에게 일체 침을 놓지 말라고 했습니다.

그러자 그는 내 말을 곧이곧대로 충실히 따라 주었습니다. 그러자 벌써 한 달 안에 축기가 완성되고 기방이 형성되면서 심한 진동이 오기 시작했습니다. 석 달 동안 일체 침놓지 않고 용맹정진(勇猛精進)한 결과 드디어 자가충전이 가능해졌습니다.

그래도 안심이 안 되어 3개월을 더 시침을 하지 못하게 한 결과 수승화강(水昇火降)이 저절로 이루어졌습니다. 이만하면 됐다 싶었을 때

하루에 한두 사람씩만, 시침을 하게 했습니다. 그러는 동안에 그는 기감(氣感)도 획기적으로 발달하여 그 스스로도 손기가 되는지 안 되는지 파악할 수 있을 정도가 되었습니다.

갑자기 환자가 밀려들어 직업상 어쩔 수 없이 시침을 많이 해야 할 경우에도 자신의 손기 상태를 스스로 점검해 가면서 조정할 수 있게 되었습니다. 그리하여 손기가 된다 싶으면 그때부터는 기운이 완전히 회복될 때까지 일체 침을 놓지 않았습니다. 그 대신 가능하면 뜸과 부황을 이용했습니다.

자가충전(自家充電)

그러니까 오영상 씨도 기공부를 제대로 하고 싶으면 지금부터 자가충전(自家充電)이 될 때까지 일체 시침을 하지 말아야 합니다. 더구나 암벽 등반과 같은 격렬한 운동을 할 때는 동행들에게도 손기 현상을 일으키니까 극도로 자제하고 조심해야 합니다.'

'잘 알겠습니다. 선생님의 말씀을 깊이 명심하겠습니다.'

하고 오영상 씨가 말했습니다.

이때 오영상 씨의 바로 뒤를 따라오던 여자 대원이 말했습니다.

'선생님, 솔직히 말해서 저도 좀 이상한 것을 느꼈습니다.'

'이상한 것이라뇨?'

'어쩐지 전과는 달리 오영상 씨의 뒤를 따라가다가 보니까 따뜻하던 저의 단전이 싸늘하게 식어 버렸습니다. 기운도 좀 빠지고요. 그런데 이렇게 앉아서 좀 쉬고 있으니까 다시 단전이 달아오르면서 다소 회복이 되는 것 같습니다.'

'그것 보세요. 손기 현상은 나만 느낀 것이 아닙니다. 그러니까 오영상 씨는 우리 팀에 계속 따라다니려면 자가충전이 되어 동행들에게 손기를 일으키지 않을 때까지 일체 시침을 하면 안 됩니다. 물론 직업상 어려운 일이겠지만 어차피 우리와 함께 등산을 하려면 어쩔 수 없는 일입니다.'

'네, 꼭 명심하겠습니다.'

이러한 일이 있은 후 일주일이 되었습니다. 8명의 멤버들이 다시 모여 새벽 등산을 시작했습니다. 지난번에는 불의에 기습을 당한 꼴이 되었지만, 이날은 오영상 씨에게 주의를 기울이지 않을 수 없었습니다.

등산하면서 내내 관찰해 보았습니다. 그런데 놀랍게도 지난번과 똑같은 손기 현상이 왔습니다. 역시 오영상 씨에게로 기운이 계속 빨려 들어 가고 있었습니다. 그러나 이번에는 손기의 원인을 알고 있으니까 조심을 했습니다.

지난번 졸도한 곳에 도착했을 때는 극도로 기운이 빠지는 것을 알았지만 계속 깨어서 경계하고 있었으므로 아무 이상 없이 나아갈 수 있었습니다. 등산 중에 오영상 씨에게 지난번과 똑같은 말을 되풀이할 수는 없었습니다. 그래서 반환점을 지나 휴식처에서 쉬면서 오영상 씨에게 물었습니다.

'오영상 씨 지난주에도 계속 침을 놓았습니까?'

'네, 직업상 환자의 요구를 거절할 수가 없어서 어쩔 수 없이 침을 놓을 수밖에 없었습니다. 미안하게 됐습니다. 선생님께서는 늘 역지사지(易地思之)하라고 가르치셨는데도 그것을 지키지 못해서 죄송합니다.'

'그럼 앞으로 기공부가 자가충전(自家充電) 단계에 도달하기 전에도

계속 우리 팀을 계속 따라올 작정입니까?'

'제일 뒤꽁무니에 붙어서라도 계속 따라다닐 수 있게 해 주셨으면 합니다.'

'그건 너무 이기적인 생각입니다. 아무리 우리 등산 팀 뒤꽁무니에 따라붙는다고 해도 대원들 모두에게 손기 현상을 초래하는 것은 변함이 없습니다. 더구나 우리 등산 팀은 위험한 난코스를 타지 않습니까? 대원들의 안전을 위해서라도 삼갈 일은 삼갈 줄 아셔야지요.

지난번에 내가 말한 안동익 한의사 얘기 듣지 못했습니까? 그분은 3개월 동안 일체 침놓지 않고 용맹정진한 결과 수련이 크게 향상되어 단전에 축기(築氣)가 되고 기방(氣房)이 형성되어 수승화강(水昇火降)이 되고 마침내 자가충전(自家充電)에 성공하였다고 하지 않았습니까? 오영상 씨도 안동익 씨처럼 하면 되지 않겠습니까?

하루에 40명씩 시침(施鍼)을 하면서 지금처럼 기공부를 하면 안 됩니다. 아무리 단전호흡과 달리기와 바위 타기 등산과 도인체조를 열심히 해도 밑 빠진 독에 물 붓기입니다. 지난 16년 동안의 수련이 실패한 원인이 이제 명백히 밝혀지지 않았습니까?

원인을 알았으니까 이제부터는 그 잘못을 고쳐 나가기만 하면 됩니다. 더구나 오영상 씨는 아직 33세의 생기발랄한 젊은이가 아닙니까? 노력만 하면 얼마든지 뻗어나갈 수 있습니다. 거기다 대면 나는 이미 인생의 황혼길에 접어든 사람입니다.

나는 50대에야 뒤늦게 수련을 시작했습니다. 50대와 60대까지만 해도 나는 기운이 쇠한다는 것을 전연 알지 못했습니다. 그러나 아무리 수련을 해도 세월은 멈추게 할 수 없습니다. 70 고개를 넘기면서부터는 조금씩 달라지고 있다는 것을 느끼고 있습니다.

오영상 씨에게 기운으로 더이상 도와주지 못하는 것이 나 역시 아쉽습니다. 앞으로 인연이 있으면 나보다 더 유능하고 젊은 스승을 만날 수도 있을 것입니다. 어쨌든 간에 나 자신과 등산 대원의 안전을 무릅쓰면서까지 오영상 씨를 계속 따라오게 할 수는 없는 일이 아니겠습니까?

그래도 이번 기회에 오영상 씨의 수련상의 문제점이 무엇인가가 밝혀진 것은 참으로 다행한 일입니다. 자가충전(自家充電)할 수 있을 때까지 시침(施鍼)만 하지 않고 수련에 용맹정진(勇猛精進)한다면 좋은 성과가 있을 것입니다.

그때까지 우리와 등산하기 이전처럼 우리집에 다니면서 생식하고 수련하면 될 것입니다. 그리하여 수련이 자가충전 단계에 접어들면 형편 보아 가면서 환자들에게 다시 침을 놓아도 될 것입니다.'

이렇게 잘 알아들을 수 있게 타일러 주었습니다."

"선생님께서 그렇게까지 말씀해 주셨는데도 승복하지 않는다면 좀 이상한 사람이라고 할 수밖에 없겠군요."

"예의를 아는 사람이라 그런 일은 없을 것입니다. 그리고 좋은 대안도 일러 주었습니다."

"대안이라면 무슨 말씀입니까?"

"등산은 꼭 남과 어울려 다녀야만 하는 것은 아니라고 말입니다. 우리가 다니는 코스를 두 번이나 다녀 보았으니까 혼자서도 얼마든지 다닐 수 있을 것이고 어느 산이든지 그 산의 독특한 정기(精氣)가 있으니까 누구든지 혼자서라도 열심히 등산을 하면 단전이 강화되어 기 수련에는 좋은 성과를 올릴 수 있다는 것을 누누이 설명해 주었습니다."

"그런데 선생님, 산에서 그렇게 위험한 일을 당하시고도 선생님께서 아무 일 없었다는 것은 저 같은 『선도체험기』 독자들을 위해서라도 참으로 다행입니다. 선생님께서는 그 전에도 그와 비슷한 일을 당하시고도 무사한 일이 있지 않았습니까?"

"그랬죠."

"그때마다 무사하신 것을 보면 아무래도 선생님은 할일이 남아 있는 게 아닌가 하는 생각이 듭니다. 인명재천(人命在天)이란 말이 정말 실감이 나는 것 같습니다. 그건 그렇고, 침을 놓으면 그렇게 기운이 정말 많이 빠져나가는 모양이죠?"

"그건 사실입니다. 그래서 나는 우연한 기회에 침술을 배웠지만 요즘은 가족에게도 일체 침을 놓지 않습니다. 피시술자의 혈에 침을 꽂는 순간 시술자에게서 엄청난 기운이 빨려들어 가게 되어 있습니다. 그리고 침 맞는 환자들은 침발이 잘 듣는 한의사에게 많이 몰리게 되어 있습니다."

"어떤 경우에 침발이 잘 듣습니까?"

"침놓은 사람의 기가 강하고 혈(穴)을 제대로 짚으면 침발이 잘 듣게 되어 있습니다."

"침 이외에 손기가 많이 되는 것은 무엇이 있습니까?"

"담배, 과음, 마약, 지나친 섹스, 도박도 시침(施鍼) 못지않은 손기를 가져옵니다. 기공부를 하는 사람이 어쩌다가 담배를 피우거나 술에 취하면 강한 기운이 들어오는 것을 느낄 수 있을 것입니다. 이것은 흡연과 과음으로 그만큼 손기가 되었으므로 그것을 보충하기 위해서입니다. 이 정도에서 한발 더 나아가면 아예 기운이 들어오지도 않습니다."

"그건 왜 그렇습니까?"

"축기가 바닥이 났기 때문입니다. 인사불성이 될 정도로 만취 상태에 빠지면 몇 년 동안 축기한 기운이 한순간에 완전히 날아가 버리는 수도 있습니다. 더구나 불륜의 성행위와 도박은 엄청난 손기를 가져옵니다. 따라서 기공부하는 구도자는 수련도 수련이지만 건강을 유지하기 위해서라도 손기를 막는 데 최선을 다해야 합니다."

치우천황(蚩尤天皇) 소개 기사

정지현 씨가 말했다.

"선생님 혹시 조선일보 6월 28일자 8면에 실린 붉은 악마의 상징 치우천황에 대한 기사 읽어 보셨습니까?"

"그냥 스쳐보기만 한 것 같은데요. 뭐 특이한 거라도 있습니까?"

"이번 한일 월드컵 때 붉은 악마들이 자기네의 상징으로 삼은 치우천황을 아주 크게 잘못 소개하고 있습니다."

"어떻게요?"

"좌우간 『환단고기』의 내용과는 정반대로 썼습니다. 읽다가 하도 분통이 터져서 그 기사를 오려서 여기 이렇게 가지고 왔습니다."

"도대체 누가 쓴 기삽니까?"

"ㅇㅇ여대 중문과 교수인 ㅇㅇㅇ라는 사람이 쓴 것인데 중국이 천하제일이고 중국의 이웃 나라들을 터무니없이 깎아내리는 데만 익숙한 모화사대주의(慕華事大主義)적 화이(華夷) 사관에 입각해서 쓴 것이 틀림없습니다. 중문과(中文科) 교수라서 중국 측 사서만을 참고하고 한국 측 사서는 전연 읽어 보지도 않고 쓴 것 같습니다.

한마디로 말해서 그 사람은 몸뚱이만은 한국인인지 모르지만 정신 상태는 완전히 중국 사람의 입장에서 치우천황을 소개한 것입니다. 그 기사를 읽어 보면 이 사람은 한국의 상고사에 대해서는 완전한 문외한이라는 것을 알 수 있습니다.

한국인 대학 교수로서 대학생을 가르치는 교수가 한국 대학생들이 주축이 된 붉은 악마 세대라면 누구나 다 알고 있는 『환단고기』를 읽어 보지 않고 치우천황 얘기를 썼다면 그거야말로 소가 들어도 포복절도할 기발한 사건이 아닌지 모르겠습니다. 대학교수라는 사람이 붉은 악마 세대들이 다 알고 있는 『환단고기』를 안 읽고 어떻게 학생들을 가르칠 수 있겠습니까?"

"그거야 한국인을 영원히 일본의 식민지 노예로 길들이기 위해 일제(日帝)가 만든 식민사관(植民史觀)으로만 교육을 받은 학자들이라면 어쩔 수 없는 일이 아니겠습니까?"

"그래도 대학생들이 다 알고 있는 우리나라의 상고사인 『환단고기』를 대학교수가 모른다면 어떻게 학생들을 가르칠 수 있겠습니까? 『환단고기』가 한국 사학계를 석권하고 있는 식민사학자들이 아무리 위서(僞書)라고 모함하고 사갈시(蛇蝎視)하는 책이라고 해도 대학생들이 너도나도 다 읽고 있어서 이제는 하나의 상식이 되어 있다면 대학교수로서 교육적 차원에서라도 반드시 읽어 둘 필요가 있지 않겠습니까?"

"하긴 듣고 보니 일리가 있습니다."

"선생님 그럼 제가 ○○○ 교수가 쓴 치우천황 관련 부분을 읽어 드리겠습니다.

.... 모두가 보면 알겠지만 붉은 악마 응원단이 들고 있는 깃발은 태극기만이 아니다. 응원석 앞에 걸려 있거나 휘두르기도 하는 대형의 도깨비 얼굴을 그린 깃발이 있다. 이 도깨비 얼굴의 정체는 무엇인가? 그것은 동양의 아득한 신화 시대의 영웅 치우(蚩尤)이다.

붉은 악마 응원단은 홈페이지에서 그들의 상징으로 치우를 선택하게 된 이유를 이렇게 밝히고 있다. 『환단고기』(桓檀古記, 홈페이지에는 '한단고기'라고 적고 있다)와 같은 재야 사서를 인용하여, 치우가 그때 한민족의 강력한 임금이었고 그 투혼의 이미지를 취하였노라고.

여기서 『환단고기』라는 책이 신빙성이 있느냐 없느냐를 따지는 것은 의미가 없다고 본다. 중요한 것은 붉은 악마 응원단을 상징하는 치우의 이미지가 과연 어떤 것인가 하는 점이다.

사실 치우는 중국 신화에 등장하는 영웅이다. 치우는 중국의 동방에 거주하는 구려(九黎)라는 종족의 군장이었다. 그의 형제는 72명이나 되었는데 모두 구리로 된 머리에 쇠로 된 이마를 하고 모래와 돌을 밥으로 먹었다고 한다.

그들의 용감하고 강인한 성품을 표현한 것이다. 치우의 생김새는 여덟 개의 팔다리에 둘 이상의 머리를 지녔다는 설도 있고, 사람의 몸, 소의 발굽에 네 개의 눈과 여섯 개의 손을 지녔다는 설도 있다.

치우는 강력한 군사력을 지니고 있었는데, 결국 서방에서 세력을 키웠던 황제(黃帝) 집단과 중원의 패권을 두고 충돌하게 된다. 이 황제는 후일 중국인의 조상이 된다. 탁록(琢鹿)이라는 땅에서 벌어진 동·서방양 진영의 큰 전쟁에 모든 신들이 참여하는데 치우 편에서는 풍백(風伯), 우사(雨師) 등이 가세한다. 이들은 단군 신화에 등장하는 신들이다.

치우는 처음에는 아홉 차례나 승리하였으나 막판에 패배하여 황제에게 사로잡혀 죽는다. (이것은 중국 측의 일방적인 주장이라는 설도 있다.) 그러나 치우는 이후 전쟁의 신으로 부활하였다. 후세에 전쟁을 치르는 사람들은 그의 강렬한 투쟁 정신을 숭배하여 그에게 제사를 드려 승리를 기원하였던 것이다. 치우는 또한 은(殷)나라 때에 도철(饕餮)이라는 무서운 괴물의 모습으로 청동기에 새겨져 귀신이나 사악한 기운을 쫓아내는 역할을 했다.

신라 시대의 도깨비 얼굴을 새긴 귀면와(鬼面瓦)는 이러한 전통을 이은 것이다. 이렇게 보면 과거 동방의 영웅이었던 치우의 투혼과 사악한 기운을 쫓는 이미지가 오늘의 붉은 악마에게 그대로 계승되어 힘을 발휘하고 있음을 알 수 있다.

응원을 하는 모든 사람들을 신들리게 했던 형언할 수 없는 기운, 그것은 우리의 내면에 잠재하고 있던 영웅의 넋이 아니었을까? 신화가 사라진 시대에도 우리는 마음만 먹으면 언제든지 영웅을 소환할 수 있다는 사실을 이번에야 깨달았다. 우리 모두 주술을 걸자.

저는 이 기사를 읽고 나서 처음에는 기가 막혀서 말이 나오지 않았습니다. 혹시 이 글을 쓴 ○○○ 씨가 중국인이 아닌가 하고 말입니다. 그가 만약 중국인이 아니고 한국인라면 한국 측 관련 사서를 먼저 인용했어야 합니다. 그러나 그는 그렇게 하지 않고 오직 중국 측의 사마천(司馬遷)의 『사기(史記)』만 인용했습니다.

그리고 그가 한국인이라면 마땅히 한국 측 사서를 이용하되 중국 측 사서는 필요할 경우 참고용으로 인용하던가 했어야 합니다. 그러나 실제로 그는 마치 주한 중국 대사관 문화홍보 담당자가 한국 신문에 기고한 글처럼, 중국 측 사서의 내용만 일방적으로 소개했습니다.

깎아내리기와 헐뜯기

제가 이런 말을 하는 이유는 그가 분명 한국인이라고 생각하기 때문입니다. 그런데 위 글을 읽어 보면 붉은 악마 응원단 홈페이지에는 분명 『환단고기』를 인용했다고 했습니다. 그런데 바로 그 『환단고기』에는 치우를 어떻게 소개했는지에 대해서는 아무 말도 없이 대뜸 치우에 대한 모욕과 폄하와 날조로 일관된 중국 측 기록만을 소개하고 있습니다."

"옳은 지적입니다. 내가 보기에도 필자인 ○○○ 씨는 너무 심했던 것 같습니다. 상고 시대의 우리나라인 배달국의 제14대 치우천황(蚩尤天皇)을 구려(九黎)의 군장으로 깎아내린 것은 그렇다 치고 치우천황은 전쟁터에서 격전 끝에 두 번이나 사로잡은 황제(黃帝)를 살려 주어 마침내 배달국에 완전히 복속시켰는데도 불구하고 도리어 치우천황이 황제에게 사로잡혀 죽었다는, 터무니없이 왜곡 날조된 중국 측 기록만을 아무런 여과 없이 그대로 인용한 것은 한국인 학자로서는 있을 수 없는 수치스러운 일입니다.

당나라가 고구려에게 연패한 뒤에는 우리의 역사를 왜곡(歪曲) 폄하(貶下) 비하(卑下)하는 데 온갖 심혈을 기울여 왔습니다. 그들은 우리가 잘한 일은 사사건건 깎아내리고 헐뜯는 데 혈안이 되어 왔습니다. 이러한 못된 버릇과 전통은 지금까지도 계속되어 오고 있습니다. 이번 한일 월드컵에서도 중국 언론은 한국이 잘한 일은 사사건건 헐뜯고 깎아내리는 데만 혈안이 되어 있었다는 것은 세계가 다 아는 일입니다.

이탈리아가 한국을 헐뜯는 것은 1966년 잉글랜드 월드컵에서 북한에게 패하여 수모를 겪은 데다가 이번에 또 한국에게 보기 좋게 역전패를 당했으니 그 분풀이로 그럴 수 있다고 쳐도 가장 가까운 이웃인 중국이 한국의 승리를 터무니없이 중상 모략한 것은 지금으로부터 2천 7백 년 전 치우천황을 폄하하고 비하(卑下)한 버릇을 지금도 고치지 못하고 있다는 것을 드러내고 있습니다."

"사촌이 논을 사면 배가 아프다는 심보가 아닐까요? 저는 그 기사를 쓴 ○○○ 씨가 엄연한 한국인으로서 그러한 중국인들의 못된 심보를 대변한 역사 기록을 아무런 비판 없이 그대로 인용했다는 것이 서글픕니다. 더구나 이번 한일 월드컵 기간 중 한국에 대한 중국 언론의 대국답지 못한 옹졸함은 더 말할 것도 없고요."

"아무리 이웃의 승리에 배가 아프다고 해도 중국이 어떻게 그렇게도 옹졸할 수 있습니까? 13억 인구에 큰 땅덩어리를 가진 대국답지 못한 짓입니다. 그 대신 일본은 어떻습니까? 중국이 한국의 승리를 시기하고 질투하는 데 비해서 일본은 자기네가 이루지 못한 8강과 4강을 우리가 이룩한 것을 진심으로 축하 격려해 주고 자기들의 몫까지도 대신 싸워 달라고 부탁하면서 한국의 승리를 아시아의 자존심을 지켜 준 쾌거라고 기뻐해 주었습니다.

이것은 지금까지 우리가 알아 온 속 좁은 섬나라 일본과는 판이한 면이 아닐 수 없습니다. 이것으로 적어도 일본의 일반 국민들은 우리들의 진정한 친구라는 것을 극적으로 입증해 주었습니다. 땅덩이가 크고 인구가 많다고 해서 대국이 아니라 국토와 인구는 작지만 마음이 툭 트인 국민을 가진 나라가 진정한 대국임을 말해 주는 사건이 아닐 수 없었습니다."

"저 역시 그 점에 놀랐습니다. 이번 월드컵 행사를 통하여 적어도 일본의 극소수 극우파 국수주의자들을 제외한 대다수의 일반 국민들은 한국에 대하여 과거의 편견을 씻고 매우 호감을 갖고 있다는 것을 알았습니다. 더구나 일본 마이니치 신문 오사카 본사는 한국이 스페인과 8강전을 치르기 전날인 지난 6월 21일 월드컵 특집면에 파격적으로 '일본 1억 인이 응원하고 있어!'라는 한글 제목을 뽑았습니다. 마이니치 신문은 도쿄, 오사카 등 다섯 곳에 본사가 있습니다. 그날 신문의 편집을 책임졌던 오사카 본사의 모리야마 미쓰오 편집 부국장은 말했습니다.

'당시 일본이 16강전에 패한 뒤에 한국이 이탈리아에 극적인 역전승을 거두자, 30대의 체육면 편집 기자는 크게 감동한 나머지 이런 제목을 뽑을 아이디어를 제공해 주었고 나는 제목을 눈에 띄게 했을 뿐입니다.

1977년 서울에서 열린 프랑스 월드컵 예선전 때 한국 응원단이 〈프랑스에 함께 가자!〉는 내용의 영문 플래카드를 내걸고 일본을 응원하지 않았습니까? 이번엔 일본이 한국을 응원할 차례이고 양국이 슬픔도 기쁨도 함께 나눠 갖자고 생각하여 한글 제목을 뽑게 되었죠.' 그는 또 말했습니다.

'당시 이 제목에 대한 항의 전화는 단 두 통뿐이었고 많은 독자들이 한국 선수들의 승부 근성, 신체 능력 등에 감격하여 긍정적으로 평가했습니다. 양국 정부도 이번 월드컵을 통하여 두 나라 국민의 상호 이해도가 이렇게 높아질 줄은 몰랐을 것입니다. 새로운 한일 관계를 위해서 각 분야에서 구체적인 교류 사업을 확대해 나가야 합니다.'

더욱 가까워진 한국과 일본

저는 이 기사를 신문에서 읽고 만약에 한국 신문에 일본을 응원하는 제목을 일본어로 뽑았다면 어떻게 되었을까? 하고 생각해 보았습니다. 과연 두 통의 항의 전화밖에 걸려오지 않았을까? 하고 말입니다. 그런 면에선 어쩐지 우리가 일본 국민들보다 한 수 뒤진 것이 아닌가 하는 생각이 듭니다."

"하긴 우리가 피해국이었으니까 그럴 수밖에 없을 겁니다. 일본의 일반 국민들은 의외에도 한국에 대하여 호의적인데 정권을 잡고 있는 소수의 극우파 정치인들의 제국주의 시대에 형성된 잘못된 의식이 문제인 것 같습니다. 국민들이 정치인들을 의식면에서 앞서고 있는 것 같은 느낌이 듭니다."

"그건 그렇고요, 선생님께서는 이번 기회에 치우천황에 대한 올바른 이미지를 한국인은 말할 것도 없고 중국인들에게도 심어 주는 것이 어떻겠습니까?"

"그거 좋은 생각입니다. 그럼 한국 측 기록인 『환단고기』와 『규원사화(揆園史話)』를 참고하여 치우천황에 대한 얘기를 해 볼까요?"

"그런데 선생님, 그 문제의 기사를 읽어 보면 필자인 ㅇㅇㅇ 씨는 『환단고기(桓檀古記)』의 환(桓)자를 왜 '한'으로 하여 한단고기라고 쓰는지 모르는 것 같지 않습니까?"

"내가 보기에도 그분은 한국의 상고사를 공부해 본 일이 없어서 그 이유를 모르는 것 같습니다. 한국 상고사를 모르면 '한' 철학도 알 리가 없고 한철학의 기본 경전인 『천부경(天符經)』, 『삼일신고(三一神誥)』, 『참전계경(參全戒經)』도 알 리가 없습니다.

그것을 모르니까 왜 『환단고기』가 한단고기로 불려지고 있는지 모를 수밖에 더 있겠습니까? 한국 사학의 강단 사학자인 식민사학자들은 자기네와 사관(史觀)이 다른 『환단고기』를 극구 싫어하니까 멋도 모르고 거기에 동조하면 이러한 실수를 범하게 됩니다. 그러니까 아는 것이 힘입니다. 두루 많은 것을 다 알아야 한국인 대학교수로서 치명적인 약점을 노출하는 일도 없어지게 될 것입니다.

그럼 이제부터 치우천황에 대한 얘기를 하겠습니다.

한국 측 사서에 등장하는 치우천황은 원래 배달국(倍達國) 제14대(서기전 2707년) 자오지(慈烏支) 환웅천황(桓雄天皇)입니다. 우리는 흔히 단군이 우리나라 최초의 임금이라고 알고 있는데 그렇지 않습니다. 단군조선 이전에도 동서 2만 리 남북 5만 리에 달하는 대연방국인 환국(桓國)이라는 나라가 지금으로부터 9천 2백 년 전에 등장합니다. 환국은 7세에 걸쳐서 3301년간 지속되었는데 임금의 시호와 재위 기간 외에 구체적인 역사 기록은 전하지 않습니다.

그러나 환국에 뒤이어 등장하는 배달국 기사에는 보다 구체적인 기록이 나옵니다. 배달국은 18세의 역대 환웅천황들의 다스림을 받아가면서 1565년 동안이나 지속된 나라인데, 역대 임금 중에서도 중원의 대부분을 거의 다 석권한 자오지 환웅천황 시절이 배달국의 최절정기였습니다. 정식 시호는 자오지 환웅천황이지만 흔히 치우천황(蚩尤天皇) 또는 치우라는 이름으로 내외에 널리 알려져 있습니다.

치우천황은 즉위와 더불어 홍익인간의 이념으로 신시(神市)의 전통을 새롭게 하고 국정을 쇄신했습니다. 특히 인재 양성에 심혈을 기울인 그는 나라에 이바지한 가문이나 인척 중에서 81명의 재기발랄하고 유능한 청소년들을 선발하여 군대의 기간요원으로 양성했습니다.

그뿐만 아니라 그는 첨단 무기를 개발하는 데도 열의를 쏟았습니다. 중원의 북동부 지대를 차지하고 있던 배달국의 치우천황은 갈로산(葛盧山)이라는 곳에서 구리와 쇠 같은 금속을 파내어 검, 갑주, 쇠몽둥이, 쇠도리깨, 쇠창과 같은 철제 병기 외에도 큰 활, 호(楛)나무로 만든 화살을 만들어 군사력을 강화했습니다. 배달국은 당시 동양에서는 문화면에서 특히 금속 기술면에서는 최첨단을 걷고 있는 초강대국이었습니다.

이처럼 군사력 강화에 힘을 기울인 것은 당시의 주변 정세가 불안했기 때문이었습니다. 배달국 초대 임금인 거발한 환웅천황 시대부터 골칫거리였던 호족(虎族)이 아직도 말썽을 부리고 있었습니다. 그는 이들 호족을 따로 떼 내어 하삭(河朔)이라는 곳으로 집단 이주를 시켜 버렸습니다. 이들이 훗날 베트남으로 이주하여 지금의 베트남 주민이 되었다는 설이 있습니다.

게다가 배달족의 한 갈래인 신농씨(神農氏)의 후손인 유망(楡罔)의 독재와 횡포로 나라가 어지러웠습니다. 물론 폭군인 유망이 다스리는 나라도 배달족이 세운 나라였습니다. 제8세 안부련 한웅천황의 명을 받들어 강수 지방에서 군대 일을 감독했던 고시(高矢)씨의 후손인 소전(少典)의 아들이 신농이었고 유망은 바로 신농의 후손이니까 그가 다스리는 종족들은 배달족과 다소 차이가 있을지 몰라도 지배층은 거의 다 배달족이었습니다.

그러나 세월이 흐르면서 차츰 이질화되어 배달국과 대립하게 되었으므로 치우천황은 이를 다스리기 위해서 군사력이 필요했던 것입니다. 과연 폭군인 유망은 종주국인 배달국에 반기를 들었습니다. 그의 학정에 시달리던 백성들이 남부여대(男負女戴)하고 배달국으로 도망쳐 들어오기 시작했습니다.

드디어 치우천황은 유망을 응징하기 위해서 선제공격을 가했습니다. 폭정에 시달려 군기가 문란해질 대로 문란해진 유망의 군대는 싸움다운 싸움 한 번 제대로 해 보지 못하고 무너지기 시작했습니다. 더구나 돌칼, 돌창, 돌화살 같은 석기 시대의 구식 무기로 무장한 유망의 군대는 철제 첨단 무기로 무장한 배달군의 상대가 될 수 없었습니다.

배달군은 연전연승 끝에 지금의 하북성의 탁록(琢鹿)과 구혼(九渾)을 점령했습니다. 유망군은 치우군에게 겁을 먹고 오금을 못 썼습니다. 당시 배달군의 위세는 가히 동양 천지를 떨게 했습니다.

겨우 한 해 동안에 아홉 개의 제후국의 땅을 평정하고 옹호산(雍狐山)에 웅거하면서 아홉 개의 대장간 즉 철물공장을 운영했습니다. 이곳에서 석금(石金)과 수금(水金)이라는 특수 금속을 개발하여 '옹호(雍狐)의 창'이라는 신무기를 개발했습니다.

치우천황은 이곳에서 군대를 재정비하고 오늘날의 대양하(大洋河)인 양수(洋水)를 건너 공상(空桑)에 이르렀습니다. 공상은 지금의 진류(陳留)이며 유망의 도읍이었습니다. 같은 해에 다시 12개 제후국을 점령했습니다.

이때 배달군에게 연전연패를 당한 유망군의 시체는 산과 들을 메웠고 흐르는 피는 내를 이루었으며 까마귀 떼는 극성스럽게 달려들었습니다. 도망치기에만 급급했던 유망은 마지막 남은 부하인 소호(小昊) 장군에게 살아남은 친위군을 이끌고 배달군과 마지막 결전을 벌이게 했습니다.

그러나 소호군 역시 참패를 당하고 소호 자신은 겨우 목숨을 부지하여 유망과 함께 멀리 도망쳤다가 결국은 유망을 버리고 배달군에게 항복했습니다. 소호는 중국 상고 시대의 소위 오제(五帝) 중의 첫 번째 임금입니다.

이때의 형편을 말해 주는 중국 측 기록들이 지금까지 전해지고 있는데 그중에서 관자(管子)의 기록이 유명합니다. 관자는 춘추 시대에 제(齊)나라 재상을 지낸 관중(管仲)의 존칭입니다. 관포지교(管鮑之交)로 이름난 바로 그 관중입니다.

『관자(管子)』란 바로 이 사람이 지은 책 이름이기도 한데, 바로 이 책에 보면 '천하의 임금이 싸움터에서 한 번 화를 내자 쓰러진 시체가 들판에 그득했다'라는 대목이 나오는데 '천하의 임금'이란 바로 치우천황을 말합니다.

이밖에도 치우천황 얘기는 왜곡되고 폄하(貶下)는 되었지만 사마천의 『사기(史記)』와 『이십오사(二十五史)』에도 여러 군데 나옵니다.

공손헌원(公孫軒轅)

바로 이 무렵 공손헌원(公孫軒轅)이란 자가 있었습니다. 그는 중국 상고 시대의 소위 삼황(三皇)의 첫째 임금인 황제(黃帝)라고도 불리는 인물인데 원래 배달족인 고시(高矢)씨의 후손입니다. 그때 그는 서토(西土)에서 한 지역의 우두머리로 있었습니다.

당시 배달족은 중국을 서토(西土)라고 불렀는데 그 이유는 그곳이 배달국의 서쪽에 있었기 때문이었습니다. 중국(中國)이니 중화(中華)니 하는 개념은 적어도 한나라 이후에 생겨났으므로 이때는 배달국의 서쪽이라는 뜻으로 단지 서토(西土)라고 불렸던 미개척 지역에 지나지 않았습니다.

헌원은 치우천황의 승승장구를 시기하여 은근히 군대를 양성하여 배달군에게 선제공격을 감행했습니다. 보고를 접한 치우천황은 유망군에서 떨어져 나와 배달군에게 귀순해 있던 소호(小昊)로 하여금 탁록(琢鹿)에 쳐들어가 헌원군과 싸우게 했습니다. 소호(小昊)군이 대승을 거두었습니다. 겨우 목숨을 부지하여 도망친 헌원은 다시 군대를 모집하여 싸움을 걸어왔습니다.

치우천황은 이번에도 토벌군을 보내어 섬멸시켜 버렸습니다. 그러나 번번이 구사일생으로 목숨을 건져 도망친 헌원은 군대를 재편성하여 싸움을 걸어오는 것이었습니다. 마치 6·25 때 중공군의 인해전술을 방불케 하는 전법으로 끈질기고 집요하게 대들었습니다.

마침내 치우천황은 중대한 결심을 하기에 이르렀습니다. 그는 자신이 직접 거느리고 있던 구군(九軍)에 총동원령을 내려 네 갈래로 나누어 출동케 했습니다. 치우 자신은 보병과 기병 3천을 이끌고 탁록(琢鹿)의 유웅(有熊)이라는 벌판에서 헌원과 직접 맞붙는 한편 나머지 각 군은 사방에서 헌원군을 에워싸고 압박해 들어가면서 일대 소탕작전을 벌이게 했습니다. 이때 쓰러진 적병의 수효는 미처 헤아릴 수조차 없었습니다.

동시에 치우군은 비장의 무기였던 일종의 연막탄으로 안개와 같은 연막(煙幕)을 피우면서 진격해 들어갔습니다. 배달군은 이때를 대비하여 군복에 비밀 표시를 해 두었으므로 혼란 속에서도 피아를 구분할 수 있었습니다. 그러나 대낮에 갑자기 지척을 분간할 수 없는 암흑천지로 돌변한 상황 속에서 헌원군은 아비규환의 생지옥과 같은 일대 혼란에 빠져 버렸습니다.

그 때문에 아군을 적군으로 잘못 알고 자기네끼리 싸움이 붙어 무수히 죽어 갔습니다. 나중에야 이 사실을 알아차린 헌원군은 사기가 땅에 떨어져 앞다투어 도망치기에 바빴습니다. 연막이 걷히고 보니 백 리 안에는 병사와 말의 그림자도 보이지 않는 기이한 현상이 벌어졌습니다.

이 틈을 타서 치우천황은 휘하 부대를 이끌고 연(兗)의 회대(淮垈) 즉 지금의 산동성, 하남성, 강소성, 안휘성 일대를 차지하게 되었습니다. 더이상 저항할 힘을 잃어버린 헌원군은 치우천황에게 순순히 백기를 들고 땅에 꿇어 엎드리어 신하되기를 간청하고 대대로 조공을 바치겠다고 서약했습니다. 그 후 치우천황은 탁록에 새로 성을 쌓고 회대 지방을 다스렸는데, 그 이후 배달국은 중원을 4백 년 동안이나 통치했습니다.

운급원기(雲芨轅記)라는 중국 측 기록에 보면, '치우가 처음으로 갑옷과 투구를 만들었는데 당시 사람들이 알지 못하여 동두철액(銅頭鐵額) 즉 구리로 된 머리에 쇠로 된 이마라고 말했다'라는 대목이 나옵니다. 이것은 첨단 장비에 앞에 놀란 그들의 심정을 솔직히 말해 주는 기록입니다.

한편 치우천황은 헌원이 지금은 비록 역부족으로 항복하여 배달국의 신하가 되기로 맹서했지만 앞으로 그가 또 무슨 짓을 할지 몰랐으므로 만약을 위한 대비책에 결코 소홀함이 없었습니다. 아니나 다를까 헌원은 감시가 약간 느슨해진 틈을 이용하여 비밀리에 군대를 양성하여 재차 도전해 왔습니다. 이리하여 배달군은 그 후에도 산지사방에서 쳐들어오는 헌원군과 10년간에 걸쳐서 73회나 전투를 벌였습니다.

그러나 헌원군은 번번이 패했습니다. 수많은 인명 피해를 입은 헌원은 배달군에게 항복하고 조공을 약속했던 것에 대한 자신의 배신행위는 조금도 뉘우칠 줄 모르고 한 번도 져 주지 않는 배달군을 도리어 원망했습니다. 이리하여 어리석은 헌원의 원망은 싸움에 질 때마다 쌓여만 갔습니다.

한편 헌원은 배달군과의 오랜 싸움을 하는 동안 배달군이 강한 이유를 알게 되었습니다. 그것은 두말할 것도 없이 배달군의 금속으로 만든 첨단 무기와 치우천황의 연막작전 때문이었습니다. 헌원은 배달군 내에 첩자를 침투시켜 첨단 무기의 비밀을 알아 오게 하는 한편, 다시는 연막전술에 말려드는 일이 없도록 대비책을 강구하게 되었습니다.

마침내 헌원은 아무리 짙은 연막에 휘말리더라도 방향 감각을 잃지 않고 일정한 방향을 알아낼 수 있는 지금의 나침반과 같은 장치를 개발하게 되었습니다. 이것이 바로 혼란에 빠졌을 때에도 항상 남쪽만을 가리키는 수레인 지남거(指南車)였습니다.

이러한 정보에 접한 치우천황은 헌원의 배신행위를 괘씸하게 생각했지만 곧 냉정을 회복하고 침착하게 대비책을 강구했습니다. 그는 가까운 형제들과 친척들을 최전방 위험 지역에 배치하여 물샐 틈 없는 방위망을 구성했습니다.

치우비(蚩尤飛)가 치우(蚩尤)로 둔갑한 경위

그러나 지남거와 함께 간첩들이 배달군에서 훔쳐내어 온 기술로 만든 금속 병기를 앞세운 헌원군은 결사적으로 쳐들어 왔습니다. 한나절

동안의 치열한 격전에서 헌원군의 선봉에 섰던 결사대가 어이없이 무너졌습니다.

참패당한 헌원군이 물러간 뒤에 인원 점검을 해 보니 치우천황의 아우들 중의 하나이며 배달군의 맹장들 중의 한 사람인 치우비(蚩尤飛)라는 장수가 행방불명이었습니다. 뒤에 밝혀진 바에 따르면 그는 성급하게 공을 서두른 나머지 적진 속에 깊숙이 파고들어 갔다가 적의 장수들에게 포위되어 전사했습니다.

사마천(司馬遷)의 『사기(史記)』에는 '치우를 잡아 죽이다'라고 기록되어 있는데, 이것은 바로 이때의 사건을 왜곡, 과장, 날조한 것입니다. 후대에도 존화(尊華) 사상에 사로잡힌 중국의 국수주의적 사관(史官)들은 중국 역대 왕조의 기록인 『이십오사(二十五史)』에도 '지남거의 위력으로 치우가 패하여 죽었다'고 허위로 과장 기록했습니다.

설상가상으로 신라 말 이후 모화사대주의(慕華事大主義)에 사로잡힌 고려와 이조의 유학자들은 이러한 엉터리 중국 측 기록을 무조건 맹신(盲信)했습니다. 한국, 중국, 일본의 동양 삼국은 물론이고 전 세계에서 자기 민족을 이렇게 깎아내리는 외국의 기록을 그대로 따름으로써 자기 민족을 오랑캐라고 자멸(自蔑)하는 학자들은 한국인 학자들밖에 없습니다.

왜 그렇게 되었을까요? 그들은 지금도 과거 1천년 동안 유학자들이 고수해 온 모화사대주의 사관과 일제(日帝)가 이 땅에 심어 놓은 식민사관(植民史觀)을 그대로 맹종할 뿐 한국의 진정한 상고사(上古史)를 공부할 것을 스스로 거부하고 있기 때문입니다.

왜 그렇게 되어야만 했을까요? 한국에는 아직도 일제가 공들여 양성

해 놓은 식민사학자들이 그대로 사권(史權)을 잡고 있어서 단군이니 배달이니 하고 말하는 학자가 나타났다 하면 일제히 맹공을 퍼붓거나 바보 취급을 하기 때문입니다. 악화(惡貨)가 양화(良貨)를 구축하는 현상이 한국의 사학계에서만은 지금도 횡행하고 있습니다.

여기에 염증을 느낀 붉은 악마 세대들은 한국 상고사의 보전(寶典)인 『환단고기』를 지금도 탐독하고 있습니다. 붉은 악마 홈페이지가 치우천황상(像)을 자기네 상징으로 사용한 것은 『환단고기』에 근거한 치우천황상이지 ○○○ 씨가 소개한 중국 측의 가짜 기록이 만들어 낸 왜곡된 치우상은 분명 아닙니다.

중국 측 사서들은 치우천황만을 깎아내리고 왜곡 날조한 것이 아닙니다. 당(唐)이 고구려와의 싸움에서 연전연패를 당하자 그 보복으로 고구려(高句麗)를 하구려(下句麗)하고 기록하는 비열한 짓을 서슴지 않았습니다. 그들은 동이족(東夷族)의 우수성이 드러나면 배알이 꼴려서 못 견디는 성질이 있습니다. 그러한 수천 년 된 못된 버릇은 현대까지도 유전되어 2002 한일 월드컵에서도 그대로 드러났습니다.

자기네는 16강에도 들지 못했는데 우리가 4강까지 진출한 것은 순전히 심판들을 매수했기 때문이라고 터무니없는 중상모략을 일삼는 저들 매스컴이 일제히 들고 일어나 악마구리 끓듯 떠들어 대는 추태를 연출하고 있는 것입니다. 더구나 그들은 과거에 고구려(高句麗)를 하구려(下句麗)라고 불렀듯이 지금은 대한민국(大韓民國)을 대한견국(大韓犬國)이라고 부르고 있습니다. 그런데도 불구하고 더욱 한심한 것은 우리나라 학자들이 아직도 이러한 중국 측 기록을 그대로 믿고 따르고 있다는 것입니다.

중국 고대의 옥편(玉篇)인 『설문(說文)』에는 분명 이(夷)자가 '어질 이'로 되어 있습니다. 그런데 그 후 '어질 이'는 어느 사이에 슬그머니 자취를 감추어 버리고 그 대신에 '오랑캐 이'로 둔갑했습니다. 중국인들이 우리나라를 의도적으로 폄하(貶下)하기 위해서 그런 짓을 한 것입니다.

그런데 우리나라 학자들은 지금도 한국에서 발간되는 어느 옥편이나 사전에서든지 이(夷)자를 '오랑캐 이'라고만 적어 놓고 어린 학생들에게도 그대로 가르치고 있습니다. 이것은 한국의 학자들이 너나없이 모두가 자국(自國)의 상고사(上古史) 공부하기를 애써 기피한 결과입니다.

그러나 상고사를 공부해 보면 금방 그 진상이 드러납니다. 이(夷)자는 큰 대(大)자와 활궁(弓)자가 합쳐서 만들어진 글자로서 '큰 활을 쓰는 동쪽의 어진 사람'이란 뜻으로 고대의 중국인이 우리 민족을 존경하고 흠모해서 쓰던 글자임을 알게 됩니다."

"한국의 대학 교수들은 자기네가 가르치는 제자들인 W세대의 의식구조를 이해하기 위해서라도 어차피 『환단고기』나 『규원사화』 같은 우리나라 상고사 원전(元典)을 읽어 보지 않을 수 없겠는데요."

"당연히 그래야 합니다. 그런데 실제로 그들은 여전히 과거에 자기네 스승들에게서 잘못 배운 것을 무작성 고수하고 있을 뿐입니다. 그 때문에 김부식 이래의 모화사대주의적 사관과 일제의 식민사관에만 집착하고 있으므로 ○○○ 씨와 같은 실수를 지금도 아무런 반성 없이 되풀이하고 있습니다."

"그렇군요. 그럼 치우비가 전사한 뒤에는 상황이 어떻게 전개되었습니까?"

"아우이며 맹장이었던 치우비의 전사 소식에 처음에는 불같이 노했던 치우천황은 곧 평정을 회복하고 대비책을 강구했습니다."

"어떤 대비책 말입니까?"

"이번에는 적진에 큰 돌을 날려 보낼 수 있는 기계인 비석박격기(飛石迫擊機)라는 그때로서는 최첨단 무기를 발명하여 실전에 이용하였습니다. 그런데 치우비 장군을 죽인 승리감에 도취된 헌원은 스스로 제왕을 자칭하면서 다시금 군대를 증강하여 배달군과 맞서게 되었습니다.

그러나 첨단 무기인 비석박격기와 치우천황의 치밀한 작전에 말려들어 이번에는 헌원 자신이 치우군에게 사로잡힌 몸이 되었습니다. 그는 지난번에 항복했을 때와 같이 이번에도 치우천황 앞에 무릎을 꿇고 목숨을 애걸했습니다.

좌우 신하들은 그 괘씸한 배신자를 즉시 처단할 것을 강력하게 주청했지만 치우천황은 이번에도 목숨을 살려 주고 신하로 삼았습니다. 치우천황은 헌원을 장군으로 임명하여 오(吳)나라에 파견하여 반란자 제곡고신(帝嚳高辛)을 평정케 함으로써 공을 세우게 했습니다. 제곡고신은 상고 시대의 중국의 소위 오제(五帝) 중의 한 사람입니다. 비로소 천하는 안정을 되찾게 되었습니다.

동양의 군신(軍神)

치우천황이 세상을 떠난 지 4천 6백여 년의 세월이 흘렀지만 아직도 한국과 중국의 양 민족의 마음속에는 비록 퇴색한 형태로나마 그의 위엄과 업적을 기리는 정이 살아 있으며 동양의 군신(軍神)으로 숭앙되고 있습니다. 만약에 중국 측 기록대로 그가 헌원군에게 잡혀 죽었다면 그렇게 보잘것없는 한갓 장수에 지나지 않는 그가 어찌 동양의 군신으로까지 추앙을 받을 수 있겠습니까? 지금도 중국에는 말할 것도 없고 한국 곳곳에도 치우 사당(祠堂)이 있어서 사악한 귀신을 몰아내는 벽사신(辟邪神)으로 모셔지고 있습니다."

"지금까지 말씀해 주신 치우천황에 대한 한국 측 기록은 이제 웬만큼 알겠는데, 그에 대한 중국 측 기록을 좀더 자세히 말씀해 주실 수 있겠습니까?"

"그렇게 합시다. 그렇게 하는 것이 치우천황에 대한 객관성을 확보하는 데 상당한 도움이 되겠죠?"

"물론입니다."

"중국 측 기록인 『한서(漢書)』 지리지(地理志)에 보면 치우천황의 능은 산동성(山東省) 동평군(東平郡) 수장현(壽長縣) 관향성(關鄕城) 가운데 있다고 나와 있습니다.

'높이가 7척으로 진(秦)나라와 한(漢)나라 때 주민들이 10월이면 늘

이곳에서 제사를 지냈다고 한다. 이때에는 반드시 붉은 깃발과 같은 기운이 길게 하늘에 뻗어 있었는데 이를 '치우의 깃발'이라고 한다. 그의 영걸(英傑)스러운 혼백과 사내다운 기백은 스스로 보통 사람들과는 크게 달라서 천 년의 세월이 지나도 오히려 없어지지 않은 것 같다.

유망도 헌원도 그의 앞에서는 빛을 잃고 사라져 버렸다. (필자 주: 이것만 보아도 헌원이 '치우를 잡아 죽였다'는 사마천의 『사기(史記)』의 기록이 얼마나 엉터리인가를 그들 스스로가 폭로하고 있다.)

치우천황의 공덕은 세상에 전해져서 그 위엄을 떨치고 그윽한 푸르름 속에 그 위엄과 명성은 오래 전해졌다. 헌원이 세상에 나온 이래 세상은 안정을 잃었다. 헌원 역시 세상을 떠나기까지 한 번도 베개를 높이 베고 자 보지 못했다고 한다.'

이것을 보면 『한서(漢書)』 지리지(地理志)의 기록은 사마천(司馬遷)의 『사기(史記)』보다 비교적 사실에 가까운 기록이라는 것을 보여 주고 있습니다. 이 밖에도 사마천(司馬遷)의 『사기(史記)』에는 다음과 같은 대목도 나옵니다.

'산을 뚫고 길을 내고도 한 번도 편안한 적이 없었다. 탁록(琢鹿)의 강가에 도읍을 정하고도 항상 이리저리 옮겨 다니면서 언제나 거처를 안정시켜 보지 못하고 장수와 사병을 시켜 지키게 하는 싸움터에서 살았느니라.'

이것은 헌원이 살아 있을 때 치우군에게 쫓겨 다니면서 전전긍긍하던 모습에 대한 생생한 기록이 틀림없습니다. 또 『상서(尙書)』 여형(呂

刑)이란 기록에는 다음과 같은 구절이 나옵니다.

'고훈(古訓)에 다만 치우가 난을 일으키다라고만 적은 것은 그의 위엄이 무서워 기를 빼앗긴 탓이다.'

이것만 보아도 그때 서토인(西土人)들이 치우천황을 얼마나 무서워하고 그 이름만 들어도 떨었는가를 입증해 주는 자료라고 할 수 있습니다."

"치우천황 얘기를 들어보면 도대체 우리나라 상고 시대의 영토와 그 위치가 어디인가? 하는 새로운 의문에 사로잡히게 됩니다."

"물론 그럴 것입니다. 우리는 지금까지 우리나라 역사상 영토를 가장 많이 넓힌 임금을 고구려의 광개토 대왕 정도로 알아 온 것이 사실입니다. 그러나 상고사(上古史)를 공부해 보면 전연 그렇지 않다는 것을 알 수 있습니다."

"왜 그런 착오가 생겼을까요?"

"그것은 전적으로 우리가 1565년 동안 지속된 배달국 시대와 배달국의 뒤를 이어 2096간 계속된 단군조선 시대의 역사를 몰랐기 때문입니다. 광개토 대왕은 다만 그 전대(前代)인 단군조선 시대의 옛 영토를 되찾겠다는 다물 정신에 입각하여 잃었던 영토의 일부를 회복했을 뿐이지 치우천황 시대의 우리나라 영토는 반도 회복하지 못했다는 것을 알아야 합니다.

우리 영토를 최대한 넓힌 치우천황

치우천황이야말로 배달국 창건 이래 가장 영토를 많이 넓힌 임금입니다. 그가 차지했던 중원 지방의 노른자위는 그 후 적어도 4백 년 동안이나 배달국이 통치했으니까 결코 일시적인 영토 확장이 아니라는 것을 알 수 있습니다."

"그럼 그 후에 중원 지방은 어떻게 됐습니까?"

"그 후 중원은 단군조선과 고구려, 백제, 신라의 삼국 시대를 이어오면서 어느 정도 부침(浮沈)은 있었지만 계속 우리나라가 영유하고 있었음을 『이십오사(二十五史)』를 위시한 각종 기록을 통해서도 확인할 수 있습니다."

"그럼 삼국 시대 이후에는 어떻게 됐습니까?"

"고구려와 백제가 망하고 발해와 통일 신라가 양립했던 우리나라의 남북조(南北朝) 시대를 거쳐 고려, 이조 시대에는 신라의 김춘추 시대부터 싹트기 시작한 모화사대주의(慕華事大主義)적 의식 구조와 이를 이어받은 김부식의 『삼국사기』가 서기 1145년에 편찬된 이후로는 우리나라 사람들은 중원 땅이 수천 년 동안 우리의 영토였었다는 것은 꿈에도 생각하지 못하고 왜곡된 반도사관(半島史觀)만 배워왔습니다.

거듭 말하지만, 치우천황이야말로 우리나라 영토을 최대한으로 넓힌 우리 민족의 가장 역동적이고 창의적이고 슬기로웠던 위대한 임금입니다. 따라서 지금도 중국인과 한국인의 민속 신앙 속에 맥맥히 살아

숨쉬고 있는 치우천황의 진면목을 있었던 그대로 부각시키는 일이야말로 그분의 정통 후예인 우리가 마땅히 해내어야 할 사명이라고 할 수 있습니다.

그런데 다행히도 2002년 한일 월드컵을 계기로 W(월드컵) 세대인 붉은 악마들이 자기네의 상징으로 태극기 외에 치우천황상(像)을 채택키로 한 것은 만시지탄의 느낌이 없는 것은 아니지만 참으로 잘된 일이라고 아니할 수 없습니다.

참으로 부끄럽기 짝이 없는 일이지만 우리는 지금까지 알렉산더 대왕, 시이저, 징기스칸, 나폴레옹, 히틀러 같은 정복자들의 이름은 잘 알아도 정작 이들 정복자들 중 가장 오래된 알렉산더보다 2천여 년 이전에 홍익인간(弘益人間) 재세이화(在世理化)의 이념으로 동양 천지를 석권했던 위대한 치우천황에 대해서는 백지상태나 다름없었습니다. 설사 알았다고 해도 ○○○ 씨의 수준이었습니다.

한(漢) 나라의 시조인 유방의 대에 이르기까지 중국의 제왕들은 대대로 국가에 무슨 큰 일이 있을 때마다 치우천황에게 꼭 제사를 지내어 그의 가호(加護)를 빌었었다는 것을 중국 측의 각종 기록들이 말해주고 있습니다. 만약에 사마천(司馬遷)의 『사기(史記)』의 기록대로 치우천황이 공손헌원(公孫軒轅)에게 잡혀 죽었다면 중국인들은 공손헌원에게 제사를 지낼 것이지 무엇 때문에 동이족인 치우천황에게 제사를 지내고 그의 가호를 빌었겠습니까? 이것만 보아도 사마천의 『사기』의 기록이 사실이 아니라는 것을 중국인들 자신이 잘 알고 있었다는 것을 말해 줍니다.

한편 치우천황은 군사 면에서만 혁혁한 공을 세운 것이 아니라 문치

(文治) 면에서도 괄목할 만한 업적을 쌓았습니다. 치우천황 대에 배달국에는 자부선생(紫府先生)이란 걸출한 학자가 있었습니다. 그는 도력(道力)이 높은 선인(仙人)으로서 자부선인(紫府仙人)이라고도 하는데, 태호복희(太昊伏犧) 씨와 함께 공부한 발귀리선인(發貴理仙人)의 후손입니다.

그는 나면서부터 신령스러운 도력을 얻어 공중에 날아오르는 신통력을 발휘했습니다. 단군조선 시대의 유명한 학자이며 선인인 유위자(有爲子)의 학문도 자부선인에게서 그 맥을 이어받은 것입니다.

이러한 자부선생이 하루는 장기간 연구하여 집필한 경서(經書)인 『삼황내문경(三皇內文經)』을 치우천황에게 바쳤습니다. 이것은 배달국 초기에 신지씨(神誌氏)가 발명한 녹서(鹿書)로 씌어진 저서로서 세 편으로 나뉘어져 있었습니다.

그런데 후세 사람들이 여기에 주(註)를 달고 구분하여 『신선음부경(神仙陰符經)』이라 했습니다. 선교(仙敎)와 도교(道敎)의 원류가 된 저서입니다.

치우천황은 이 업적을 높이 치하하여 청구(靑丘)의 대풍산(大風山, 지금의 상하이 남쪽 회계산으로 추정됨) 양지바른 곳에 삼청궁(三淸宮)을 지어 그로 하여금 그곳에서 살게 했습니다.

자부선생은 해와 달의 운행을 측정하고 오행(五行)의 수리(數理)를 고찰하여 칠정운천도(七政運天圖)라는 천체 운행 법칙을 그린 도표를 만들었습니다. 이것이 이른바 칠성력(七星曆)이라는 역법의 시작이 되었습니다."

"그 후 황제헌원(黃帝軒轅)은 어떻게 되었습니까?"

"황제헌원의 그 후 동향을 얘기하자면 자부선생을 꼭 알아야 하기 때문에 얘기가 잠시 곁길로 샜습니다. 치우천황에게 두 번이나 사로잡혀 신하가 될 것을 맹서한 헌원은 그 후 배달국을 진정한 상전(上典)의 나라로 떠받들었습니다.

그는 치우천황을 배알하러 왔던 길에 자부선생을 찾아뵙고는 그의 제자가 되어 학문을 배웠습니다. 자부선생은 헌원이 떠날 때 나쁜 마음먹지 말고 의로운 사람이 되라는 뜻에서 『삼황내문경(三皇內文經)』 한 질을 선물로 주었습니다.

이때 탁록의 북쪽엔 대요(大撓)가 있었는데 그는 배달국 후국(侯國)의 군주였습니다. 또 그 동쪽엔 창힐(倉頡)이라는 사람이 있었습니다. 그는 중국에서는 문자의 조상으로 알려진 인물로서 새 발자국을 보고 글자를 만들었다고 합니다.

이 창힐 역시 배달국 복속국(服屬國)의 군주였습니다. 이 밖에도 공공(共工)이란 배달국 복속국의 군주가 있었습니다. 이들 셋은 헌원이 자부선생에게서 『삼황내문경』을 입수했다는 소식을 듣고 득달같이 앞다투어 달려와서는 자부선생의 제자가 되어 학문을 배우는 한편 그들 역시 이 경서를 받아 갔습니다.

이들은 모두가 치우천황이 임명한 중원의 한 지역의 군주인 만큼 이들이 자부선생에게서 배워간 학문은 그 후 중국의 도교와 유교의 뿌리가 되었다는 데 큰 의미가 있다 하겠습니다. 소위 중국 문화를 대표하는 도교와 유교의 원류가 어디에서 시작되었는가를 밝혀주는 대목입니다.

그 뒤에 나온 황제(黃帝)의 『음부경(陰符經)』이라는 책도 그리고 세계 의학의 비조(鼻祖)인 『황제내경(黃帝內經)』도 그 당시의 여러 가지 정황으로 보아 『삼황내문경(三皇內文經)』에서 시작된 것임을 알 수 있습니다.

치우천황은 서기전 2599년 임인년에 109년 동안 나라를 다스린 후에 향년 151세로 세상을 떠났습니다.

그러면 여기서 치우천황에 대한 사마천의 『사기』를 하나 더 인용하겠습니다.

'제후가 모두 다 와서 복종하여 따랐기 때문에 치우가 지극히 횡포하였으나 능히 벌할 만한 자가 없을 때 헌원이 섭정했다. 치우의 형제 81인이 있었는데, 모두 짐승의 모습을 하고 사람의 말을 하며, 구리로 된 머리와 쇠로 된 이마를 가지고 모래를 먹으며 오구장(五丘杖, 무기의 일종), 도극(刀戟, 칼과 굽은 창), 태노(太弩, 활틀을 놓고 화살과 돌을 쏘는 무기, 즉 비석박격기를 말하는 것 같다)를 만드니 그 위세가 천하에 떨쳤다. 치우는 옛 천자의 이름이다.'

어디까지나 화이(華夷) 사상을 바탕으로 글을 썼기 때문에 치우천황의 업적을 어떻게 하든지 깎아내리려고 고심한 흔적이 역력하면서도 사관(史官)으로서의 양심상 그의 위대한 공적을 완전히 무시할 수 없었던 사마천의 고민이 눈에 보이는 대목이 아닐 수 없습니다. ○○○씨는 이 대목을 인용했더라도 좋았을 텐데 하필이면 치우비를 치우로 바뀌친 기록을 인용하는 실수를 범했습니다.

사마천이 비록 바른 소리를 했다가 불알을 썩히는 치욕적인 형벌을 받은 강직한 사학자이고, 또 바로 그 때문에 중국 사학의 비조(鼻祖)로 추앙받고 있다고는 하지만, 치우천황을 이민족으로 본 그의 필치가 얼마나 아전인수격인 구차한 곡필(曲筆)을 자행했는지 한국 측 기록과 대조해 보면 환히 드러납니다.

특히 '능히 번할 만한 자가 없을 때 헌원이 섭정했다'는 구절은 치우천황의 직계 후손인 우리로 하여금 배꼽이 빠져 달아날 정도로 웃기게 만드는 희한한 춘추필법의 극치라고 아니할 수 없습니다.

중국의 옛 기록이나 『이십오사(二十五史)』 또는 일본이 명치유신 이후에 개작해 놓은 『일본서기(日本書紀)』나 『고사기(古事記)』 등에 나오는 우리에 대한 기록은 대개 이런 식으로 왜곡 폄하되어 있다는 것을 우리는 똑바로 알아 두어야 합니다.

그들은 어디까지나 자기네를 한없이 추켜세우고 이웃인 우리를 깎아내림으로써 비뚤어진 열등감과 자존심을 만족시킬 수 있었던 것입니다. 그러나 김부식의 『삼국사기(三國史記)』를 읽어 보십시오. 저들과는 정반대의 현상에 부딪쳐 우리를 당황케 합니다.

김부식은 사사건건 중국을 추어올리고 우리 자신을 깎아내리는 데만 골몰하고 있는 것을 『삼국사기』를 읽어 본 사람은 누구나 다 아는 일입니다. 우리가 잘하고 위대했던 일은 모조리 삭제해 버리거나 무시하고 중국이 잘한 점은 모조리 침소봉대(針小棒大)해 놓은 것을 보면 구역질이 나기에 앞서 그가 과연 고려인인지 중국인인지 의심이 갈 정도입니다. 모화사대주의에 곪아버린 이 나라 유학자들은 김부식의 본을 따라 이처럼 우리의 민족정기를 속속들이 병들게 하고 갉아먹어 온 것입니다.

설상가상으로 한국을 강점한 후 이러한 그릇된 모화사대주의적 전통을 그대로 이용한 일본 제국주의자들은 한술 더 떴습니다. 일본은 임나일본부니 한사군이니 하고 식민사관을 가미하여 한국의 역사를 자기네 구미에 맞게 아예 제멋대로 다 왜곡 날조해 버렸습니다.

바로 이 일제의 식민사관을 전수받은 자들이 지금도 한국의 사학계를 주름잡고 있으니 우리의 역사 교육이 얼마나 잘못되고 병들어 있겠습니까? 특히 일제가 역점을 두어 말살하려고 별별 수단을 다 부렸던 우리의 상고사 부분은 지금도 일반인에게는 거의 알려져 있지 않는 실정입니다.

치우천황은 우리 민족의 창의성과 우수성을 입증해 주는 불세출의 위대한 제왕입니다. 그러나 지난 1천년간 모화사대주의적 유학자들과 지난 세기 동안 일제의 식민사관에 의해 암혹 속에 가리워져 있다가 1980년 초부터 우리 상고사의 원전인 『환단고기』가 천하에 공표됨으로써 비로소 삼국 시대 이전 역사의 진면목이 일반에게 알려지기 시작했습니다.

그러나 『환단고기』는 식민사학자들의 냉대를 받으면서 재야사학자들에 의해 민중 속으로 깊숙이 파고들기 시작했습니다. 다행히도 이번에 2002 월드컵을 기하여 W세대인 붉은 악마들에 의해 치우천황의 혼이 무려 4천 6백 년 만에 불사조처럼 되살아난 것은 치우천황 시대를 방불케 하는 국운 융성의 전조인 것 같은 느낌이 듭니다."

"과연 세계로 웅비할 역동적인 한국인의 기상이 수천 년 만에 다시 한 번 크게 기지개를 켜는 것 같습니다."

"바로 그 때문에 붉은 악마들의 주도하에 전 국민이 지위고하, 남녀

노소를 막론하고 월드컵 때 그렇게 한마음이 되어 그렇게 신명을 낼 수 있었던 것 같습니다."

단군이 누구냐?

정지현 씨가 또 말했다.

“선생님, 혹시 중앙일보 2002년 6월 29일자 26면에 실린 단군에 관한 기사 읽어 보신 일 있습니까?”

“아뇨. 아직 못 읽어 보았습니다.”

“그럼 제가 직접 읽어 드릴 테니 들어 보시겠습니까?”

“그렇게 하죠.”

그는 안주머니에서 신문에서 오려 낸 일 단짜리 기사를 꺼내었다.

“그럼 읽겠습니다.

국제축구연맹(FIFA)의 2002 월드컵 공식 사이트(fifaworldcup.yahoo.com)의 뉴스(news) 코너에 단군 신화가 자세히 소개됐다.

지난 22일 한국팀의 월드컵 4강 진출이 확정된 지 이틀 후인 24일 실린 ‘단군, 국가의 탄생(Tangun : Birth of Nation)’이라는 제목의 이 기사는 “한국인의 조상인 단군은 5천여 년 전 하늘에서 내려온 천제의 아들 환웅이, 마늘과 쑥을 먹으며 동굴에서 1백일간 기도해 곰에서 인간이 된 웅녀와 혼인해 낳은 아들”이라고 소개했다.

월드컵 조직위 관계자는 “22일 한국 팀이 스페인을 꺾고 4강에 진출한 뒤 김대중 대통령이 ‘오늘은 단군 이래 가장 기쁜 날’이라고 소감을 밝히자 외국인들이 ‘단군이 누구냐’고 궁금해했다”며 “그래서 외국인들에게 단군을 설명한 것 같다"고 말했다.

이 사이트에선 한국팀의 쾌거를 단군 신화에 비유해 다음과 같이 전하기도 했다.

"태극 전사라 불리는 한국 대표팀은 단군 신화의 곰의 인내를 연상케 하는 철학을 바탕으로 포르투갈, 이탈리아, 스페인 등 강팀을 상대로 호랑이처럼 고도의 압박 플레이를 펼쳤다. 그러나 가장 중요한 것은 '해낼 수 있다'는 웅녀와 같은 진정한 믿음이었다."

선생님, 저는 이 기사를 읽고 하도 속에서 뿔따귀가 치밀고 기가 막혀서 말이 나오지 않았습니다. 도대체 이런 일이 있을 수 있습니까?"

"그거야 정지현 씨는 우리나라 상고사(上古史)를 알고 있으니까 그렇게 화도 치밀고 기도 막히겠지만 우리나라 상고사를 전연 모르는 일반 사람들은 학교에서 역사 시간에 그렇게 배웠으니까 그렇게 말할 수 밖에 없을 것입니다."

"도대체 단군 신화라는 것은 어떻게 된 겁니까? 무슨 근거라도 있습니까?"

"그걸 다 설명하자면 얘기가 길어집니다."

"좀 길어지더라도 얘기 좀 해 주십시오."

"우리나라 고대사(古代史)에 대한 기록은 지금 세 가지가 전해지고 있습니다. 그중 하나가 서기 1145년에 고려 인종 때 김부식이 편찬한 『삼국사기(三國史記)』입니다. 이 책은 글자 그대로 고구려, 신라, 백제를 주축으로 한 삼국의 역사입니다. 그런데 이 책에는 문학과 종교, 민담, 언어, 사상, 전설과 같은 옛 자취들은 빠진 부분들이 많았습니다.

이 책이 나온 지 1백 년쯤 뒤에 이를 안타깝게 여겨 온 승(僧) 일연(一然)이 『삼국사기』의 빠진 부분을 보충하기 위해서 쓴 것이 『삼국유사(三國遺事)』입니다. 그러나 『삼국유사』 역시 『삼국사기』에서 빠진 부분들이 많이 보충되기는 했지만 삼국을 주축으로 한 기록임에는 변함이 없었습니다.

그런데 여기서 주목을 끄는 것은 우리나라 상고사(上古史) 부분이 실사(實史)가 아니라 사람을 동물로 희화(戱畵)한 동화나 우화(寓話)의 형태로 책 앞머리에 실려 있는 것입니다. 이것을 일본 사학자들은 단군 신화(檀君神話)라고 명명하고는 한갓 신화(神話)에 지나지 않는 우리나라의 상고사는 믿을 것이 못 된다면서 이것을 식민사학을 보강하기 위한 호재(好材)로 이용해 왔습니다."

"단군 신화를 동화나 우화라고 하십니까?"

"네."

"왜 하필이면 왜 동화나 우화라고 하십니까?"

"한 나라의 역사의 주인공들을 동물로 희화(戱畵)한 것이 동화와 같고 또 동물인 곰이나 호랑이를 대비시켜 등장시키는 내용이 역사적 사실보다는 인내의 미덕을 권장하는 이솝 우화를 연상시키기 때문입니다."

"그럼 그 동화나 우화의 출처는 어딥니까?"

"『삼국유사』에는 '고기(古記)'라고만 적었습니다. 그런데 『삼국유사』에 나오는 고기(古記)는 지금 전해지지 않습니다. 어떤 사람은 이 고기를 '단군고기(檀君古記)'라고 말하는데 그러한 이름의 기록 역시 전해지지 않고 그러한 기록이 과연 있었는지 아직 확인되지도 않고 있습니다.

환웅이 곰이 변신한 웅녀와 결혼하여 단군을 낳았다는 기록은 단군조선을 상세히 다룬 『환단고기』 속의 「단군세기(檀君世紀)」에도 「규원사화(揆園史話)」에도 「단기고사(檀奇古史)」에서도 나오지 않습니다.”

“그럼 그게 혹시 중국 측이 고구려(高句麗)를 하구려(下句麗), 대한민국(大韓民國)을 대한견국(大韓犬國)으로 악의적으로 폄하(貶下) 또는 비하(卑下)한 것처럼 우리 상고사를 의도적으로 동화나 우화의 형식을 빌어 왜곡 날조한 기록을 일연이 자세히 검토도 해 보지 않고 『삼국유사』 첫머리에 실은 것이 아닐까요?”

“그럴 가능성이 많습니다.”

“그럴 만한 이유라도 있습니까?”

“그러한 글을 쓴 사람이 만약에 한국인이라고 생각해 보십시오. 그가 제아무리 모화사대주의(慕華事大主義)자라고 해도 감히 자기 조상을 곰이라고 하여 자기 자신까지도 곰의 새끼로 비하하는 짓은 저지르지 않았을 것이기 때문입니다.

중국 측은 사정이 다릅니다. 그들은 치우천황 시대부터 쌓이기 시작한 배달족에 대한 열등감을 해소하기 위해서 어떻게 하든지 기회만 있으면 우리의 역사를 깎아내리고 왜곡하는 데 혈안이 되어 왔습니다. 그리하여 치우천황의 동생들 중의 하나인 치우비(蚩尤飛)를 죽인 것을 치우천황을 죽였다고 허위 과장하거나 왜곡 날조하는 식입니다. 단군 우화도 바로 우리 민족을 평가절하하기 위한 왜곡 날조의 한 실례입니다.”

“그럼 저들이 아무리 왜곡 날조하고 허위 과장에 능하다고 해도 무슨 꼬투리가 있었을 것이 아닙니까?”

“물론입니다. 우리 측 기록을 참고하면 무엇을 어떻게 왜곡 날조했는지 알 수 있습니다.”

“그럼 선생님, 우리 측 기록을 참고해 가면서 저들이 어떻게 우리 상고사의 진실을 자기네 구미에 맞게 뜯어고쳤는지 말씀해 주시겠습니까?”

“그렇게 합시다. 그렇게 하자면 무엇보다도 단군은 누구이며 역사의 실상은 어떠했는지 먼저 우리 측 기록인 「단군세기(檀君世紀)」를 바탕으로 살펴보도록 합시다.

단군조선의 초대 단군 왕검은 재위 기간이 93년이었습니다. 그의 아버지는 배달국 제 18대 거불단(居弗壇) 환웅천황이고 어머니는 웅씨(熊氏) 왕국의 공주입니다. 신묘년(서기전 2370년) 5월 2일 인시(寅時)에 박달나무 아래서 태어났습니다.

그는 어렸을 때부터 신인(神人)의 덕이 있어 주변 사람들이 모두 두려워하고 복종했습니다. 그가 14세 때 웅씨 왕은 그가 지혜롭고 신성하다는 말을 듣고 자기 나라로 모셔다가 왕의 권한을 대행하는 비왕(裨王)이라는 직책을 주고 큰 읍을 다스리게 했습니다.

그가 비왕으로 있은 지 24년만의 일이었습니다. 아홉 갈래로 갈리어 각처에 흩어져 살던 배달족의 무리들이 큰 모임을 열고 그를 새 임금으로 추대하기로 결의했습니다. 배달국 기원 1565년 무진(戊辰) 원년(서기전 2333년) 10월 3일의 일이었습니다.

오가(五加)의 우두머리로서 8백 명의 부하를 이끌고 박달나무 무성한 둔덕에 자리잡은 그는 부하들과 함께 성대한 제단을 쌓고 삼신(三神)에게 제사를 올려 나라의 융성과 백성들의 안녕을 빌고 홍익인간(弘益人間) 재세이화(在世理化)의 큰 길을 따라 나라를 이끌어갈 것을 엄숙하게 다짐했습니다. 단군 왕검은 나라를 새로이 세우는 데 있어서 배달국 신시(神市) 시대의 옛 규칙과 법도를 따르기로 하고 서울을 아사달에 정하고 나라 이름을 조선(朝鮮)이라고 했습니다.

(여기서 조선(朝鮮)이란 국호가 처음으로 등장합니다. 물론 훗날 이성계가 세운 조선과는 구별됩니다. 그래서 사학자들은 전자를 단군조선이라고 하고 후자는 이씨조선(李氏朝鮮), 이조선(李朝鮮) 또는 생략해서 이조(李朝)라고 부릅니다.

혹자는 일제가 이씨조선 왕조를 폄하하기 위해서 이조라고 명명했다지만 그렇지 않습니다. 실례로 저 유명한 민족사학자 단재 신채호 선생도 이조라고 불렀으니까요.

만약에 그냥 조선 또는 조선왕조라고 부르면 단군조선 이후에 등장하는 기자조선(奇子朝鮮), 기자조선(箕子朝鮮). 진조선(眞朝鮮), 번조선(番朝鮮), 막조선(莫朝鮮), 위만조선(衛滿朝鮮), 북조선(北朝鮮), 남조선(南朝鮮), 조선민주주의인민공화국 등과도 구분을 할 수 없기 때문입니다.)

우선 여기까지만 살펴보기로 합시다.

웅씨 왕국(熊氏王國)의 공주를 암곰으로 탈바꿈시킨 단군 우화

『삼국유사』에 나오는 단군 우화는 배달국 시대 18대 1565년의 역사와 단군조선 시대의 47대 2096년의 총 3661년의 역사를 한웅과 단군의 단 2대(代)의 역사로 왜곡 압축시켜 놓았습니다. 여기까지는 그렇다 치고 더욱 희한한 것은 단군이 '마늘과 쑥을 먹으며 동굴에서 1백일간 기도해 곰에서 인간이 된 웅녀와 혼인해 낳은 아들'이라고 한 대목입니다.

이로 인하여 단군의 자손인 한국 민족은 졸지에 곰의 새끼들로 격하시켜 놓았습니다. 한국을 강점한 일본 제국주의자들은 한국 민족을 일본의 영원한 노예로 길들이기 위해서 한국사를 왜곡 날조했습니다. 이러한 역사 해석 방법이 이른바 식민사관인데 바로 이 단군 우화는 그들에게는 더 없이 이용 가치가 높은 소중한 자료가 아닐 수 없었습니다. 그들은 얼씨구나 하고 이것을 식민사관을 전파하는 데 이용했습니다.

불교계에서는 『삼국유사』를 쓴 사람을 일연 선사(一然禪師)라고 부르지만 내가 보기에는 그렇지 않습니다. 그는 우리 민족의 상고사를 왜곡 날조하여 한갓 동화나 우화로 만들어 놓은 정체불명의 고기(古記)를 신중치 못하게 그대로 인용함으로써 지금도 이 땅에서 숨쉬고 있는 우리 배달겨레를 곰의 후손으로 만들어 놓은 큰 잘못을 저질렀습니다. 그는 우리 민족이 존재하는 한 영원히 그 책임을 면할 길이 없게 될 것입니다.

그가 『삼국유사』를 쓸 당시에는 「단군세기(檀君世紀)」와 「단기고사(檀奇古史)」를 위시한 단군조선에 관한 역사적 기록들이 숱하게 남아 있을 때였는데 하필이면 한족(漢族)이 우리를 중상모략하기 위해 고의적으로 유포시킨 것이 분명한 이런 신빙성 없는 우화 같은 것을 우리의 상고사라고 하여 첫머리에 인용한 것은 지혜롭지 못한 짓이었습니다. 이로 인해 그는 두고두고 우리 민족에게 씻기 어려운 크나큰 죄를 지은 것입니다.

일제의 식민사관을 고스란히 전수받은 한국의 식민사학자들은 해방된 지 57년이 된 지금도 한국의 사학 교육을 떠맡고 있습니다. 그리하여 현재 각급 학교의 역사 교과서에서는 한국 민족은 곰의 자식이라고 지금도 가르치고 있습니다.

단군 신화를 높이 평가하는 학자들 중에는 그 속에는 한국 민족에 관한 심오한 철학과 종교적 함의(含意)가 감추어져 있다고 말하고 있지만 사실은 우리 민족을 깎아내리고 모욕하기 위한 이민족(異民族) 사관(史官)들의 가증스러운 음모가 도사리고 있을 뿐이라는 것을 깨달아야 합니다."

"결국은 웅씨 왕국(熊氏王國)의 공주인 초대 단군 왕검의 어머니를 웅녀(熊女) 즉 암곰으로 둔갑시켜 놓은 것이군요."

"바로 그것이 왜곡 날조의 핵심 포인트입니다."

"이민족의 사관이 한국 민족의 역사를 그렇게 악의적으로 깎아내리는 것은 한국 민족에 대한 자기네의 열등감을 해소하기 위해서 비록 옹졸한 짓이긴 하지만 있을 수도 있는 일이 아니겠습니까?"

“그럼요. 그리고 2002 월드컵에서 우리는 4강까지 진출했는데 중국은 16강에도 들지 못한 열등감을 해소하기 위해서 그들은 우리가 심판들을 매수했다고 중상모략을 하고 대한민국(大韓民國)을 대한견국(大韓犬國)이라고 희화하는 것은 속 좁고 옹졸한 일부 중국인들의 성격상 얼마든지 있을 수도 있는 일입니다.

그러나 지금도 모화사대주의 사상에 빠져있는 한국인들이 한국에 대한 그러한 중국인의 중상모략이 과연 옳다고 칭찬하면서 그들의 견해를 우리의 교과서에 그대로 인용하여 싣고 학생들에게 가르치고 있다면 우리는 그런 한국인 사학자를 보고 제정신이 있는 사람이라고 말할 수 있을까요?”

“그거야말로 얼빠진 사람이 아니겠습니까?”

“그렇습니다. 그 사람들이야말로 정신 나간 사람들입니다. 그런데 사실은 『삼국사기』를 쓴 김부식의 모화사대주의(慕華事大主義)적 화이(華夷) 사관을 따르는 유학자들과 한국 학생의 역사 교육을 책임지고 있는 한국의 식민사학자들은 지금도 배달민족을 곰의 후손으로 깎아내린 단군 우화를 아무런 검증이나 여과 없이 그대로 인용함으로써 후안무치한 민족 자해 행위를 여전히 자행하고 있습니다.”

“선생님, 아무리 식민사관에 환장을 한 사학자라고 해도 한웅이 곰에서 인간이 된 웅녀와 결혼했다는 단군 신화에 나오는 얘기를 아무런 검토도 없이 교과서에 그대로 인용하여 가르친다는 것은 좀 무책임한 짓이 아닐까요?”

“지극히 무책임한 짓일 뿐만 아니라 민족 자멸(自蔑) 자해(自害) 행위이기도 합니다. 암콤이 신통술(神通術)을 부리지 않는 한 어떻게 졸지에 인간으로 변할 수 있겠습니까? 천년 묵은 여우가 재주를 넘으면 미녀로 탈바꿈한다는 전설이 있기는 하지만 암콤이 여인으로 둔갑했다는 말은 단군 신화에만 등장합니다."

"그러니까 『삼국유사』에 실린 단군 우화는 어디까지나 단군의 역사에서 힌트를 얻어 사람을 동물로 희화(戲畵)한 동화나 우화일 뿐 단군 실사(實史)와는 아무 관련도 없는 것이 아닐까요?"

"그렇습니다. 단군 우화는 민담(民譚), 전설(傳說), 신화(神話) 따위에 속하는 일종의 민속 문학이라고도 할 수 있습니다. 생각해 보십시오. 유인원(類人猿)이 사람으로 진화하는 데도 생물학적으로는 적어도 수백만 년 내지 수천만 년의 시간이 걸려야 합니다. 그런데 어떻게 5천 년 전의 곰이 오늘날 우리와 같은 인간으로 버젓이 진화할 수 있겠습니까?"

"이것은 생물 진화상으로도 도저히 설명할 수 없는 일이 아닐까요?"

"그렇습니다. 그런데도 불구하고 한국의 강단 사학자들은 식민사학에 길들여진 그대로 지금도 아무런 반성 없이 단군 신화를 교과서에서 싣고 가르치고 있습니다. 그 결과 국제축구연맹(FIFA)의 2002 월드컵 공식 사이트(fifaworldcup.yahoo.com)의 뉴스(news) 코너에서도 '한국인의 조상인 단군은 5천여 년 전 하늘에서 내려온 천제의 아들 환웅이, 마늘과 쑥을 먹으며 동굴에서 1백일간 기도하여 곰에서 인간이 된 웅녀와 혼인해 낳은 아들'이라고 창피한 줄도 모르고 소개되는 지경에 이르렀습니다."

"선생님께서는 아까 한국에는 세 가지 종류의 고대사 기록이 전해지고 있다고 하시고, 김부식이 쓴 『삼국사기』의 부족한 점을 보충하기 위해서 승 일연의 『삼국유사』가 나왔다고 하셨습니다. 두 가지 종류의 고대사 기록에 대해서는 말씀하셨는데 세 번째 고대사 기록에 대해서는 말씀하시지 않았습니다."

"아 네, 무슨 뜻인지 알겠습니다. 『삼국사기』와 『삼국유사』는 그 명칭이 말해주듯 신라, 고구려, 백제의 세 나라의 역사가 주류를 이루고 있습니다. 『삼국유사』에도 첫 머리에 나오는 단군 우화 이외에는 삼국시대 이전의 역사는 취급되지 않았습니다.

김부식의 『삼국사기』와 일연의 『삼국유사』에서 빠진 한국 상고사 부문을 보완하기 위해서 나온 것이 바로 『환단고기』입니다. 『환단고기』 속에 나오는 안함노(安含老)가 쓴 「삼성기전(三聖紀全)」 상(上)과 원동중(元董仲)이 쓴 「삼성기전(三聖紀全)」 하(下)와 이암(李嵒)이 쓴 「단군세기(檀君世紀)」 그리고 범장(范樟)이 쓴 「북부여기(北夫餘紀)」 상하(上下) 및 「가섭원부여기(迦葉原夫餘紀)」가 그것입니다.

이상 네 가지 기록은 고려 시대에 쓰여졌습니다. 그리고 이맥(李陌)이 쓴 「태백일사(太白逸史)」는 이조 때에 쓰여진 것입니다. 그러나 모화사대주의 사상에 미쳐 버린 유학자들이 득세하던 고려와 이조 시대에는 이 책들을 도저히 드러내 놓고 읽거나 출판을 할 수가 없었습니다. 까딱하면 사문난적(斯文亂賊)으로 몰려 처형을 당해야 하는 살벌한 분위기였기 때문입니다."

"사문난적(斯文亂賊)이란 무슨 뜻입니까?"

"교리에 어긋나는 언동으로 유교(儒敎)를 어지럽히는 사람을 그렇게 불렀는데 이런 사람이 적발되면 극형을 면치 못했습니다. 공산국가에서 반동분자로 지목되면 살아남기 어려운 것과 같았습니다. 모화사대주의(慕華事大主義)를 정면으로 부정하고 민족 주체 사관을 기조로 하는 『환단고기』와 같은 기록은 유학자들이 보기에는 사문난적에 해당되었습니다. 지금 생각하면 참으로 한심하기 짝이 없는 세태였습니다."

"삼국 시대 이전의 상고사를 취급한 기록은 『환단고기』 외에는 없습니까?"

"그렇지 않습니다. 지금 전하는 것으로 『환단고기』 외에도 이조 때 북애(北崖)가 쓴 『규원사화(揆園史話)』와 발해(渤海) 때 대야발(大野勃)이 쓴 『단기고사(檀奇古史)』가 있습니다."

"선생님, 우리 민족이 곰의 후손이라는 오명에서 벗어나려면 어떻게 해야 되겠습니까?"

"가장 손쉬운 방법은 각급 학교의 강단에서 우리 민족의 공동 조상 중의 한 분인 단군 왕검이 곰의 아들이라고 가르치는 교과서를 없애 버리고 또 그것을 쓰고 가르치는 식민사학자들을 일제히 몰아내야 하는데, 그것은 과거에도 재야 사학자들에 의해 여러 번 시도되었지만 번번이 실패했습니다."

"그러나 지금도 대통령과 국회의원들이 친일파를 제거하듯 하면 되지 않겠습니까?"

"그것도 어렵습니다."

"왜요?"

"식민사학자들이 해방 후 지금까지 계속 제자들을 양성하면서 철옹성 같은 학파를 형성하고 있으므로 일조일석에 제거하기는 거의 불가능합니다. 그들은 그만큼 우리나라 사학계에 깊숙이 뿌리내리고 있습니다."

곰의 새끼라는 오명을 벗는 길

"그러면 우리 민족이 곰의 새끼라는 오명을 벗기는 영영 어렵다는 얘기입니까?"

"반드시 그렇지는 않습니다."

"그럼 무슨 좋은 수가 있습니까?"

"있습니다."

"그게 뭡니까?"

"인터넷을 애용하는 흔히 붉은 세대라고 불리는 순수한 정의감과 민족정기가 살아 있는 월드컵 세대들에게 우리나라 상고사의 원전인 『환단고기』를 널리 보급하는 겁니다. 아니 이미 『환단고기』는 붉은 악마들에게는 읽히고 있습니다. 그들은 『환단고기』를 읽었기 때문에 치우천황(蚩尤天皇)상(像)을 태극기와 함께 자기네의 상징으로 이용할 수 있었던 것입니다."

"그런데 선생님, 『환단고기』는 번역판이 여러 가지 나왔지만 사학(史學)을 전공하지 않는 보통 사람이 읽기에는 너무 어렵더라고요."

"그런 때를 대비하여 내가 12년 전에 쓴 『소설 한단고기』 상하권(도서출판 유림 간행)이 지금도 시판되고 있습니다. 어렵고 복잡한 『환단고기』 원문을 소설처럼 읽기 쉬운 문장으로 바꾸어 놓았으니까 일반 국민들과 초보자에게도 많은 도움이 될 것입니다."

"그렇겠는데요. 어차피 대통령이나 국회의원들과 국가 기관이 마땅히 해야 할 일을 기피한다면 민간이 주도하여 자발적으로 추진하는 수밖에 없겠는데요."

"그렇습니다. 우리가 곰 새끼도 아닌데 외국인의 악의적인 중상으로 억울한 누명을 썼다면 우리 스스로 그 누명을 벗는 수밖에 없습니다. 가장 빠른 길은 각급 학교 교과서에서 우리가 곰의 자손이라고 쓴 단군 우화를 추방해야 합니다. 그러나 그 길은 식민사학자들이 딱 가로막고 있으니 현재로는 교과서를 고치는 일은 거의 불가능합니다. 그리하여 거짓이 참의 행세를 하고 있는 것입니다.

그러나 온 국민들이 우리 상고사의 진실을 다 알아 버리면 거짓의 정체도 백일하에 드러나게 될 것입니다. 사기꾼은 남의 눈을 속일 수 있을 때는 활개를 칠 수 있지만 그들의 정체가 폭로되면 더이상 사기를 칠 수 없게 됩니다.

우리 국민들이 무지할 때는 우리가 곰의 자손이라고 교과서에서 가르치면 그저 그런가 보다 하고 속아 넘어갈 수 있을지 모르지만 그것이 순전히 거짓말이라는 것을 알아 버리면 더이상 속지 않을 것입니다."

"그러니까 우리가 곰의 자손이 아니라는 것을 알 수 있으려면 우리나라 상고사의 진실을 말해 주는 『환단고기』를 읽어서 실상을 깨닫는 길밖에 없다는 말씀이군요."

"그렇습니다. 뭐니뭐니해도 사필귀정(事必歸正)이니까요. 사람들을 일시적으로 속일 수는 있을지 몰라도 영원히 속일 수는 없습니다."

"붉은 악마들에게 『환단고기』가 파고들어 가듯 전체 국민들에게도 속속들이 『환단고기』가 파고들어 가서 상고사의 진실이 알려지면 우리나라 식민사학자들이 설 땅은 자연히 없어지게 되겠군요."

"그렇습니다."

【이메일 문답】

무쇠 솥이 되었음 좋겠습니다

삼공 선생님께.

선생님, 인사가 늦었습니다. 저 상주 사는 이미숙입니다. 일에 열중하며 살다 보니 벌써 선생님 뵈온 지 한 달이 다 되어 갑니다. 마음속으로는 늘 선생님 생각을 하고 있지만 공부를 미진하게 하다 보니 부끄러워 갈까 말까 망설이게 됩니다. 그러나 완벽하게 잘살아야지만 꼭 선생님을 뵈러 갈 수 있는 건 아니라는 생각으로 스스로를 위로하며 내일 찾아뵐까 합니다.

선생님, 오늘이 제대로 잘 꾸려지지 않으면 내일이 없는데도 저는 생각만큼 행동을 하지 못하는 어리석음을 범하고 있습니다. 마음이 있으면 시간은 분명히 생긴다는 말을 몇 번이나 체험을 하고서도 새로 바뀐 주위 상황에 적응해야 한다는 것을 핑계 삼아 흐트러지고 물러지기도 하네요.

목표는 확실하게 잡았는데 힘을 한곳으로 모으기가 힘이 좀 듭니다. 어떨 땐 애쓰는 제 자신이 애처롭기도 하지만 분명한 것은 제가 좀더 부지런하고 욕심을 이겨내면 잘될 텐데 의지가 자꾸 약해져서 전력투구를 하지 못하고 있습니다. 그러나 금세 달아올랐다가 금방 식는 양은 냄비가 되기보다는 천천히 달아오르지만 그래서 잘 식지 않는 무쇠솥이 되었음 좋겠습니다.

이제는 수련에 전처럼 욕심을 내거나 조급하게 생각하진 않지만, 대신에 좀 늘어집니다. 조금 쉬었으니 다시 힘내서 박차고 나가야겠습니다. 그리고 『선도체험기』 64권에 제 얘기 실어 주신 것 감사합니다. 진정으로 그 뜻에 보답하는 길은 수련을 더 열심히 하는 것이라고 새로 다짐을 해 봅니다. 약간 부담이 되긴 하지만요.

그럼 내일 찾아뵙겠습니다. 안녕히 계십시오.

2002. 6. 12.
상주에서 이미숙 올립니다.

【필자의 회답】

목표는 확실하게 잡았는데 힘을 한곳으로 모으기가 힘이 들면 그러한 자기 자신을 계속 관하시기 바랍니다. 나약해지고 뒤쳐지는 자신을 지속적으로 관하다가 보면 자신의 초라한 모습이 객관화되어 냉정하게 쳐다보여질 때가 올 것입니다. 그 정도가 되어야 관이 잡힌다고 말할 수 있습니다.

관이 일단 잡히면 대책은 자동으로 나오게 되어 있습니다. 아니 대책을 강구하고 말고 할 사이도 없이 몸이 먼저 알고 부지런히 자기 할 일을 하게 될 것입니다. 어려움과 정체(停滯)를 타개하는 비결은 이미 자기 자신 속에 이미 다 준비되어 있습니다. 문제는 우리가 얼마나 제때에 그것을 꺼내 쓰느냐입니다. 관과 자기성찰이 바로 그 방편입니다.

부숴지지 않는 망상

세계인의 축제인 월드컵 때문에 축구 열기로 온통 들떠 있고, 붉은 물결로 온 나라를 뒤덮을 것처럼 흥분되어 있지만 한 구도자의 마음은 항상 평온함으로 여여하게 흘러가고 있습니다.

암벽 등산을 시작하고 비로소 삼공 공부에 불이 붙기 시작한 것 같습니다. 가부좌를 하고 있으면 아직도 진동이 일어나고는 있지만, 머리에서부터 단전까지 원기둥으로 변하기도 하고, 둥근 바위처럼 묵직한 원형으로 변화되는 제 모습을 볼 수 있습니다.

또한 무엇 하나 영원한 것은 없고 언제나 변해만 가는 원리를 온몸으로 깨달으니 마음이 한결 편안해짐을 느끼게 되고, 행과 불행, 많음과 적음, 잘남과 못남의 분별이 점점 없어지면서, 이 모든 한계 너머에 있는 제 자신을 찾아가고 있습니다.

임제(臨濟) 선사의 살불살조(殺佛殺祖)의 큰 뜻을 조금씩 알아 가면서, 헛된 망상이 나타날 때마다 두루마리처럼 말아 저의 용광로에 넣어 재로 만들어 버리고 있지만, 사실 헛된 망상을 일으키는 제 자신을 산산이 부숴 버려야 하는데 그것이 잘 안됩니다.

얼마나 꿋꿋이 버티고 있는지 속상해 눈물이 나오고 가슴이 답답한데 이럴 때는 어떻게 해야 되는지요? 꾸준히 지속적으로 지치지 말고 지켜보는 것이 해결책인 것을 알지만 또 한 번 아상의 두터움을 느끼며, 스승님의 가르침을 기다립니다.

안녕히 계십시오.

2002년 6월 12일
박영희 올림

【필자의 회답】

헛된 망상을 일으키는 자기 자신을 산산이 부숴 버린다고 하여 부숴진다면 무슨 걱정이 있겠습니까? 부숴지지 않을 때는 망상을 일으키는 자기 자신을 끈질기게 관하십시오. 처음에는 자기 모습이 자기 시야에 완전히 들어오지 않을 것입니다. 그러나 그럴수록 끈질기게 관하다 보면 자기 자신의 모습이 시야 안에 완전히 들어올 때가 반드시 올 것입니다.

시야에 들어오지 않으면 그렇게 될 때까지 끊임없이 지켜보아야 합니다. 이것은 자기 자신의 가아(假我)와의 싸움이니까 젖 먹던 힘까지 내어 결사적으로 임해야 합니다. 용맹정진의 강도에 따라 자신의 가아의 모습이 시야에 완전히 들어오고 나면 그것을 냉정하고 객관적으로 응시해야 합니다. 그러는 사이 그 모습이 축소되어 손안에 잡혀야 합니다. 그렇게 되면 사태를 장악하게 될 것입니다.

박영희 씨는 지금 암벽 타기로 운기가 배가되고 있으니 내가 시키는 대로 과감하게 밀고 나가면 그렇게 될 것입니다. 반드시 큰 기운의 도움이 있을 것입니다. 자기를 이기는 사람이라야 남도 이기고 세상도 이기고 우주도 내 것으로 할 수 있습니다. 왜냐하면 사람은 우주의식(宇宙意識) 그 자체이기 때문입니다. 우주의식이 바로 하늘입니다. 그래서 하늘은 스스로 돕는 자를 돕는다고 하는 겁니다.

번뇌 망상에 대하여

산이라곤 아침마다 산행을 하는 남한산성 외에는 가 본 적이 없는 제가 처음으로 암벽 등산을 가겠다고 마음을 먹고 스승님을 따라나선 지가 벌써 지난주로 다섯 번째였습니다. 등산을 다녀온 횟수가 거듭될 때마다 스승님께서 일주일에 한번은 6~7시간 암벽 등산을 해야 된다고 그렇게 강조하신 이유를 온몸으로 체득하고 있습니다.

아침마다 2시간에 걸쳐 산행을 하고, 양심에 걸리는 행동에서 벗어남과 동시에 스승님과 함께하는 암벽 등산으로 인해 일어나는 마음과 몸과 기운의 변화를 무엇으로 설명해야 될는지... 구도자의 길은 모든 과정이 실제로 경험을 해 보고 깨달아 가는 것이란 것을 또 한 번 알았습니다.

103배를 하고 난 다음 반가부좌하고 명상을 하려고 하면 어김없이 나타나는 번뇌 망상들. 처음에는 나타나는 모든 상을 접어 단전의 용광로에 억지로 태워 버리려고 애를 썼는데, 인위적으로 그렇게 하고 있는 제 모습을 보면서 잘못되었다는 것을 느끼고, 무심으로 바라보게 되었습니다. 그랬더니 어느 순간 사라져 버리는 것을 느끼긴 했는데 또 다시 같은 상이 계속 나타날 때면 이것도 아니란 생각이 들었습니다.

모든 것을 억지로 지우고 없애려고 하는 제 모습을 보면서 참으로 답답했습니다. 번뇌 망상을 제거하고 마음이 일어나지 않는 것은 무정(無情)이라 했는데 이것은 또 무엇인지 혼란스럽기까지 했습니다. 그렇게 2주일이 흘러가면서 조금씩 잡혀지는 것이 있으니, 일어나는 번뇌 망상, 귀로 듣고 눈으로 보는 모든 것을 있는 그대로 받아들이되 그 경계에 머물러 마음이 흔들리지 말아야 한다는 것을 알았습니다.

아직은 머리로만 깨달았을 뿐, 앞으로 실행으로 옮겨 항심이 될 때까지 가고 또 가야겠지요. 그래야만이 제 자신을 한 손에 거머쥘 수 있는 것이겠지요.

앞으로 전진하는 데 힘쓰는 사람은 앞만 볼 뿐 뒤는 돌아보지 않는다고 한 말이 생각이 나네요. 답답하고 혼란스러웠던 지난 시간들을 뒤로하고 앞으로는 더욱더 용맹정진하겠습니다.

2002년 6월 28일

박영희 올림

【필자의 회답】

명상 시에 번뇌 망상이 일어나는 것은 현재의 자기 자신의 수련의 경지와 수준을 말해 줍니다. 어두운 동굴 속에 등불을 들고 들어갔을 때 등불의 밝기에 따라 동굴 내의 사물의 양상은 달리 비춰질 것입니다. 등불의 밝기가 약하면 약할수록 동굴 속의 실제 모습과는 먼 것을 비추어 줄 것입니다. 그러나 그와는 반대로 등불의 밝기가 강할수록 동굴 내의 실제의 모습과 가까운 것을 비추어 줄 것입니다.

그 동굴 내의 모습이 우리가 사는 유위계(有爲界)의 삼라만상입니다. 우리가 눈, 귀, 코, 혀, 피부, 의식 등 육근(六根)을 통하여 감지하는 모든 것을 상(相)이라고 합니다. 모든 상은 생멸(生滅)합니다. 성주괴공(成住壞空), 생로병사(生老病死)의 과정을 거쳐 한 번 나타난 것은 모조리 다 사라지게 되어 있습니다.

번뇌 망상 역시 삼라만상에 속하는 하나의 상에 지나지 않습니다. 이 우주 내의 온갖 상은 모두가 다 허망합니다. 일체의 상은 사실은 상이 아니요 허상이라는 것을 알게 되면 그 즉시 진상(眞相)을 볼 수 있게 되어 있습니다. 이 우주 안에서 가장 밝은 것은 바로 일체의 상은 상이 아닌 허상이라는 것을 꿰뚫어보는 지혜의 눈입니다.

우리가 수련을 하는 것은 바로 그 지혜의 눈을 뜨기 위해서입니다. 그 지혜의 눈을 뜨기 위해서 이타행(利他行), 역지사지(易地思之), 방하착(放下着), 애인여기(愛人如己), 여인방편자기방편(與人方便自己方便)과 같은 정선혜(正善慧)의 마음공부를 합니다. 그렇게 하여야 마음을 완전히 비울 수 있기 때문입니다.

햇볕이 강하게 비치면 아무리 음침한 골짜기 속의 안개라도 한순간에 말짱 다 걷히고 말 것입니다. 그 안개가 바로 번뇌 망상입니다. 그리고 그 안개가 바로 삼라만상입니다. 안개는 손으로 아무리 걷어 내려 해도 없어지지 않습니다. 그러나 강한 햇볕 속에서는 일순도 버틸 수 없습니다. 우리의 마음은 능히 그 강한 햇볕이 될 수 있습니다.

나는 박영희 씨가 한시바삐 현상계의 온갖 상(相) 속에서 벗어나 자신의 본래면목을 찾아내어 더이상 상(相) 속을 헤매는 일이 없기 바랍니다. 물론 그렇게 하는 것은 결심과 실천에 달려 있습니다.

다음은 단기 4335(2002)년 8월 5일부터 같은 해 10월 3일 사이에 필자와 수련생들 간에 있었던 수련에 관한 대화들과 필자의 선도 체험 이야기 그리고 독자와 필자 사이의 이메일 문답 내용을 수록한 것이다.

정신병이 들지 않게 하는 방법

40대 초반의 자영업자인 홍우용 씨가 20개월 만에 찾아왔다. 삼공재(三功齋)에 한 2년 동안 열심히 다닐 때는 키 170에 체중 58의 후리후리하고 날씬한 몸매였었는데 오늘 보니 약간 비만이었다. 체중을 물어보니 70이라고 한다. 그동안에 12킬로그램이나 늘어난 것이다.

하도 오래간만에 약간의 비만 상태로 찾아와서 그런지 나는 그를 알아보지 못하고 처음 찾아오는 고객인 줄 알았었다. 그러나 곧 알아보고 인사가 끝나자 내가 먼저 물었다.

"그동안 어디 가서 무엇을 했기에 그렇게 몸이 불어났습니까?"

"수양산 수련원에 가서 마음수련을 받았습니다."

"며칠 동안이나 수련을 받았습니까?"

"8일 동안 받았습니다."

"겨우 8일밖에 안 받았습니까?"

"네."

"왜요?"

"정신병이 또 도져서 수련 중에 그만두었습니다."

"정신병이 도지다니요?"

"그 전에도 세 번쯤 병원에 입원한 일이 있었습니다."

"그래요? 병났을 때의 상황을 설명할 수 있겠습니까?"

"어느 한순간에 정신을 잃어버리니까 아무것도 기억할 수 없습니다."

"그럼 정신을 잃어버린 동안 그것을 목격한 주변 사람들은 뭐라고 말합니까?"

"저의 기억에도 없는 소리를 횡설수설한다고 합니다."

"그럼 정신분열증이란 말입니까?"

"그런 것 같습니다."

"난치병이군요."

"그래서 제 부모도 제 집사람도 저도 걱정입니다."

"그렇겠는데요. 그건 그렇고, 수양산 수련원엔 무엇 하러 갔습니까?"

"7일 안에 견성(見性)시켜 준다고 하기에 견성하려고 갔었습니다."

"누가 그런 소리를 했습니까?"

"사실은 한겨레 신문에 난 광고를 보고 찾아갔었습니다."

"홍우용 씨는 신문 광고를 믿습니까?"

"대체로 믿는 편입니다."

"7일 안에 견성시켜 준다는 말도 그래서 믿었습니까?"

"네."

"그 말이 사실이라면 이 세상에 수련하는 사람이 있을 필요가 없을 것입니다. 상식에 맞지 않는 말은 일단 의심을 해 보아야죠. 안 그렇습니까?"

"네, 앞으로는 조심할 겁니다."

"그런데 오늘은 무슨 바람이 불어서 20개월 만에 이렇게 찾아 왔습니까?"

"생식도 다시 시작할 겸, 정신병을 낫게 하는 방법은 없을까 하고 선생님한테 좀 알아보려고 찾아왔습니다. 선생님, 어떻게 하면 정신병에 다시 걸리지 않을 수 있겠습니까?"

"정신병이란 제정신을 잃는 겁니다. 정신을 잃지 않으려면 항상 정신을 똑바로 차리고 있어야 합니다. 정신이 항상 흐리멍덩한 사람은 남의 허황된 유혹에도 잘 넘어갑니다. 남의 유혹에 잘 속어 넘어가는 사람을 유심히 살펴보면 욕심이 많고 생활 태도가 건전치 못합니다.

그래서 욕심을 부리지 않고 늘 건전하고 바르게 살아가는 사람 쳐놓고 정신병에 걸리는 사람도 없고 사기꾼의 유혹에 넘어가는 사람도 없습니다. 결론적으로 말해서 정신병에 걸리지 않으려면 바르게 살아가야 합니다."

"선생님, 그럼 어떻게 사는 것이 바르게 사는 길입니까?"

"허황된 욕심 부리지 말고, 집착하지 말고, 갈애(渴愛)하지 말고, 나쁜 짓 하지 않고, 착한 일 많이 하는 것이 바르게 사는 길입니다."

"그건 너무 막연합니다. 똑 부러지게 구체적인 생활지침 같은 것은 없습니까?"

"오계(五戒) 아십니까?"

"네 압니다."

"그럼 어디 한 번 외워보세요."

"1. 살생하지 말라.

2. 도둑질하지 말라.

3. 음행하지 말라.

4. 거짓말하지 말라.

5, 과음(過飮)하지 말라.

마지막 과음하지 말라 속에는 흡연, 마약, 도박을 하지 말라는 것도 포함됩니다. 이상 다섯 가지입니다."

"잘 외우시는군요. 어떻습니까? 오계는 늘 지킨다고 생각하십니까?"

"세 번째까지와 다섯 번째는 대체로 지킬 수 있을 것 같은 데 거짓말 하지 말라는 것만은 아직 자신이 없습니다."

바르게 산다는 것

"그럼 앞으로는 남에게 거짓말하지 않는 것을 철저히 지켜 나가도록 하십시오. 그렇게 사는 것이 바르게 사는 길입니다. 그리고 홍우용 씨는 남과 약속을 하고도 지키지 못하는 일은 없었습니까?"

"왜 없었겠습니까? 있었죠."

"왜 약속을 지키지 않았습니까?"

"부득이한 사정이 있어서 약속을 못 지킬 때가 많이 있었습니다."

"그럴 때는 어떻게 했습니까?"

"상대가 아무 말도 안 하면 그냥 모른 척하고 넘어가고 말았습니다."

"그럴 때 상대와 처지를 바꾸어 놓고 생각해 본 일 있습니까?"

"아뇨."

"홍우용 씨가 약속을 지키지 못한 잘못은 인정합니까?"

"그럼요."

"그런데 왜 상대에게 사과하지 않았습니까?"

"상대도 양해해 주겠지 하는 생각이 들어서 그랬습니다."

"홍우용 씨가 남에게 그런 일을 당했다면 기분이 어떻겠습니까?"

"물론 좋지 않죠."

"그건 말할 것도 없고 그런 사람과 다시 상종하려고 하겠습니까?"

"생각해 보니 제가 잘못했습니다."

"잘못을 저질렀으면 상대에게 사과를 해야 합니다. 자기가 약속을 지키지 않음으로써 상대에게 피해를 입히고도 모른 척하면 그 사람은 홍우용 씨를 속으로 못마땅하게 생각할 것이고 그것이 자꾸만 깊어지면 원한이 될 것입니다.

주변의 여러 사람들에게 이런 식으로 자꾸만 피해를 입히면 인간관계가 엉망진창이 되어 버립니다. 이처럼 잘못을 저지르고도 하나하나 정리를 하지 않고 어물어물 넘어가 버리면 홍우용 씨의 심성은 날이 갈수록 점점 더 황폐(荒廢)해질 것입니다.

가족은 물론이고 주변 사람들로부터도 점점 소외되어 외톨이가 되어 버립니다. 왕따를 당할 수도 있습니다. 남들에게 왕따를 당하면 자폐증에 걸릴 수도 있습니다. 그 자폐증이 심해지면 정신 이상을 초래할 수도 있습니다. 그렇게 되면 점점 더 공상과 망상 속에 빠져 버리게 될 것입니다. 이러한 생활이 쌓이고 쌓이다 보면 결국은 정신병자가 되어 버리고 맙니다. 바르게 산다는 것은 무슨 일에든지 집착하지 않고 갈애(渴愛)하지 않는 것을 말합니다. 집착과 갈애는 허황된 욕심에서 생겨납니다.

실례를 하나 들겠습니다. 모 은행의 지점에서 일어난 일입니다. 지점장은 아내와 열 살 난 아들을 둔 유부남입니다. 그런데 그의 아내는 고교 교사이고 근무지가 멀리 떨어져 있으므로 소위 주말부부입니다.

부하 직원들 중에 미모의 발랄한 처녀가 한 사람이 있었습니다. 지점장은 이 처녀 직원에게 유독 호감을 가지고 있었습니다. 그래서 그녀가 주말에 하루만 휴가를 달라고 해도 이틀씩 선심을 쓰고는 했습니다. 그리고 그 처녀 직원의 어머니가 입원 중이고 입원비 조달에 어려움을 겪고 있다는 것을 알고는 청하지도 않은 가불까지 해 주었습니다.

지점장이 자기에게 호감을 가지고 있다는 것을 눈치챈 처녀 직원은 그가 주말부부라는 약점을 이용하여 은근히 그에게 접근했습니다. 지점장이 밤낚시를 즐긴다는 것을 안 그녀는 그를 따라가 거드는 척하다가 밤이 깊어지자 지점장이 쳐 놓은 텐트 속에 먼저 들어가 잠이 들었습니다.

낚시를 끝낸 지점장이 잠을 자려고 텐트에 들어가 불을 켜 보니 그 처녀 직원이 잠들어 있었습니다. 아무도 보지 않는 깊은 밤이고 호젓한 호숫가에서 벌어진 일이었습니다. 그는 어쩌다 보니 깜박 졸았겠지 하고 돌려보내려고 처녀 직원을 깨웠습니다.

그러나 잠을 깬 처녀 직원은 그것이 아니었습니다. 계획적으로 지점장을 유혹하기로 작정한 것이었습니다. 처녀의 농밀한 성적 유혹에 지점장은 앞뒤 재어볼 틈도 없이 말려들어가 버리고 말았습니다. 이렇게 일단 길을 터놓은 두 남녀의 불장난은 그 후 걷잡을 수 없는 수렁 속으로 치닫고 있었습니다. 드디어 그녀는 아내 없는 지점장의 숙소에도 마음대로 드나드는 사이가 되어 버리고 말았습니다.

드디어 그녀는 임신까지 하게 되었습니다. 그러자 그녀는 더욱더 대담해졌습니다. 주말에 지점장의 부인과 아들이 모이는 숙소에까지 몰래 들어와 가족 사진틀을 내던져 박살을 내기도 하고 아내의 옷과 화장품들을 못 쓰게 만들어 놓기도 했습니다.

그런가 하면 시도 때도 없이 전화를 걸어 말도 않고 끊어 버림으로써 주말부부의 단란한 분위기를 엉망으로 만들어 버렸습니다. 어느 비 오는 밤에 세 가족이 저녁 식사를 막 시작하려는데 창밖에 온 그녀는 휴대전화로 지점장을 불러냈습니다. 내일 만나자고 말하자 그녀는 부인에게 폭로하겠다고 협박하여 남자를 불러내었습니다.

밖에서 둘이 만나자 남자는 제발 이러지 말라고 처녀에게 통사정을 했습니다. 그러자 처녀는 초음파 태아 사진을 들이대면서 임신한 아이를 낳겠다면서 '나를 사랑한다고 했으니 그 늙은 여자와 이혼하고 나와 결혼하자'고 다그쳤습니다. 남자는 그럴 수는 없으니 제발 날 좀 살려 달라고 사정을 하면서 처녀를 달래어 임신 중절을 시켰습니다.

그러나 처녀는 조금도 수그러들지 않고 계속 결혼을 하자고 졸라댔지만 그것이 어려워지자 지점장의 아내에게도 초음파 태아 사진을 보여 주면서 이혼할 것을 요구했습니다. 이것을 안 본처는 남편을 쫓아내기로 작정하고 가방을 챙기어 두었다가 퇴근하는 남편에게 당장 나가라고 호통을 쳤습니다. 이렇게 되어 남자는 결국 이혼 소송을 당하게 되었습니다.

한편 남자가 이 일이 대외에 알려지면 이혼을 당하는 것은 말할 것도 없고 회사에서도 쫓겨나야 한다면서 처녀에게 통사정을 하면서 자기가 마련할 수 있는 최대한의 위자료를 장만해 주었건만 처녀는 요지부동이었고 남자에 대한 그녀의 집착은 거의 미칠 지경에 도달해 있었습니다. KBS2에서 최근에 방영된 부부 클리닉의 한 장면입니다.

잘못을 고칠 줄 아는 힘

여기서 우리가 생각할 수 있는 것은 무엇이겠습니까? 당사자들 중 한 사람이라도 바른 생각을 할 줄 알았더라면 이러한 비극은 일어나지 않았을 것입니다. 유부남이 처녀의 유혹에 넘어가는 것도 바른 생각을 가진 사람이라면 있을 수 없는 일입니다. 그리고 처녀 역시 유부남인 줄 뻔히 알면서 불륜의 불장난에 놀아나 남자의 아이까지 뱄다는 것은 올바른 생각을 가진 처녀가 할 짓이 아닙니다.

바르게 산다는 것은 불의의 유혹에 넘어가지 않는 것을 말합니다. 그리고 일단 불의의 유혹에 넘어갔다 하더라도 중도에 잘못을 깨닫고 단연코 그 길에서 빠져나오는 것이 인생을 바르게 사는 도리입니다. 인간은 원래 불완전한 존재이므로 누구나 잘못을 저지를 수 있습니다.

잘못을 저지르는 것이 나쁜 것이 아니라 일단 잘못을 저질렀다가도 그 잘못을 바로잡을 줄 모르는 것이 나쁜 것입니다. 무엇이 인생을 바르게 사는 길인지 더이상 설명하지 않아도 누구나 다 알 수 있을 것입니다. 그러니까 애당초 정신병에 걸리지 않는 것이 중요합니다. 그러나 일단 정신병에 걸렸다고 해도 그것을 반성하고 바르고 건전한 생활로 돌아서면 정신병에서 벗어날 수 있습니다."

"그런데 선생님, 어디 가서 물어보았더니 조상 천도를 안 해서 그렇다고 합니다. 그 말은 어떻게 생각하십니까?"

"그것은 잘못 짚은 겁니다."

"왜요?"

"홍우용 씨가 정신병에 걸린 것은 어디까지나 홍우용 씨 자신의 잘못이 가져온 결과이기 때문입니다."

"그게 무슨 뜻입니까?"

"자업자득(自業自得)이란 말입니다."

"자업자득이라면?"

"인과응보(因果應報)라는 뜻입니다. 다시 말해서 심은 대로 거둔다는 뜻입니다. 콩 심은 데 콩 나고 팥 심은 데 팥 나지, 콩 심은 데 팥 나고 팥 심은 데 콩 나는 일은 있을 수 없다는 말입니다. 이 세상에 벌어지는 일 쳐놓고 인과응보 아닌 우연히 일어나는 일은 단 하나도 있을 수 없다는 것을 알아야 합니다."

"선생님, 그럼 제가 과거 생에도 바르지 못하고 건전치 못한 생활을 했다는 말씀입니까?"

"물론입니다."

"그럼 제가 과거 생에 어떤 생활을 했습니까?"

"남을 속이고 사기 치고 하여 곤경에 빠뜨린 일을 수 없이 감행했습니다. 그러한 인과가 쌓여 있었기 때문에 그 대가로 금생에 정신 질환이라는 고질병을 앓게 된 것입니다."

"선생님 말씀을 가만히 듣고 보니 그런 것 같은 느낌이 듭니다."

"왜요?"

"제가 남한테 돈을 꾸어 주고 떼어먹힌 일이 수도 없이 많았거든요. 그것도 제가 전생에 남의 돈을 떼어먹은 데 대한 인과응보가 아닌가 생각됩니다."

"그렇습니다. 지금부터라도 늦지 않으니 그렇게 철저한 자기성찰을 하는 생활을 해 나가면 지금까지 헝클어지기만 해 왔던 생활의 난맥상이 하나하나 정리되기 시작할 것입니다. 그렇게 하는 것이 정신 질환에서 벗어나는 지름길입니다. 정신병의 시초는 생활이 헝클어지고 뒤죽박죽이 된 데서 시작되는 것이니까요."

"어떻게 하면 헝클어지고 뒤죽박죽이 된 생활에서 벗어날 수 있겠습니까?"

"무슨 일이 잘못되었을 때 뒤로 미루지 말고 그때그때 바로바로 정리해 나가면 됩니다. 여름 방학을 맞은 학생이 숙제를 제때제때에 한다면 아무 문제될 것이 없습니다. 그러나 게으름을 피우다가 개학날이 임박해서야 한꺼번에 해치우려면 힘이 듭니다.

더구나 일기 같은 것은 그날그날 적어 두지 않았다가 한 달 치를 한꺼번에 날짜별로 쓰려면 기억이 나지 않아 망연자실하게 됩니다. 자신감을 잃어버리게 됩니다. 이런 것이 정신병의 초기 증상입니다."

"그렇다면 잡신(雜神)의 작용이니 액신(厄神)이 붙어서 그렇다느니 하는 말은 무시해도 되겠습니까?"

"몸을 청결히 하는 사람에게 병균이 붙지 않듯 마음을 바르게 갖고 바르게 생활하는 사람에게는 잡신이나 액신 따위가 꼬여 들지 않습니다. 그러므로 지금부터라도 바르게 살기로 작정하고 그렇게 실천해 나간다면 아무리 끈질긴 잡신이나 액신도 결국은 물러나게 될 것입니다.

잡신과 액신은 항상 생활이 건전치 못한 사람에게 늘 꼬여 들게 마련입니다. 지저분한 곳에 병균과 파리가 득실대는 것과 같은 이치입니다. 무당이나 무속인들은 조상령이나 잡신이나 액신 떼어 주고 돈 버는 것이 목적이니까 늘 그렇게 말할 것입니다. 그러나 그것은 뿌리는 놓아둔 채 가지만 치는 격입니다. 근본을 다스리면 액신들은 스스로 물러가게 되어 있습니다."

마음이 운명을 좌우한다

"근본을 다스린다는 것은 무엇을 뜻합니까?"

"사주팔자(四柱八字)는 불여관상(不如觀相)이요 관상(觀相)은 불여심상(不如心相)이란 말이 있습니다. 사주팔자는 관상만 못하고 관상은 심상만 못하다는 말입니다. 다시 말해서 마음을 어떻게 먹느냐 하는 것이 사주팔자나 관상보다 사람의 운명을 다스리는 데 결정적이고 근본적인 역할을 한다는 뜻입니다.

도둑 심보를 가진 사람이 제아무리 사주팔자가 좋고 관상이 좋아 보았자 말짱 다 헛일입니다. 도둑 심보를 고치고 바르게 사는 것이 근본을 다스리는 첩경이기 때문입니다."

"그럼 선생님, 마음을 어떻게 먹어야 합니까?"

"마음을 항상 바르고 착하고 슬기롭게 가지는 것이 무엇보다도 중요합니다. 바르고 착하고 슬기로운 사람을 이길 수 있는 어떠한 난관이나 저승사자도 있을 수 없기 때문입니다."

"선생님, 그런데 가끔 가다가 깜빡깜빡 정신을 잃는 것은 무엇 때문입니까?"

"오랫동안 정리되지 않아서 흐트러지고 어지러운 난맥상(亂脈相)이 도를 넘쳤을 일어나는 현상입니다. 정신 질환자는 바로 그런 때에 정신을 잃어버리곤 합니다. 그러니까 우리는 항상 그렇게까지 심상(心

相)이 어지러워지기 전에 언제나 마음을 확실하게 정리 정돈해 두어야 합니다. 그렇게 하기 위해서는 늘 빗나가려고 날뛰는 야생마와도 같은 마음의 고삐를 능숙하게 조종할 수 있는 요령을 평소에 익혀 두어야 합니다. 그것이 바로 정신 질환에서 벗어날 수 있는 지름길입니다."

"선생님, 그럼 저 같은 경우는 정신이 오락가락하지만, 중증 환자들은 한 번 정신을 잃어버리면 몇 년이고 깨어나지 못하는데 그럴 때는 어떻게 해야 합니까?"

"제 정신이 들 때까지 기다릴 수밖에 더 있겠습니까?"

"그런 때는 본인은 차라리 정신을 잃었으니까 아무것도 모르지만 가족이나 주변 사람들의 고통은 이루 말할 수 없습니다. 선생님, 그것도 인과응보라고 보아야 할까요?"

"그렇고말고요. 이 현상계 안에서 인과응보에서 벗어나는 일은 있을 수 없습니다."

"그러니까 모두 내 탓이지 남의 탓이 아니라는 말씀입니까?"

"그렇고말고요. 모든 것을 내 탓으로 돌릴 줄 아는 것이 구도의 첫걸음입니다. 모든 것은 내 탓입니다. 시어머니 탓도 아니고 비서의 탓도, 어느 정부 부처의 탓도 환경 탓도 아닙니다. 모든 것을 내 탓으로 돌릴 때 남을 원망할 일이 없어집니다. 바로 그 자리에서부터 구도자는 우주의 무한한 힘과 능력과 지혜를 공급받게 되어 있습니다."

【이메일 문답】

백회에 기운이 느껴질 때

선생님, 윤남희입니다. 메일 전송하기에 애를 먹으시면서까지 포기하지 않으시고 끝내 보내 주신, 자상하신 선생님의 마음 담긴 회신에 코끝이 찡해옵니다. 처음 당했던 육체적인 고통이었던지라 남편이 며칠 동안 심하게 겪는 걸 보고만 있던 저 자신이 어쩔 줄을 몰라서 또한, 명현반응인지 빙의인지, 아니면 뭔가 잘못 먹어 탈이 난 것인지 갈피를 잡을 수 없어서 선생님께 메일을 보냈던 것입니다.

이제 선생님께서 명쾌하게 판명해 주셨기에 앞으로는 자력으로 수련의 한 과정이라 생각하며 정진해 나갈 수 있을 것입니다. 선생님 감사합니다. 저는 이번 여름휴가를 집에서 『선도체험기』를 읽으면서 보냈습니다. 작년 11월 중순부터 읽기 시작하여 이제야 모두 읽기를 끝냈습니다. 처음 읽기 시작했을 때 글자가 두 겹, 세 겹으로 보여 제대로 읽을 수가 없어서 애를 먹었던 기억, 그 시기가 지나자 『선도체험기』를 보려 들면 졸려서 읽기 진도가 잘 나가지 않았던 적도 있었답니다.

그 당시에는 몰랐던 그런 현상이 빙의 현상이란 걸 이제는 알게 되었습니다. 선생님, 제가 『선도체험기』와 인연이 닿아 이렇게 전질을 읽을 수 있었던 것과 또한 선생님 곁에서 수련할 수 있는 것에 무한한 감사와 행복을 느낍니다.

지금까지 살아오면서 읽었던 책들, 진리를 찾아 헤맸던 수많은 방황, 그리고 종교생활 모두가 선생님께서 집필하신 『선도체험기』 안에 모두 총망라되어 있었기에 이제는 더이상 방황하지 않게 되었으며 오로지 『선도체험기』를 삶의 지침서로 삼아 정진해 나갈 수 있게 되었습니다.

아직 이 책과 인연이 닿지 않은 사람들에게도 알려 주고 싶습니다. "다른 어떤 책들보다도 『선도체험기』를 읽어 보라"고, "그 안에 진리가 들어 있고 이 책이 바로 우리 삶의 나침반이다"고. 저는 다시 처음부터 읽으면서 실천하는 생활인이 되려 합니다.

요즘 하루 종일 백회에서 느껴지는 이 느낌이 기운이 들어오는 것인지 빙의에 의한 것인지 잘 모르겠습니다. 어떻든 개의치 말고 열심히 수련할 것입니다. 안녕히 계십시오.

【필자의 회답】

백회에서 기운이 느껴지면서도 시원하고 기분이 좋으면 백회 부근의 경혈이 열릴 징조입니다. 수련이 잘되고 있는 것이니 안심해도 됩니다. 그러나 백회에 기운이 느껴지면서도 답답하고 무엇이 위에서 내려 누르는 것 같은 느낌이 들면 빙의 현상입니다. 빙의 현상이라고 해서 너무 걱정할 필요는 없습니다.

이것 역시 업장이 벗겨지는 징후이니 이것을 고비로 수련이 한 단계 상승하는 계기가 될 것입니다. 어느 쪽이든 마음을 차분하게 하고 관을 하면 빙의령에게 시달리는 일 없이 좋은 해결의 실마리를 저절로

잡을 수 있을 것입니다.

단전호흡의 정확한 정의

김인수입니다. 전에 찾아뵈었을 때 질문과 새로운 질문입니다. 바쁘시더라도 응답해 주시면 고맙겠습니다.

질문 1. 단전호흡의 정확한 정의가 궁금합니다. 단전에 의식을 두어야지만 단전호흡이라고 하신 적도 있고 대주천 이후에는 단전에 의식을 두지 않아도 무의식화해서 저절로 단전호흡이 된다고 했는데, 그렇다면 정확한 정의가 어떻게 되는 겁니까?

【필자의 응답】

단전에 의식을 두고 될 수 있는 대로 깊고 길고 가늘고 고르게 천천히 숨을 들이쉬고 내쉬되 그 숨이 반드시 단전까지 닿을 수 있게 하는 호흡이 단전호흡입니다. 그리고 단전호흡에서 가장 중요한 것은 단전에 기를 느끼는 겁니다.

단전호흡을 아무리 많이 해도 단전에 기를 느끼지 못하면 헛일입니다. 선도의 가장 중요한 점은 기를 느끼는 것 즉 기문(氣門)이 열리는 것이 첫 번째 관문입니다. 이것을 통과하지 못하면 단전호흡은 하나마나입니다. 따라서 선도에서는 단전호흡의 정의를 규명하기보다는 기를 느끼는 것이 더 중요합니다.

이러한 단전호흡을 오랫동안 하여 습관화된 사람은 구태여 단전에 의식을 두지 않아도 자동적으로 단전호흡이 됩니다. 컴퓨터에 어떠한 명령을 입력해 놓은 뒤에는 키만 누르면 그 명령이 자동적으로 이행되는 것과 같은 원리입니다.

질문 2. 단전호흡의 정의가 처음 나타난 곳이 어느 책에서인지 궁금합니다. 『삼일신고』의 조식(調息)에서는 의식을 둔다라는 말이 없기에 질문드립니다. 단전에 의식을 둬야 한다는 말이 나타난 책이 있으면 알려 주십시오. 그리고 행주좌와어묵동정(行住坐臥語默動靜) 염염불망의수단전(念念不忘意守丹田)은 누가 한 말이며 그 말이 들어 있는 책을 알려 주기 바랍니다.

【필자의 응답】

역시 학문적이고 문헌적인 질문입니다. 필자는 단전호흡에 관한 책들을 숱하게 읽었지만 일일이 학문적으로 정리를 해 두지 않아서 기억을 할 수 없습니다. 선도나 단학이나 단전호흡에 대하여 학문적으로 연구한 저서들을 찾아 읽어 보시기 바랍니다.

수행자는 학문에 관계없이 일단 실천을 해 보고 그것이 먹혀들면 그것으로 만족하고 계속 앞으로 나아갑니다. 학문적으로 정리하는 일은 학자들이 알아서 할 일입니다. 수도(修道)는 실천과 체험이 최우선입니다. 실례를 들어 봅시다. 어떤 사람이 길을 가다가 복병을 만나 독화살을 맞았습니다. 그에게 가장 시급한 문제는 무엇이겠습니까? 물론 화살 독이 몸속에 퍼지기 전에 화살을 뽑는 것입니다.

그런데 그 화살 맞은 사람은 호기심이 많고 학문을 좋아하는 사람이라서 화살을 뽑아내는 것보다는 그 화살이 누구에 의해 만들어졌으며, 그 화살을 만든 사람은 출신은 무엇이고 그는 어느 학교를 나왔으며 그의 부모의 이름은 무엇인가 하는 것부터 먼저 알려고 한다면 그는 화살 독에 중독되어 목숨을 잃게 될 것입니다.

구도(求道)란 독화살을 먼저 뽑아 위급한 생명부터 구해 내는 것을 일차적인 목표로 삼고 있습니다. 구도에서 가장 중요한 것은 언제까지 계속될지 모르는 불난 집 속과 같은 생로병사의 윤회의 위기 속에서 한시바삐 빠져나오는 일입니다. 화살의 제조 경위와 제조자의 신상 명세 같은 것은 호사가나 학자들에게 맡겨야 합니다.

질문 3. 인간은 기본적으로 두 가지를 동시에 의식할 수 없는 것으로 되어 있습니다. 그래서 걱정하는 사람에게 내리는 처방 중에 어떤 집중할 일을 찾아서 그 일에 매진하라는 말도 있습니다. 자유의 여신상과 내일 할 일을 실제로 동시에 생각해 보시면 이 말이 타당하다는 것을 알 수 있을 겁니다.

선생님께서 말씀하신 단전에 의식을 항상 두라는 말은 곧 다른 일을 하는 데 집중하지 못하는 결과를 낳을 수밖에 없고 제 경험으로 봐서 그런 거 같습니다. 제가 궁금한 것은 단전호흡이 무의식적으로 될 때까지는 의식의 분산으로 인해 다른 일을 하는 데 어느 정도 피해를 감내해야 하는 게 통과의례인지 확인하고 싶어서입니다.

【필자의 응답】

자유의 여신상에 대하여 생각하다가도 내일 할 일을 계획해 두는 것이 더 긴요할 때는 전자를 일단 보류하고 후자에 집중할 수도 있습니다. 단전에 의식을 두라고 했다고 해서 단전호흡을 하는 사람은 다른 일은 못 하느냐 하면 그렇지는 않습니다. 나는 단전호흡을 하면서도 얼마든지 글도 쓸 수 있고 남과 대화도 하고 운전도 할 수 있습니다.

사람은 누구나 길을 걸으면서 앞을 볼 수도 있고 생각도 하고 명상도 하고 사색도 할 수도 있고 심지어 독서도 할 수 있습니다. 단전호흡이 무의식적으로 될 때까지 의식이 분산되는 일은 결코 있을 수 없습니다. 운전이 익숙한 사람은 차를 운전하면서도 음악을 들을 수도 있고 전화도 하고 옆 사람과 대화도 나눌 수 있습니다.

질문 4: 아랫배를 내밀고 당기는 장운동이 좋은 도인체조라고 하셨는데, 그 이유가 장운동이 무의식 호흡과 별반 다르지 않기 때문은 아닌지요?

【필자의 응답】

단전호흡을 말하는 것 같습니다. 그럴 경우 단전이 위치한 아랫배가 나왔다 들어갔다 하는 운동이 단전호흡 동작입니다. 대주천의 경지에 들어간 사람은 이러한 단전호흡 동작이 자동적으로 이루어집니다.

질문 5 : 무위(無爲)의 견지에서 봤을 때 항상 단전에 의식을 두는 것은 인위(人爲)의 냄새가 납니다. 물론 단전호흡이 자연스럽게 될 때까지라고 하지만, 꼭 단전에 의식을 두지 않아도 기공부가 되지는 않습니까?

【필자의 응답】

초보자나 적어도 수승화강(水昇火降)이 자동적으로 이루어지지 않는 사람은 단전에 의식을 두지 않으면 단전호흡이 되지 않습니다. 이것은 직접 실천해 보면 누구나 알 수 있는 일입니다. 기어다닐 수도 없는 아이가 어떻게 걸을 수 있겠습니까?

질문 6 : 일체유심조(一切唯心造)가 적용되는 영역이 궁금합니다. 앞에 나온 예를 들어 본다면, 모든 건 마음먹기에 달려 있다고 믿으니까, 단전에 의식을 두지 않더라고 마음을 평온하게 갖고 있으면 기공부는 저절로 이루어진다라고 마음을 먹으면 그렇게 됩니까? 이처럼 일체유심조를 적용하고 안 하고의 분별을 할 수 있는 기준이 궁금합니다.

【필자의 응답】

우리가 수련을 하는 목적들 중의 하나는 우리 자신의 마음을 자기 의지대로 다스리기 위해서입니다. 자기 마음을 자기 뜻대로 다스릴 수 있는 사람은 오욕칠정(五慾七情)에 구애받지 않습니다. 그러한 경지에 도달한 사람은 생사를 초월할 수도 있습니다. 따라서 일체유심조가 적용되는 분야는 무한(無限)이라고 말할 수 있습니다.

그러나 부뚜막에 있는 소금도 입에 가져다 넣어야 짜다는 말이 있습니다. 우리가 어떤 목적지에 도달하려면 반드시 행동이 따라야 합니다. 걸어가든가 차를 타든가 해야 합니다. 방안에 앉아서 부뚜막에 있는 소금이 내 입에 들어오라고 아무리 소원을 해 보았자 행동이 따르지 않으면 소금은 입에 들어오지 않습니다. 진인사대천명(盡人事待天

命)입니다. 인간으로서 마땅히 해야 할 일을 다 한 뒤에 하늘의 뜻을 구해야 한다는 말입니다.

질문 7 : 역사란 무엇입니까? 역사의 발전이란 무엇이며 구도자의 입장에서 봤을 때 역사는 발전했다고 생각하십니까?

【필자의 응답】

어찌 보면 인생은 무엇이고 우주는 무엇인가? 하는 것과 같이 너무나 철학적이고 막연한 질문입니다. 질문을 구체화하고 실례를 들어서 해 주시기 바랍니다. 사학자에게 물어야 할 질문인 것 같습니다. 가능하면 수련에 관련된 질문을 하셔야지요. 그러나 구태여 말한다면 역사란 사물의 변화 또는 흥망성쇠의 기록입니다. 역사에는 겉보기에 일시적인 퇴보가 있을 수 있는 것 같지만 그것 역시 큰 범주에서 보면 발전의 한 과정에 지나지 않습니다. 따라서 모든 존재는 끊임없이 이어가는 역사적 발전 과정입니다.

질문 8 : 인과는 의식의 산물이고 의식은 상대적 개념이기에 결국 인과도 절대적으로 정의롭다고는 말할 수 없다고 생각합니다. 즉 어떤 경우에는 인과가 정의롭지 못한 면을 내포한다고 생각하는데 선생님의 생각은 어떻습니까?

【필자의 응답】

여기서 인과는 인과응보를 말하는 것 같습니다. 인과응보는 각 존재의 행위의 결과입니다. 심은 대로 거둔다는 뜻입니다. 너무 복잡 미묘하게 비틀어서 생각할 필요는 없습니다. 절대니 상대니 정의니 불의니 하는 것과는 상관없는 분야입니다.

질문 9 : 보호령의 임무는 무엇이며 구체적으로 어떤 식으로 인간의 삶에 영향을 미치는지 궁금합니다. 구체적 사례가 있으면 그 예를 들어 주시면 감사하겠습니다.

【필자의 응답】

보호령의 임무는 피보호자를 보호하는 겁니다. 『선도체험기』에서 입이 닳도록 말한 것입니다. 피보호자가 집착하지 않는 한 보호령은 인간에게 유익한 영향을 끼칩니다.

질문 10 : 양심은 의식의 산물이라고 생각합니다. 즉 그 사람의 생각에 따라 양심의 가책을 받을 수도 있고 그렇지 않을 수도 있다고 생각합니다. 그렇기에 전 양심은 상대적인 개념이라고 생각하는데 선생님의 의견은 어떻습니까?

예를 들어 세네갈이란 나라에서는 남에게 도움을 구하는 것을 마치 선행을 하는 것인 양 여겨서 도움을 구할 때도 뻔뻔스러울 정도라고 합니다. 그 이유는 내가 남에게 도움을 구하는 행위는 남이 나를 도울 기회를 줘서 내세에 남이 나에게 해 준 만큼 그대로 보상을 받는다고 그 나라 사람들은 믿기 때문이라고 합니다.

이처럼 사람은 의식에 따라서 행동하고 결국 양심도 의식과 결부 지을 수밖에 없는데, 의식은 시대, 환경, 지식 등으로부터 많은 영향을 받는 상대적 개념이기에 양심도 결국 보편적 상대성을 띨 수밖에 없다고 생각합니다.

【필자의 응답】

『천부경(天符經)』에 보면 용변부동본(用變不動本)이라는 말이 있습니다. 쓰임은 얼마든지 변할 수 있지만 본체는 변하지 않는다는 뜻입니다. 양심은 바로 그 본체에 해당합니다. 사람의 의식이나 사상은 환경이나 시대에 따라 변할 수 있어도 존재의 근본은 마치 바퀴의 굴대와 같이 변할 수 없습니다. 양심은 바로 인간을 구성하는 중심축과 같은 것입니다.

질문 11 : 톨스토이의 '부활(復活)'의 주인공처럼 양심의 가책에 집착하는 것은 그릇된 의식의 산물이라고 생각하는데, 선생님의 생각은 어떻습니까?

【필자의 응답】

그렇지 않습니다. 양심은 그릇된 의식의 산물이 아니라 존재의 중심축입니다.

질문 12 : 양심적 병역 거부자에 대한 선생님의 견해는 어떻습니까?

【필자의 응답】

양심을 빙자한 무책임한 이기심의 발로라고 봅니다. 지구상에 국가가 존재하는 한 그리고 외침(外侵)의 위협이 상존하는 한 병역 의무의 거부는 지극히 잘못된 이기적인 발상입니다. 화재 위험이 늘 도사리고 있는데도 아무런 방화(防火) 조치를 취하지 말자는 것과 같이 지극히 위험한 발상입니다.

그래서 병무 비리(兵務非理)야말로 전체 국민이 이구동성으로 지탄하는 가장 파렴치한 비애국적인 행위입니다. 장상 총리 서리는 바로 그 때문에 국회에서 총리 인준을 거부당했고, 민주당은 야당 대통령 후보의 아들이 병무 비리를 그렇게도 두고두고 전가(傳家)의 보도(寶刀)마냥 긴요할 때마다 들고 나와 끈질기게 물고 늘어지는 게 아닙니까?

추가 질문

답변에 감사합니다. 제가 정확한 정보가 없다 보니, 판단할 입장은 못 되지만, 제 생각에는 구도의 길이 아직도 체계화되지 않았고 특히 기공부는 그런 거 같습니다. 조식의 역사가 그렇게 오래되었는데도 아직 체계화되지 않은 것은 참으로 유감스럽고 슬픈 현실이라고 생각합니다. 그런 이유로 선생님께서 온갖 시행착오를 겪으며 기공부와 구도의 실상을 알기 쉽게 설명해 주신 데 대해 정말 감사하게 생각하고 존경합니다.

그리고 선생님이 닦아 놓으신 길이 있기는 하지만 처음 단전호흡 할 때는 예상치 못한 불확실한 길 - 박사학위를 받기 위해 공부하는 것처럼 어떤 결과를 어느 정도 예상을 할 수 있는 것과 비교해서 - 을 내가 가려 하는구나 하는 생각이 듭니다.

【필자의 응답】

구도를 현대 과학이나 학문의 입장에서 바라볼 때는 체계가 서 있지 않다고 말할 수 있을지 모릅니다. 또한 구도는 과학처럼 정확한 데이터에 따른 예측 가능한 학문과는 다릅니다. 그러나 비록 과학과 학문 체계와는 다르지만 구도는 그것대로의 체계가 이미 잡혀 있습니다. 그것은 실천과 체험을 통하지 않고는 논할 수 없는 분야입니다.

어제 적지 못한 예전 질문과 새로운 질문입니다.

질문 1 : 기공부와 마음공부의 상관관계를 설명해 주십시오.

【필자의 응답】

기공부, 마음공부, 몸공부는 서로 밀접한 상호보완 관계에 있습니다. 대부분의 종교와 수련 단체들은 기공부와 몸공부에는 신경을 쓰지 않고 오직 마음공부 위주로 하고 있는데 나의 실제 체험에 따르면 이 세 가지가 적절한 균형을 이루어 병행되어야만 소기의 성과를 거둘 수 있다고 확신합니다. 그래서 삼공선도(三功仙道)라는 이름이 나온 것입니다.

질문 2 : 마음공부를 열심히 하면 아기가 무의식적으로 단전호흡을 하듯 오욕칠정에서 벗어나 기공부는 저절로 되지 않습니까?

【필자의 응답】

마음공부를 아무리 열심히 해도 초보자로서는 의도적으로 단전호흡을 하지 않으면 특별한 경우가 아니면 기공부는 저절로 되지 않습니다. 특별한 경우란 아주 희귀한 경우지만 전생에서부터 단전호흡이 길이 들어 금생에 태어나서 특별한 노력을 하지 않았는데도 자동적으로 단전호흡이 되는 경우를 말합니다.

질문 3 : 단전에 항상 의식을 둬도 일상생활에 아무런 지장이 없는 것은 사실입니다. 걷거나 얘기하거나 텔리비젼을 보거나 하는 것은 그렇게 고도의 집중을 요하지 않기 때문입니다. 하지만 고도의 집중을 요하는 전공서적 독서나 시험 치기 등등을 할 때는 단전에 의식을 두는 일이 불가능하다고 생각합니다.

책에 몰두해 있는 상태에서는 주위의 소리 등에는 다른 감각기관이 거의 마비된 것처럼 아무런 느낌이 없지 않습니까? 그런 원리와 똑같이 책에 고도로 집중하면 단전에 의식을 처음에는 두었다가도 어느 순간 그건 의식 밖으로 벗어나 버리게 되게 되어 있다는 겁니다. 제 생각에는 어디에 진정 몰두를 하면 단전호흡이 어느 정도 이루어지고 수승화강(水昇·火降)도 된다고 생각합니다. 이런 제 생각에 대한 선생님의 견해가 궁금합니다.

【필자의 응답】

아무리 고도의 집중을 요하는 전공 서적에 몰두한다고 해도 사람은 먹고 자고 배설하는 일을 멈출 수는 없습니다. 단전호흡도 습관화되어 버리면 그렇게 됩니다. 김인수 씨는 실천도 해 보지 않고 처음부터 지나치게 자로 재고 따져 보는 습관이 있는 것 같습니다.

수영을 하려면 수영에 대한 이론만을 따지기보다는 우선 물에 뛰어들어 몸으로 부딪쳐 보아야 합니다. 김인수 씨는 우리집에 겨우 두 번밖에 다녀가지 않았습니다. 수련을 하려면 우선 실천부터 해 보고 경험을 쌓으시기 바랍니다. 실천과 경험을 바탕으로 이야기가 전개되어야 합니다. 내가 보기에 김인수 씨는 아직 기문이 열리지 않았습니다. 우선 기공부를 열심히 하여 기를 느끼는 일부터 시작해야 나와도 원만한 대화가 이루어질 것입니다.

질문 4 : 제 경험으로 봐서 어디에도 마음이 구애되지 않고 마음이 편안하고 희망에 차 있을 때, 어디에 자신을 잊을 정도로 집중해 있을 때, 그런 마음 상태를 유지하는 사람은 수승화강이 잘되고 어떤 면에서는 자기는 인식하지는 못하지만 단전호흡이 이뤄져서 배는 따뜻하고 머리는 시원하고 척추가 곧게 서 있는 그런 상태와 자세가 이루어진다고 생각합니다.

문제는 그런 상태를 계속 유지하는 게 기공부하는 것에 비해 비능률적이고 힘들어서 그렇지 그래도 그런 마음 상태에 있는 동안은 수승화강이 된다는 건 사실이 아닙니까? 선생님께서 언급하신 기공부의 10단계는 못 가더라도 축기와 소주천 정도는 될 거라고 생각합니다. 그리고 진정 마음을 우주의식에 버금가게 먹으면 대주천이나 피부호흡정도는 이루어진다고 생각합니다. (2번 질문과 연관)

【필자의 응답】

마음이 평화롭고 희망에 차 있다고 해서 기공부도 하지 않았는데 수승화강이 저절로 이루어지는 일은 있을 수 없습니다. 수승화강은 단전호흡으로 기문이 열리고 운기가 되고 최소한 소주천의 경지는 되어야 합니다.

실천도 해 보지 않고 마음만 먹는다고 무슨 일이 되는 것은 아닙니다. 땀과 노력이 없고 실천이 따르지 않는 희망은 단지 희망에 그칠 뿐입니다. 그것은 한갓 공상이요 망상에 지나지 않습니다.

단식 후에

안녕하세요. 어제는 단식 후에 처음으로 관악산엘 다녀왔습니다. 직장 문제로 일요일 산행하는 것이 힘들 것 같고, 가더라도 끝바위에서 되돌아오는 것은 시간이 부족할 것 같아 걱정하고 있었더니, 박종칠 도우께서 끝바위에서 서울대 입구 쪽으로 내려가면 시간이 충분할 거라고 하면서, 어제는 같이 동행해서 길까지 가르쳐 주어서 잘 다녀왔습니다. 일요일 산행을 못 하더라도 월요일에 혼자서 할 수 있을 것 같습니다.

처음에 산행할 때에는 다리의 힘이 부족해서 좀 힘들었으나 계속 산행하는 도중 몸의 상태가 단식 전으로 되돌아옴을 느꼈습니다. 오늘 오후에는 수련하러 가려고 삼공재에 갈 계획을 하고 있었는데, 몸이 마음을 이기지 못하고 깜빡 잠이 들어 못 찾아뵈었습니다. 다음 주에는 꼭 찾아뵙도록 하겠습니다.

단식 전과 단식 후의 차이는 실로 엄청납니다. 몸과 마음의 상태를 어떤 단어로 설명해야 할지. 아직 들판에 피어오르는 아지랑이같이 어렴풋하고 미약하지만, 제가 제 자신을 바라보고 실생활 자체가 수련임을 온몸으로 느낄 수 있었으며, 책 한 권을 읽더라도 예전에는 빨리 읽고 덮어 버렸는데, 이제는 책장 넘기기가 힘들 정도로 그것과 하나가 되어감을 느끼고 있습니다.

하나를 알고 또 하나를 깨우쳐 가면서, 삶의 실상을 터득해 가는 것 같고 그때그때마다 새로운 시작을 하는 것 같습니다. 일상이 수련임을 깨닫고 제 자신을 바라보니 얼마나 큰 에고에 빠져 있는지 보이지만, 생활에서는 아직도 저라는 몸과 마음에 집착해서 저를 위하고, 알아주기를 바라는 마음이 일어나는 것을 보면 수련이란 이런 습기(習氣)를 제거해 가는 과정이 아닌가 싶습니다.

이런 생활을 알게 해 주신 스승님께 요즘에는 너무 감사한 마음입니다. 늘 건강하시고 평온하시길...

2002년 10월을 처음 시작하는 날에
제자 김영숙 올림

【필자의 회답】

수련이란 한마디로 자기 자신을 바르게 보는 방법을 터득해 가는 과정이라고 할 수 있습니다. 자기를 바르게 볼 줄 알게 되면 자기 존재의 실상에 도달하는 것은 시간문제입니다. 그런 의미에서 김영숙 씨는 11일간의 단식 이후 수련에 획기적인 발전을 이룩한 것 같습니다.

이제부터는 자기 주변에서 벌어지는 하나하나의 사건들과 현상들이 교훈이 되거나 반면교사가 되지 않는 것이 없게 될 것입니다. 다시 말해서 자기 자신과 주변과 자연 현상 일체가 다 자신을 수련시켜 주는 스승이 될 수 있다는 것입니다.

그러한 경지에 깊이 몰입하다가 보면 자기도 모르게 이 세상 모든 일에서 지금껏 몰랐던 것들을 새롭게 깨닫게 될 것입니다. 그리하여 일신(日新) 우일신(又日新)하는 생활의 활력을 찾게 될 것입니다. 김영숙 씨는 이미 그렇게 하고 있습니다.

그러나 도고일척마고일장(道高一尺魔高一丈)이란 말이 있습니다. 도가 한 척 자라나면 마는 한 키나 자라난다는 말입니다. 도가 자라는 만큼 방해꾼도 더 많이 자라난다는 뜻입니다. 부디 방해꾼을 조심하시기 바랍니다.

내 안에 있는 사랑

선생님 안녕하세요?

오늘 날씨가 무척 더운 것 같습니다. 그래도 다른 때보다 시원한 피서를 한 저는 이런 늦더위가 오지 않았다면 올 여름을 기억해 내기도 쉽지 않았을 것입니다. 요즈음 저는 엉킨 실타래를 풀 듯 한 올 한 올 실을 풀어 나가고 있습니다. 그동안 도(진리)에 대한 환상에 빠져, 무던히도 길을 헤매었습니다. 그러나 지금 저는 집에 돌아와 있습니다. 출발 지점에서 다시 원점으로 돌아오고 보니 진리란 현실을 최선을 다해 열심히 살아야 한다는 거였습니다.

중학교 때 도서관 책상 위에서 한 줄의 낙서 같은 글을 읽은 적이 있습니다. "도는 현실에 적응하지 못하는 사람이 찾는 길이다"는 글에 어린 마음에 '그런 것이구나' 하고 쉽게 흘려 버렸는데, 30대 초반에 ㅇㅇ선원에 우연히 들어가면서부터 영적 세계에 관심을 가지게 되었습니다. 그러나 이제야 저도 알게 모르게 현실 도피자란 것을 통감하게 됩니다.

늘 고정관념과 틀을 깨야 한다고 속으로 다짐하면서도 정작 나의 뿌리를 모르니 그것도 간단치가 않았습니다. 그러니 제가 지금 무엇이 없는지도 모르고 40년을 살아왔습니다.

선생님 오늘은 제 부족함을 하나 발견했습니다. 저는 사랑이 부족했습니다. 아니 부족한 것이 아니라 없었는지도 모릅니다. (모두 그 안에 다 있는데...) 어제까지는 사랑이 뭐냐고 한다면 주는 것, 받는 것, 인내하는 것, 참아 주는 것이라고 들은 대로 말하였겠지만, 이제는 그 사랑이 너무나 커서 사랑이란 단어로도 부족합니다.

선생님 오늘 무극의 사랑을 잠깐 보았습니다. 제 안에 있는 사랑을 왜 발견 못 했을까요? 감사합니다.

민경화 올림

【필자의 회답】

밖에서가 아니라 자기 자신 안에서 무극의 사랑을 보았다니 그야말로 축하할 일입니다. 무한한 사랑도 측은지심도, 이타심도 진리도 밖에서가 아니라 자기 자신 속에서 찾아내야 그게 진짜입니다. 수행이란 바로 자기 자신 속에서 사랑과 진리를 발견해 내는 과정입니다. 나라고 하는 존재의 실상은 알고 보면 진리, 사랑, 측은지심, 이타심 그 자체입니다. 그리고 내가 바로 우주의 중심입니다.

그 우주는 태어나는 것도 사라지는 것도 아닙니다. 말이나 이론으로서가 아니라 느낌과 체험으로 이것을 터득해야 합니다. 모든 존재의 실상은 알고 보면 평상심이요 부동심 그 자체입니다. 이때 우리는 확실한 중심을 잡게 될 것입니다. 길흉화복(吉凶禍福) 생사존망(生死存亡)이 바로 내 손안에 있음을 알게 될 것입니다.

세 가지 질문

삼공 선생님, 추석은 잘 보내셨는지요. 저는 수련생으로 홍승호입니다. 제게는 큰 문제라 선생님의 참가르침을 받기 위해 글을 올립니다. 3가지 궁금한 것이 있습니다. 첫째는 ㅇㅇ재 역시 높은 수준의 가르침을 펴는 단체라고 생각됩니다. 실제로 기운으로 감지해 보니 강하고 맑은 기운이 흐르고 있었습니다. 그 기운은 그쪽에서는 선계의 기운이라고 하고 있습니다.

제가 궁금해하는 것은 그쪽에서는 도맥이 있다고 하는 겁니다. 그래서 한웅천황님으로부터 오는 도맥이 있고, 00재는 조물주로부터 직접 오는 기운이라고 하고 있습니다. 어쩌면 저처럼 하수에게는 자신에게 맞는 도맥도 중요하다는 생각을 하게 되었습니다.

일전에 삼공재에서 30분 정도 가부좌를 하고 호흡을 했을 때에도 역시 몸이 떨릴 정도의 강하고 시원한 기운과 그러면서도 따뜻하고 상쾌한 기운을 느꼈는데 ㅇㅇ재 쪽에서도 거기서 만든 테이프를 들으니 상당히 높은 수준의 기운이 느껴져서 그쪽 말을 가벼이 여길 수는 없다는 생각이 들었습니다.

과연 도맥이라는 것이 선계 또는 하늘의 선인들이 관장하는 것이며 특히 거기서 얘기하는 많은 영계와 선계의 이야기가 사실인지 여쭙고 싶습니다. 저는 모르지만 삼공 선생님께서는 알고 계시기 때문입니다.

둘째는 이혼에 관한 것입니다. 어느 부부나 싸울 수는 있으나 우리는 싸우고 나서 서로 말로 풀지를 못하는 사이입니다. 싸우고 나서 둘 다 자신이 옳았다고 합니다. 자신의 실수를 인정하면서도 결국 자신의 주장을 둘 다 하는 것입니다. 흔히 성격 차이는 방법이 없다고 하는데 실제로 힘든 상황입니다. 감정이 상하고 둘의 신뢰도 많이 약화되었습니다. 또한 앞으로도 이렇게 싸우고 그것이 해결이 안 되어 서로 질질 끌면서 힘들어 할 것이라고 예상됩니다.

동갑으로 결혼했는데 와이프가 저의 맘과 감정을 잡고 흔들 정도로 사람을 미치게 합니다. 제가 수련자의 입장에서 볼 때는 많이 상대가 어리게 느껴지는데 문제는 제가 많이 지치고 힘들며 상대도 그렇다는 것입니다. 도대체 어디까지 인내하고 어디서부터 헤어져야 하는 것인지 고명하신 선생님의 가르침을 구합니다.

마지막으로 수련의 마지막 상태는 어떤 것인지 여쭤 보고 싶습니다. 선생님께서는 우아일체(宇我一體), 허(虛)라는 표현을 쓰셨고 더이상의 윤회가 없다고 하셨는데 그것은 불교의 열반과 다르지 않다고 생각됩니다. 그런데 00재는 선계가 있다고 하며 예수님도 하늘나라라는 표현을 쓴 것으로 알고 있습니다. 과연 수련의 마지막은 윤회가 없는 것인지 아니면 선계에서의 새로운 삶(선계에서의 윤회)이 맞는 것인지 제 어리석은 질문이지만 선생님만이 대답하실 수 있다고 생각되므로 감히 여쭤 봅니다.

삼공 선생님께서 살아 계실 때 동시대에 태어났다는 것만으로도 너무나도 감사하며 『선도체험기』를 읽은 것만으로도 정말 큰 복을 받았음을 잘 알고 있습니다. 이루 말할 수 없이 감사드리며 아직은 하수(下手)이고 어리석지만 큰 자비로 너그러이 봐주시기를 바랍니다.

앞으로도 지금처럼 영원히, 온누리의 영광을 누리시길 간절히 바라며 글을 마칩니다.

홍승호 올림

【필자의 회답】

첫 번째 질문에 대한 응답 : 진리는 항상 각자의 내부에 있습니다. 진리는 자신 속에서 찾아야지 밖에서 찾으면 반드시 미아(迷兒)가 되거나 사이비 종교에 빠지고 맙니다. 어느 수련 단체에서 만든 테이프를 들어 보니 기운을 느꼈다면 자기 자신 속에도 그러한 기운을 느낄 수 있는 주체가 있다는 증거입니다.

우리가 인터넷 교신을 할 때에도 그렇습니다. 나에게서 상대의 이메일을 수신할 만한 능력이 없으면 어떻게 상대의 메일을 수신할 수 있겠습니까? 부디 선계니 천계니 하늘나라니 하는 것을 외부에서 찾지 말고 자기 자신 속에서 찾기 바랍니다. 선계의 도맥이니 기운이니 하는 것도 알고 보면 그것을 감지하는 수행자 자신 속에 이미 갖추어져 있음을 반증하고 있습니다. 만약에 수행자 자신 속에 아무것도 없다면 어떻게 그런 것을 감지할 수 있겠습니까?

수행자가 수련이 향상되면 될수록 더 큰 기운과 도맥을 감지할 수 있게 될 것입니다. 수련자는 소우주이고 이 소우주 속에는 대우주가 유기적으로 서로 감응을 일으키게 되어 있기 때문에 이러한 현상이 일어나는 것입니다. 그렇기 때문에 소우주 속에는 대우주가 들어 있다고 말하는 겁니다. 이러한 이치를 확실히 깨달은 사람은 자기중심이 확고히 자리잡혀 있으므로 외부의 어떠한 유혹에도 흔들리지 않습니다. 자기중심 속에 우주 전체가 들어 있기 때문입니다.

두 번째 질문에 대한 응답 : 부부싸움에서는 지는 것이 이기는 겁니다. 상대가 언성을 높여 공격해 들어올 때 마주 대항하는 것은 가장 졸렬한 방법입니다. 손뼉도 마주쳐야 소리가 납니다. 마주치지 않으면 소리가 날 리가 없습니다.

상대가 공세를 취하여 쳐들어올 때는 이쪽에 대하여 불만이 있거나 외부에서 받은 스트레스를 해소하기 위해서일 때가 많습니다. 그럴 때는 상대가 실컷 떠들고 욕하게 내버려 둡니다. 그리고 아무런 대꾸도 하지 않고 진지하게 귀만 기울이고 들어 주기만 하면 됩니다.

그러나 이때 맞받아치면 똑같은 싸움꾼이 되어 서로의 감정은 갈수록 격양되어 심하면 치고받는 격투가 되어 파국을 가져오기도 합니다. 그러나 상대가 마음대로 공격을 하게 내버려두면 그러는 동안에 상대의 불만과 스트레스가 저절로 해소되어 도리어 자기가 너무 심하지 않았나 하고 반성을 하게 될 것입니다. 부부싸움에서는 결국 지는 것이 이기는 것이 됩니다. 그렇게 되면 이혼까지 갈 필요도 없이 모든 것이 잘 해결될 것입니다. 거듭 말하지만 부부싸움에서는 지는 자가 이기는 자이고 참는 자가 승리자입니다.

구도자라면 적어도 상구보리하고 하화중생할 각오가 되어 있어야 합니다. 수신제가치국평천하(修身齊家治國平天下)의 기개는 어디로 갔습니까? 치국평천하까지는 몰라도 자기 자신을 다스리고 최소한 자기 아내와 화해는 해야 하지 않겠습니까? 자기 아내와도 사이좋게 지낼 줄 모르는 사람이 어떻게 구도자가 되고 수행자가 되어 하화중생(下化衆生)할 수 있겠습니까? 지어미로부터 신뢰와 존경은 못 받을지언정 그녀와 싸움질이나 하고 고작 이혼이나 생각하는 졸장부가 된다면, 사내대장부로서 부끄러운 줄 알아야 할 것입니다.

오늘부터라도 내가 말한 대로 한번 인내력을 갖고 실천해 보시기 바랍니다. 아내가 싸움을 걸어오면 침묵으로 응수하고 아내의 주장이 옳으면 과감하게 수용하여 자기성찰의 계기로 삼아야 할 것이며, 자기 잘못은 반드시 고쳐 나가야 할 것입니다. 상대의 잘못을 지적하기에 앞서 자기 결점부터 부지런히 고쳐 나가다 보면 아내는 더이상 싸움을 걸어오는 일이 없어질 것입니다. 어쨌든 내가 말한 대로 실천해 보고 나서 그 결과를 가지고 다시 얘기합시다.

마지막 질문에 대한 응답 : 구도자가 수련 끝에 우아일체(宇我一體)의 경지에 도달했다면 더이상 생사윤회 같은 것은 있을 수 없습니다. 물론 선계에서도 하늘나라에서도 더이상의 윤회는 없습니다. 내가 우주와 한 몸이 되어 우주 그 자체라면 우주와 더불어 영원무궁할 것입니다.

내가 우주라면 선계도 하늘나라도 다 내 속에 있는 것입니다. 밖에서 찾으면 아무것도 찾을 수 없습니다. 모든 것은 자기 자신 속에 이미 다 구비되어 있습니다. 그것을 찾아내야 합니다. 그것을 어떻게 알 수 있는가? 하는 의문이 일 것입니다. 그러나 수련이 깊어지면 자연히 알게 되어 있습니다. 그러니까 수련에 더욱더 정진해야 할 것입니다.

저자 약력

경기도 개풍 출생
1963년 포병 중위로 예편
1966년 경희대학교 영어영문학과 졸업
코리아 헤럴드 및 코리아 타임즈 기자생활 23년
1974년 단편 『산놀이』로 《한국문학》 제1회 신인상 당선
1982년 장편 『훈풍』으로 삼성문학상 당선
1985년 장편 『중립지대』로 MBC 6.25문학상 수상

저서로는 단편집 『살려놓고 봐야죠』(1978년), 대일출판사, 민족미래소설 『다물』(1985년), 정신세계사, 장편 『소설 한단고기』(1987년), 도서출판 유림, 『인민군』 3부작(1989년), 도서출판 유림, 『소설 단군』 5권(1996년), 도서출판 유림, 소설선집 『산놀이』 ①(2004년), 『가면 벗기기』 ②(2006년), 『하계수련』 ③(2006년), 지상사, 『선도체험기』 시리즈 등이 있다.

약편 선도체험기 14권

2021년 12월 10일 초판 인쇄
2021년 12월 20일 초판 발행

지 은 이 김 태 영
펴 낸 이 한 신 규
본문디자인 안 혜 숙
표지디자인 이 은 영
펴 낸 곳 글터

주소 05827 서울특별시 송파구 동남로 11길 19(가락동)
전화 070-7613-9110 Fax02-443-0212

등록 2013년 4월 12일(제25100-2013-000041호)

E-mail geul2013@naver.com

ISBN 979-11-88353-37-8 04810 정가 20,000원
ISBN 979-11-88353-23-1(세트)